거인의 탄생 2

거인의 탄생 2

초판1쇄 발행 | 2018년 12월 28일

지은이 | 이원호
펴낸이 | 박연
펴낸곳 | 한결미디어

등록일자 | 2006년 7월 24일
등록번호 | 제25100-2006-152호
주소 | 서울시 마포구 모래내로 83 한올빌딩 6층
전화번호 | 02 · 704 · 3331
팩스번호 | 02 · 704 · 3360

ISBN 979-11-5916-105-6 979-11-5916-103-2(set) 04810

거인의 탄생 2

대한국인 1

한결미디어
HANGYEOL MEDIA

차례

1장
후계자

"웃기는 일이야."

하시모토가 쓴웃음을 짓고 말했다.

"역시 한국은 후진국이야, 이것이 그 증거가 아니겠어?"

"맞습니다."

술잔을 든 다까노가 따라 웃었다.

"그래서 일본의 지배를 받았던 것 아닙니까?"

"내가 황정태를 알아, 일·한 의원 모임에서 여러 번 만났거든."

웃음 띤 얼굴로 하시모토가 말을 이었다.

"황정태가 한국 측 의원 회장이었고 나는 일본 의원의 회장이었지."

"아, 그러셨군요."

"대통령과 선후배 사이라고 자랑하더니 하루아침에 끝나는군."

한 모금 술을 삼킨 하시모토가 유쾌한 표정으로 말을 이었다.

"참 더럽게 끝났다고 해야겠지."

오후 8시 반, 하시모토와 다까노는 긴자의 요정 스미코에서 술을 마시는 중이다. 방 안에는 둘뿐이고 게이샤도 부르지 않았다. 6시에 NHK

뉴스는 한국의 저명한 국회의원이며 차기 자유당 대표로 유력시되던 황정태 의원이 미국으로 도피했다고 보도한 것이다.

도피 후에 황정태의 비리에 대한 팸플릿이 거리에 수만 장 뿌려졌는데 NHK는 그 내용을 자세히 번역해서 보도해주었다. 그때 하시모토가 다까노를 보았다.

"이봐요, 다까노 회장, 내가 총리 비서실의 오무라 실장한테서 재미있는 이야기를 들었어."

다까노가 긴장했다. 오무라는 총리 직속의 정보처도 관리하고 있다. 일본은 독자적인 '정보부'를 운행하지 않는 대신으로 총리 비서실의 정보처가 각 기관의 정보를 집합, 관리하는 것이다. 따라서 오무라가 정보부장을 겸하고 있다고 봐도 된다. 하시모토가 말을 이었다.

"이번에 죽은 한국 국제그룹의 김성규가 이광을 정치에 끌어들이려고 했다는 거야."

"이광을 말입니까?"

"그래, 더 재미있는 일이 있지."

"뭡니까?"

"김성규가 황정태의 추천으로 지역구를 받았다는 거야."

"……."

"그리고 이광도 김성규의 추천으로 황정태의 후원을 받기로 했다는군."

"아니, 그, 그러면……."

"이광이 다 연결되어 있는 것이지."

이제는 침만 삼킨 다까노에게 하시모토가 말을 이었다.

"조금 전 황정태의 팸플릿을 보고 느낀 점이 없어?"

"그, 글쎄요."

"나는 척, 감이 잡히던데."

하시모토의 얼굴에 웃음이 떠올랐다.

"내가 오무라한테 물어보았어, 그 팸플릿의 정보를 누가 모은 것이냐고 말야."

"……."

"그랬더니 대번에 말하더군, 리스타에서 나온 정보라는 거야."

"……."

"리스타의 어느 곳이겠나?"

"리스타연합이겠군요."

"당신이 회원으로 있는 곳이지."

하시모토가 말을 이었다.

"자세한 내막을 모르지만, 리스타에서 황정태를 코너에 몰았어. 황정태는 한 방에 자빠져서 그 화려한 무대에서 퇴출되었고."

"……."

"김성규처럼 죽지 않은 것이 다행이지."

"그럼 김성규도……."

"오무라가 그럴 가능성이 있다고 하더군."

숨을 죽인 다까노를 향해 하시모토가 말을 이었다.

"이제 이광의 리스타는 자금, 정보, 병력까지 갖춘 괴물이 되었어. 그 괴물이 몸집을 키우기 전에 우리도 뿌리를 심어야 돼."

이것이 본론이다. 정색한 다까노가 머리를 끄덕였다.

"그래야지요, 지금 리스타연합의 일본 회원은 저하고 기요타, 이또, 혼다하고 김필성입니다. 제가 기반을 더 굳혀야 됩니다."

"놈들도 경계하고 있을 테니까 조심해야 돼? 놈들은 알면서도 이용하려는 심보니까 그것을 염두에 두고?"

"물론이지요."

머리싸움이 아니다. 상부상조하는 것이다. 세상은 같은 편만 같은 배를 타게 하지 않는다. 흘러가는 배에는 온갖 부류가 다 타고 있다. 싫다면 배에서 바다로 뛰어내려야 한다. 다까노가 술잔을 쥐었다. 배에 일단은 탔으니 배 주인이 되어야 할 것이다.

서울에서 고베로 날아온 해밀턴이 이광과 마주 앉았을 때는 다음 날 오전 10시 무렵이다. 응접실에는 안학태와 김필성까지 넷이 둘러앉았다. 먼저 해밀턴이 입을 열었다.

"서울은 선거 열풍이 휩쓸고 있습니다."

정색한 해밀턴이 말을 이었다.

"모두 전력을 다하고 있어서 인신공격이나 루머가 난무하고 있더군요."

"옛날에는 선거철에 돈이 쏟아져서 경기가 잘 풀렸다지만 지금은 다를 거야."

이광이 말하자 안학태가 거들었다.

"예, 지금은 선거법이 엄격하니까요, 당선이 되어도 재판에서 무효가 되는 경우도 많습니다."

해밀턴이 말을 받았다.

"황정태 씨가 지금 미국 LA에 있더군요. 한국 수사기관은 아직 수사를 시작도 하지 않았는데 그러다가 곧 잊혀질 것 같습니다."

이광은 머리만 끄덕였고 해밀턴이 말을 이었다.

"먼저 와이프를 미국으로 보내고 그날 밤 비행기로 따라 나갔습니다. 한국의 재산을 만 하루 만에 모두 처분을 했더군요. 놀랄 만한 솜씨였습니다."

"미국, 스위스에 도피시킨 재산만으로도 가족이 평생 먹고 살 텐데 욕심이 많군요."

안학태가 말을 받았을 때 이광이 생각난 듯 해밀턴에게 물었다.

"김 회장 회사는 잘 정리가 되나?"

"예, 비서실장 조기문이 회장 대리로 회사를 이끌어갈 것 같습니다. 어제 비공식 주주총회에서 조기문을 만장일치로 회장 대리로 선출했다고 합니다."

이광이 흐린 눈동자로 해밀턴을 보았다.

"조기문이 김 회장 고모 아들이라고 했던가?"

"예, 회장님."

"형님, 여기 있습니다."

다가선 오갑준이 봉투를 내밀자 장경필이 가로채듯 받았다. 장경필은 신촌 로터리의 룸살롱 사강의 전무이사, 바지사장 유기영은 허세이고 방 35개짜리 특급 룸살롱을 지배하는 실세다.

"얼마인가 세어봐."

장경필이 받은 봉투를 옆에 앉은 하윤호에게 던져 주었다. 오전 12시 10분 오갑준은 사강 건너편의 보도방 국제인력사무소 소장이다. 역시 국제유통 소속, 방금 오갑준은 오늘 보도방의 저녁 수입을 가져온 것이다. 보도방은 하루에 2번 결산을 하는데 저녁 수입은 밤 12시 정각, 새벽 수입은 오전 6시에 한다. 그때 봉투 안의 지폐를 확인한 하윤호가 말했다.

"127만 원인데요."

"오늘은 왜 적어?"

장경필이 소리치듯 묻자 오갑준은 손으로 뒷머리를 쓸었다.

"죄송함다, 손님이 없는 것 같습니다."

"샹놈들, 떼먹은 건 아니지?"

"그럴 리가 있습니까? 장부에 다 적어놓는데요."

"알았어, 꺼져."

"예, 전무님."

허리를 90도로 꺾은 오갑준이 방을 나갔을 때 장경필이 끝쪽에 앉아 있는 권철을 보았다.

"야, 기집애들 오라고 해, 둘만."

"예, 전무님."

자리에서 일어선 권철이 장경필에게 허리를 굽혀 절을 하더니 방을 나갔다.

"저 새끼, 믿을 만한 놈 같으냐?"

문이 닫혔을 때 장경필이 문 쪽을 턱으로 가리키며 물었다. 장경필은 32세, 국제유통으로 상호가 바뀌지 전인 카스파 말기 시절에 웨이터로 시작했던 조폭 출신이다. 폭력전과 2범, 요즘도 유통의 기반인 업소사회에서는 폭력전과가 훈장과 같다. 그때 하윤호가 머리를 기울였다.

"리비아 우리 현장에서 일하고 왔다니까 우리 식구는 맞죠, 그러니까 믿어야죠."

"건설에 있던 놈이 왜 이런 업소로 빠졌지? 저 새끼 혹시 감사반 아냐?"

"그럴 리가요, 장원에도 건설 출신이 둘이나 있어요."

쓴웃음을 지은 하윤호가 머리를 저었다.

"아무리 일이 없다고 해도 감사반이 말단인 이곳까지 내려올 리가 있습니까?"

하윤호는 사강의 영업부장으로 그 또한 산전수전 다 겪은 몸이다. 지금 국제유통의 사장이 되어 있는 윤방철도 4, 5년 선배밖에 되지 않는다. 어깨를 부풀렸다가 내린 장경필이 돈 봉투를 집더니 만 원권 15장을 세어 하윤호한테 주었다.

"이거 용돈 써라."

"감사합니다, 전무님."

두 손으로 돈을 받은 하윤호가 머리를 숙여 절을 했다.

"다 썩었어, 권 형."

오갑준이 소주잔을 들고 말했다.

"내가 시골에서 자라서 아는데 나무가 썩으려면 뿌리부터 썩는다구, 땅속 보이지 않는 뿌리에서 말야."

"에이, 우리 리스타가 나무인가?"

권철이 빙글빙글 웃었다. 권철은 사강의 영업과장으로 발령을 받고 왔지만 하는 일이 주차관리, 주류를 제외한 주방 식품 구입, 가게 비품관리 등 잡일이다. 그것은 본인이 나서서 맡았기 때문에 장경필과 하윤호는 희한하다고 생각하면서 놔두었다. 그렇게 석 달이 지나는 동안 권철은 오갑준하고 친해졌다.

오갑준은 33세, 본래 보험회사에 다니다가 국제유통 공채 1기로 합격한 후에 경리 업무를 3년 익히고 나서 보도방 사장이 되었다. 보도방도 국제유통의 계열사인 셈이다. 그때 오갑준이 말했다.

"권 형, 리비아 공사는 지금도 하는 것 같더만 왜 돌아왔어? 그냥 거기서 있지?"

"거긴 술도 못 마시고 심심해서."

권철이 다시 웃었다. 오갑준은 권철과 인사를 한 지 한 달이 넘었지만 오늘 처음 술을 마신다. 처음 이야기를 나누는 셈이다. 오갑준이 물었다.

"권 형, 난 서른셋인데 나이가 몇이야?"

"서른."

"결혼했어? 난 했는데, 딸이 네 살이야."

"안 했어."

권철이 다시 빙글 웃었다.

"오 형은 참 예의가 바르구만. 그냥 묻고 싶으면 물어, 나한테 말 안 해줘도 돼."

"리비아 공사장 어때? 나도 여기 그만두고 거기 갔으면 좋겠어, 난 경리가 주특긴데 보도방 소장이 뭐야?"

"리비아?"

오갑준과 눈을 맞춘 권철이 이제는 눈웃음을 쳤다. 얼굴은 볕에 그슬렸지만 이목구비가 반듯했고 눈이 맑다. 키는 185쯤 될까? 건장한 체격, 보도방의 아가씨 중에서 권철을 좋아하는 애들도 있다고 한다. 권철이 말을 이었다.

"거긴 오 형이 갈 곳이 못 돼."

"왜? 더워서? 그쯤은 견딜 수 있어, 술도 참을 수 있고."

"힘든 곳이야."

권철이 들고 있던 소주잔을 한 모금에 비우더니 손목시계를 보았다. 오전 1시 반이다.

"이거, 주차장에 가봐야겠어."

권철이 엉거주춤 일어서자 오갑준이 혀를 찼다.

"이봐, 주차장은 애들한테 맡겨. 당신은 과장 아냐? 사장의 3인자 아니냐구?"

"3인자는 무슨, 할 일은 해야지."

"당신 주방 문짝도 고친다면서?"

"그거야 문짝이 틀어졌으면 고쳐야지."

"목에다 힘 좀 주고 다녀도 될 텐데."

"월급 받는 값을 하는 거야."

"무슨 월급?"

쓴웃음을 지은 오갑준이 따라 일어서면서 지그시 권철을 보았다.

"당신 참 순진하다더니 맞구만."

"뭐가?"

포장마차여서 지갑을 꺼낸 권철의 앞을 가로막은 오갑준이 재빠르게 계산을 하더니 권철의 귀에 대고 속삭였다.

"거기 전무, 부장이 월급 갖고 사는 줄 알아?"

"그럼 뭘로 사는데?"

"내가 아까 준 소개비도 다 전무 주머니에 들어가는 거야, 전무월수가 월급의 30배도 넘는다구."

포장마차를 나온 오갑준이 권철을 향해 다시 얼굴을 일그러뜨리면서 웃었다.

"그래서 내가 아까 뿌리부터 썩는다고 말한 거야."

밤거리로 나온 오갑준이 어깨를 세우면서 밤공기를 들이마셨다.

"윗놈들은 아무것도 모른다고, 그러고 보면 회장도 참 불쌍해, 좆빠지게 세계 돌아다니면서 리스타를 성장시킨다지만 밑바닥은 썩어가는데 말야."

말을 그친 오갑준이 퍼뜩 머리를 들더니 권철을 향해 웃었다.

"그러고 보니까 우리 회장도 옛날에 나이트클럽 주차관리를 했다더구만, 당신하고 같네."

오갑준이 어둠 속에서 이를 드러내고 웃었다.

주차장으로 들어선 권철에게 하영만이 다가왔다.

"저, 접촉사고가 났는데요."

권철의 시선을 받은 하영만이 입맛을 다셨다.

"조 대리가 성호 김 사장의 벤츠를 좀 긁었습니다. 주차시키다가 벽에다 긁었는데 닦았지만 긁힌 표시가 납니다."

"가보자."

하영만은 24세, 정식 직원이 되기 전의 견습사원이다. 성실하고 부지런해서 권철이 자주 심부름을 시킨다. 주차장에 갔더니 검정색 벤츠는 구석진 곳에 주차시켜 놓았는데 뻔했다. 긁힌 자국이 눈에 띄지 않으려는 것이다. 일단 차 임자가 차를 타고 나가면 끝이다. 다른 데서 긁힌 것이라고 주장하면 된다.

권철이 벤츠 뒤쪽의 긁힌 부분을 보고 있을 때 조수태가 다가왔다. 28세, 유통 근무 8년, 주차장 관리로 빠진 것은 이곳 수입이 좋기 때문이다. 권철이 오기 전에는 사강의 3인자로 영업부 대리였다가 지금은 4

인자가 되었다.

"왜 그려?"

대뜸 조수태가 묻더니 하영만을 노려보았다. 권철에게 보고한 것을 아는 것이다. 머리를 든 권철이 조수태를 보았다.

"네가 차 긁었어?"

"놔둬, 상관 말고."

조수태도 반말을 한다. 유통의 전임 고참 행세를 하는 것이다. 근본도 없는 건설 출신 권철이 난데없이 유통의 말단 업소인 사강으로 떨어져 과장 직책을 얻고 위에 올라선 것이 분했기 때문이다.

그래서 처음 한 달쯤은 말도 하지 않다가 그다음부터는 아예 반말을 했다. 권철이 놔두니까 이젠 직원들 있는 데서 대놓고 한다. 권철이 허리를 펴고 조수태를 보았다.

"너, 차주한테 말하고 내일 차 고쳐주겠다고 해."

"뭐? 미쳤냐, 내가?"

"시킨 대로 해."

"니가 뭔데 시켜, 이 새끼야?"

마침내 조수태가 욕을 했다. 오전 2시, 조수태의 욕설이 컸기 때문에 주위로 직원들이 모였다. 주차요원 둘, 웨이터 둘, 하영만까지 다섯이 그들을 둘러쌌다. 사람이 모이자 조수태의 기세가 더 사나워졌다.

"야, 이 새꺄, 족보도 없는 개새끼가 들어와 시키기만 하면 되는 거냐? 여기선 실력이 있어야 돼, 이 새꺄?"

권철이 우두커니 조수태를 보았다. 조수태는 바닥에서 산전수전 다 겪은 놈이다. 유통의 조폭시대를 겪고 지금은 세금 내는 사원이 되었지만 치려면 앞뒤 가리고 친다는 경지까지 도달한 수준이다.

장경필은 물론이고 조수태까지 권철이 빽도 없는, 그저 건설에서 떨어진 놈이라는 것을 알고 있는 것이다. 빽이 있다면 애시당초 이런 곳에 떨어지지도 않았다.

권철이 가만있었더니 조수태가 더 기승이 났다. 지금까지 반말을 했지만 위에 두고 지낸 것이 분한 것 같다. 한 걸음 다가선 조수태가 권철을 올려다보았다. 조수태는 키가 178쯤 되지만 레슬링과 격투기로 단련된 몸이다. 실제로 미들급 격투기 선수로도 뛴 적이 있다. 그것이 7년 전이지만.

"야, 이 시불놈아, 내 말 안 들려?"

조수태가 바짝 다가서서 으르렁거렸을 때 권철이 머리를 저었다.

"그만두자."

"뭐?"

이것으로 조수태는 이성을 잃었다. 인간은 이럴 때 더 잔인해지는 법이다. 조수태가 와락 권철의 멱살을 쥐었다. 그러고는 들어 메치려고 한 손으로 허리띠를 쥔 순간이다. 권철이 몸을 비틀면서 팔꿈치를 휘둘러 조수태의 턱을 쳤다.

"뻐석!"

팔꿈치가 턱에 부딪히는 소리가 그렇게 났다. 그 순간 둘러선 다섯은 일제히 숨을 들이켰다. 조수태의 아래쪽 턱이 밑으로 늘어진 것이다. 부서져 늘어진 아래쪽 턱이 떨어질 것 같다. 눈을 치켜뜬 조수태가 잠깐 두 팔을 늘어뜨린 채 그 모습으로 서 있더니 나무기둥이 넘어지듯이 반듯이 넘어졌다.

"철퍼덕!"

땅바닥에 넘어지는 소리는 그렇게 났다.

"뭐라고?"

사강의 특실 안, 그때까지 술을 마시고 있던 장경필이 버럭 소리쳤다. 옆에 앉은 파트너가 몸을 웅크렸다.

"권철이가 조수태를 쳤어? 중상이야?"

방금 장경필은 현장에서 달려온 웨이터로부터 사건 보고를 받은 것이다. 웨이터가 상기된 얼굴로 대답했다.

"예, 턱이 떨어져 나갔습니다. 턱뼈가 박살이 나서 살이, 그러니까 살로만 붙어 있는데, 기, 기절을 했는지, 죽었는지……."

"야, 이 시발 놈아."

장경필이 던진 술병이 웨이터의 가슴에 맞고 떨어져 깨졌다. 웨이터의 옷은 술 범벅이 되었다.

"왜 그런 거야?"

"거시기, 차를 긁었다고, 신고하라고, 저기, 조 대리가 차를……."

"그 새끼 데려와!"

장경필이 버럭 소리쳤을 때 방문이 열리더니 권철이 들어섰다. 그 순간 방 안이 조용해졌다. 장경필도 본인이 들어오리라고는 예상하지 못했다. 방 안에는 장경필과 하윤호, 둘의 파트너, 보고하러 온 웨이터까지 다섯이 있다. 그때 장경필이 소리치듯 물었다.

"얀마, 어떻게 된 거냐?"

"제가 조수태가 덤비길래 한 대 쳤습니다."

"덤벼? 한 대 쳐?"

"예, 욕을 하면서 멱살을 잡길래 한 대 쳤습니다, 전무님."

똑바로 선 권철이 장경필을 보았다.

"조수태가 주차시키다가 차에 흠집을 내어서 그것을 주인한테 신고

하라고 했었습니다. 그랬더니…….”

“니가 뭔데 쳐?”

장경필이 어깨를 부풀렸다가 앞에 놓인 술잔을 권철에게 던졌다. 거리가 2미터밖에 안 되어서 얼굴을 겨냥했는데 빗나가 문짝에 맞아서 박살이 났다. 권철이 머리를 틀었기 때문이다.

“아니, 이 개자식이?”

분이 난 장경필이 벌떡 일어섰다. 그러고는 옆자리의 하윤호에게 소리쳤다.

“저 새끼 잡아.”

“예, 전무님.”

하윤호가 자리에서 일어나 권철의 어깨를 움켜쥐더니 곧 뒤로 돌아서 몸을 껴안았다. 양팔까지 한꺼번에 껴안은 것이다. 하윤호는 키가 175쯤 되지만 체중이 130킬로나 나가는 거구다. 31세, 조폭 경력 10년, 옛날 ‘백병전’이 일어날 때 항상 선두에서 섰다. 그때도 체중이 많이 나갔기 때문이다. 하윤호가 단단히 부둥켜 안았을 때 장경필이 눈을 치켜 뜨고 다가갔다.

“이 개새끼, 누구를 쳐?”

그 순간 장경필의 손바닥이 날아가 권철의 뺨을 쳤다. 정통으로 맞았다.

“이 새끼!”

머리가 한쪽으로 돌아간 권철을 향해 장경필이 왼쪽 손으로 다시 귀빵을 갈겼다. 권철의 코에서 코피가 터졌다. 그러나 권철은 눈을 똑바로 뜬 채 장경필을 응시했다. 입은 꾹 다물었고 표정은 담담하다. 그것을 본 장경필의 분노가 더 솟구쳤다.

"이 새끼 눈깔 봐라!"

장경필이 주먹을 쥐더니 권철의 배를 쳤다. 권철이 어금니를 물자 다시 주먹이 날아와 턱을 쳤다. 이어서 훅 연타.

"이 새끼, 오늘 죽여버린다."

눈이 뒤집히면 보이는 게 없는 법이다. 권철이 눈을 치켜뜬 채 어금니를 문 꼴을 보자 장경필이 주머니에서 잭나이프를 꺼내 쥐었다. 요즘 같은 평화시대(?)에서도 장경필은 잭나이프를 꼭 넣고 다닌다. 10년 동안 한 번도 빼놓고 다닌 적이 없다. 버튼을 누르자 나이프 날이 솟아올랐다. 길이가 15센티 정도의 칼날이 불빛을 받아 희게 번쩍였다.

"이 새끼, 누구 앞이라고 눈깔 부릅떠? 너 죽이고 묻으면 돼."

칼날을 권철의 볼에 붙인 장경필이 잇사이로 말한 순간이다. 권철이 머리를 조금 숙이는가 하더니 뒤로 번쩍 젖혔다. 그 순간 둔탁한 소음과 함께 권철의 뒷머리에 코가 부서진 하윤호가 깍지 낀 두 팔을 놓았다. 동시에 팔이 풀린 권철이 장경필의 나이프 쥔 팔목을 잡더니 비틀면서 이번에는 이마로 얼굴을 박았다.

"퍽석!"

장경필의 얼굴에 이마가 박히는 소리다. 그 다음 순간 장경필의 손에서 나이프가 떨어졌지만 권철은 몸을 비틀면서 주먹을 날렸다.

"두둑!"

권철의 주먹이 장경필의 턱에 작렬하는 소음이다. 그때 몸을 비튼 권철이 코가 부서진 채 얼굴을 든 하윤호의 사타구니를 구둣발 끝으로 찍어 올렸다.

"퍽!"

"아이고!"

하윤호의 신음이 방 안에 울렸다. 몸을 새우처럼 굽힌 하윤호가 주저앉았을 때 다시 권철의 무릎이 날아가 얼굴을 찍었다.

"뿌덕!"

얼굴뼈가 부서지는 소리다. 비명도 지르지 못한 하윤호가 뒤로 벌떡 넘어졌다. 그때 권철이 방바닥에 떨어진 장경필의 잭나이프를 집더니 방구석에 반듯이 선 웨이터를 보았다. 파트너 여자 둘은 앉은 자리에서 몸을 굳힌 채 숨도 쉬지 않는 것 같다.

"얀마, 사업에 방해되면 안 되니까 이 새끼들 병원으로 데려가라."

권철이 차분한 목소리로 말을 이었다.

"난 본부에다 자수할 테니까 시끄럽게 떠들지 말고."

하극상인 데다 셋 다 중상이다. 모두 얼굴이 뭉개져서 6개월간 얼굴뼈를 고정시켜야 되는 데다 턱을 제대로 작동하기 어렵다고 했다. 그런데 권철은 즉시 국제유통의 사장 윤방철에게 자수를 했다. 그리고 아침 일찍 출근한 윤방철의 사무실 앞에서 기다리고 있었던 것이다.

중대사건이다. 사건보고 절차에 따라 윤방철, 오금봉을 거쳐 안학태가 이광에게 보고했을 때는 오전 11시 무렵이다. 고베의 저택 안, 안학태가 리스타유통의 최고 책임자인 오금봉의 보고서를 이광에게 내밀었다.

"하극상 사건으로 윤방철 사장이 현재 피의자를 안가에 구금시켜놓고 있습니다."

이광은 윤방철이 작성한 보고서를 읽었다. 사소한 일로 시비가 붙었다가 권철이란 과장이 대리와 부장, 전무 셋을 병신으로 만들었다는 보고서다. 이광의 지시에 의하여 리스타 내부에서의 처벌은 금지되어 있었기 때문에 권철은 사법기관에 넘겨 심판을 받아야만 한다. 그리고 권철은 자수를 해서 윤방철의 보고서도 호의적이다. 이광이 머리를 들었다.

"권철은 조백진의 리비아 리스타법인 소속으로 용병이었군."

"예, 회장님, 육사 출신입니다. 중위로 예편하고 리스타 리비아법인 용병대에 자원해서 2년간 전쟁을 치르고 돌아왔지요."

"……."

"귀국해서 마땅한 직책이 없었기 때문에 유통의 업소 과장으로 발령이 난 것입니다. 업소에서는 용병대 출신이란 사실을 비밀로 했습니다."

안학태가 말을 이었다.

"용병대에서 돌아온 귀국자가 2백여 명인데 업소로 빠진 사람도 있습니다."

머리를 끄덕인 이광이 손으로 보고서를 한쪽을 짚었다.

"업소 주차장 관리를 했군, 나도 이 일을 한 적이 있어."

눈만 껌벅이는 안학태를 향해 이광이 말을 이었다.

"입사 3개월도 안 되는 과장이 대리부터 부장, 전무까지 반쯤 죽여놓았다는 건 다른 사연이 있어."

"예, 회장님."

"윤방철한테 지시해서 걔를 그대로 놔두라고 하고 사람을 보내 조사해봐. 그렇지, 최 부장을 보내."

특명조사관 최국진을 말하는 것이다.

그 시간에 윤방철은 권철을 심문하는 중이었다. 국제유통이 안가(安家)로 사용하는 동교동의 서진빌딩 지하실 안, 방 안에는 윤방철과 권철, 그리고 좌우에 국제유통 전무 임기식, 상무 최진구까지 넷이 둘러앉았다. 경호원도 부르지 않은 것은 사건을 외부에 노출시키지 않으려는 의도다. 윤방철이 직접 권철을 심문하려는 것이다. 윤방철이 물었다.

"네가 위아래 셋을 모조리 병신으로 만들어 놓았다는 소문은 이미 우리 회사 내부에 다 퍼졌다. 하지만 네가 용병대 출신이란 건 우리만 알지."

윤방철이 투덜대듯 말했다.

"얀마, 전무놈이 널 두들겼다고 해도 그렇게 반쯤 죽이면 되냐? 맞을 땐 맞아야지, 넌 어렸을 때 형이나 아버지한테 맞아본 적 없어?"

"……."

"말단 업소에선 그런 일 많아, 인마. 그렇게 단련을 시키면서 성장하는 거야, 인마. 나도 똘마니 때는 말도 안 되는 일로 좆나게 맞았어, 인마. 억울해서 눈물도 펑펑 쏟았고."

"……."

"승질 난다고 윗놈 받아버리면 위계질서가 어떻게 되겠냐? 회사 망하는 거다. 이 새끼야."

윤방철이 혀를 찼다.

"그렇다고 옛날처럼 우리가 널 어떻게 안 해, 그리고 넌 리비아법인에서 목숨 내놓고 일하다가 온 놈이고, 그래서 보고서 올렸지만 넌 우리가 경찰에 넘겨야겠다. 상해죄로 말이다."

"……."

"우리가 법 집행을 할 수는 없으니까 넌 사회법 심판을 받아야지."

그때 권철이 입을 열었다.

"마지막으로 말씀드릴 게 있는데요."

"애 이름은 이한(李韓)이야."

이광이 전화기에 대고 한 자씩 분명하게 말했다. 한자까지 설명해준 이광이 말을 이었다.

"여럿이 상의했어, 괜찮지?"

"괜찮네."

강은서의 목소리도 밝다.

"부르기도 좋고."

"미안해, 내가 바로 갔어야 하는데."

"아냐, 됐어."

강은서의 목소리가 조금 빨라졌다.

"비서실에서 다 돌봐주고 있으니까 걱정 말고 일해."

"네가 참 고맙다."

"별일 없지?"

"없어."

"건강해야 돼."

"그래, 너도, 한이를 위해서라도."

"그래."

"그리고 참."

숨을 한번 내쉬고 나서 이광이 말을 이었다.

"비서실에다 이야기했어, 상철이 호적을 정리해서 이씨로 바꾸라고."

"……."

"그리고 너하고 혼인신고도 하라고 했어, 그런 줄 알고 있어."

"……."

"고맙다."

"자꾸 고맙다고 하지 마, 내가 할 소린데."

"나한테 잘 해줘서."

"그런 말 안 하는 게 이광다워."

"가족을 위해서 노력할게."

"지금처럼 해도 충분해."

강은서가 이번에는 서두르듯 말했다.

"진심이야, 난 행복해, 너무 욕심을 부린 것 같다는 생각도 들어."

그러더니 강은서가 먼저 인사를 했다.

"전화 끊을게."

전화기를 귀에서 뗀 이광이 아직 보지도 못한 이한의 얼굴을 떠올렸다.

"아, 최 부장, 잘 왔구만."

최국진을 본 윤방철이 반색을 했다. 오후 4시 반, 윤방철의 국제유통 사장실 안이다. 미리 연락을 한 터라 사장실에는 전무 임기식, 상무 최진구까지 기다리고 있다.

"아이구, 기다리고 계셨군요."

최 부장이 정중하게 머리를 숙였다. 그룹 회장 직속의 특명조사관이지만 윤방철이 누구인가? 회장이 국제유통의 전신(前身)인 카스파에 잠깐 몸을 담았을 때 함께 일했던 몇 명 안 되는 심복인 것이다. 인사를 마친 최국진이 자리 잡고 앉았을 때 윤방철이 먼저 입을 열었다.

"권철이 말야, 내가 회장께 다시 보고서 올리겠지만 그놈은 할 일을 했어."

"무슨 말씀입니까?"

"사강의 전무, 부장 놈이 더러운 놈들이었어. 조사해보았더니 이것들이 공금을 엄청나게 해먹었어."

"……."

"권철이는 정당방어를 한 것이고, 권철이가 말해주지 않았다면 나는 영영 모르고 지날 뻔했어."

"공금횡령 말입니까?"

"유통의 유흥업체가 바닥에서부터 썩어가고 있었던 거야. 사강뿐만이 아냐, 몇 시간 동안 업체들을 조사해보았더니 엉망이었어. 모두 내 책임이야."

윤방철의 얼굴이 달아올랐고 목소리는 열기가 띠었다.

"감사부 놈들도 연루가 되어 있어. 매달 말단 유흥업소에서 감사부로 상납이 되었어. 그래서 서로 좋게 나눠 먹은 것이지. 그것을 본 권철이가 다 때려치우고 나가려고 했다는 거야."

"큰일이 날 뻔했군요."

마침내 최국진이 한숨을 쉬면서 말했다. 권철에 대해서 조사할 생각이 싹 달아났다. 최국진이 윤방철을 보았다.

"그럼 권철에 대한 조사서를 사장님께서 다시 써주실랍니까?"

"그래, 그런데 최 부장이 이곳에 왔으니 내부조사 좀 해주지 않겠나? 최 부장이 특명조사반장 아닌가? 우리 국제유통 비리 좀 싹 조사해주게."

이건 일을 뒤집어쓰는 것 같았지만 최국진 입장에서 보면 신선한 충격이다. 그래서 끌리듯이 대답부터 했다.

"그러지요, 어쨌든 권철이하고 연결이 된 일이니까요."

오후 7시 반, 직통전화로 최국진의 보고를 받은 이광의 얼굴에 웃음이 떠올랐다.

"윤 사장이 당황한 모양이다. 최 부장이 도와주도록 해."

"예, 회장님, 기조실의 조사반원을 모아 작업을 시작하겠습니다."

최국진의 목소리가 수화구에서 이어졌다.

"부정이 개입하지 않도록 근본적인 대책을 수집하겠습니다."

"윤 사장이 적극 협조해줄 거야."

"예, 먼저 요청을 했으니까요."

"그리고."

전화기를 고쳐 쥔 이광이 말을 이었다.

"그, 권철이라는 놈, 나한테 보내도록."

"예, 회장님."

"내가 안 실장한테 이야기해놓을 테니까 준비시켜."

"예, 회장님."

전화기를 내려놓은 이광은 문득 인간의 인연을 떠올렸다. 인연은 우연히 만들어지는 것이 아니다. 인연의 뒤를 찾아보면 꼭 만나게 될 필연이 형성되고 있는 것이다.

"너 돈 있어?"

불쑥 윤방철이 물었기 때문에 권철이 숨을 들이켰다.

"예, 25만 원쯤 있습니다."

"니 지갑에?"

"지갑에는 3만 원쯤."

"그럼?"

"통장에 이십 몇만 원이……."

"네 월급이 얼마였지?"

"예, 35만 원이었습니다."

"너 혼자 살지?"

"예, 사장님."

"집은 있냐?"

"아닙니다. 월세 삽니다."

"너, 리비아에서 돈 몇천 벌었을 텐데 그 돈 다 어딨어?"

"부모님 드렸습니다."

"부모님은……."

말을 멈춘 윤방철이 숨을 들이켰다가 뱉더니 인터폰을 눌렀다.

"예, 사장님."

비서의 목소리가 울리자 윤방철이 지시했다.

"3백만 원만 내 접대비로 가져와."

잠시 후에 비서가 돈이 담긴 봉투를 들고 들어왔다. 봉투를 받은 윤방철이 권철에게 내밀었다.

"받아라."

"예?"

"이것으로 양복 사 입고, 구두 사 신고 좀 사람처럼 차려입어라. 지금은 도둑놈 같다."

그러고는 덧붙였다.

"너, 회장 비서실로 발령 났다. 내일 오후까지 고베 회장님 앞에 출두해야 된다."

"다까노 씨, 회장님이 뵙자고 하십니다."

수화구에서 김필성의 목소리가 울린 순간 다까노는 숨을 멈췄다. 오전 10시 반, 마악 '다까노 투자'의 회장실에 출근한 참이었다.

"아, 예, 뵙지요. 언제 어디인지 말씀만 해주시지요."

"예, 오늘 오후 6시가 어떻습니까? 장소는 고베의 제국빌딩 37층의 라운지에서 괜찮으시겠지요?"

"물론입니다."

"그럼 거기서 뵙겠습니다."

김필성이 전화를 끊었을 때 다까노는 이맛살을 찌푸렸다.

"개 같은 조센징 놈."

그러나 리스타연합 회장의 호출을 무시할 수가 없는 것이다. 리스타연합은 이제 국제기구로 도약하는 상황이다. 일본 정치계는 물론 경제계에서 리스타연합을 이용할 가치가 무궁무진한 것이다.

그러나 다까노는 용의주도한 성품이다. 두 시간쯤이 지난 오후 12시 반, 도쿄 긴자의 일식당 사꾸라의 방 안에서 다까노는 하시모토와 총리 비서실장 오무라까지 셋이 둘러앉아 있다. 식탁 위에는 초밥이 놓여져 있지만 셋은 아직 젓가락도 대지 않았다. 다까노의 설명을 들은 하시모토가 신중한 표정으로 말했다.

"이번에는 이광의 일본체류가 꽤 길군, 고베에 박혀 있지만 일본 공략을 진행 중인 것이 아닐까?"

하시모토의 시선이 오무라에게 머물렀다. 오무라는 53세, 총리 비서실장만 12년째다. 그림자처럼 두각을 나타내지 않는 실세라고 해서 별명이 귀신이다. 일본의 '후버'라고 부르는 사람도 있지만 오무라는 더 철저했다. 지금까지 오무라의 사진도 보도된 적이 없는 것이다. 총리실에 1년 반 근무한 여직원이 오무라가 들어서자 누구냐고 물었다는 일화도 있다. 그때 오무라가 말했다.

"이광은 고베에서 여러 사람을 만나고 있습니다. 리스타연합의 해밀턴 사장, 리스타유통의 오금봉 사장뿐만이 아니라 소련과 이스라엘의 정보기관 간부들이 오가고 있습니다."

"만난단 말인가?"

"그것까지는 확인이 안 되었지만 그들이 고베에 올 이유가 없거든요."

오무라의 얼굴에 쓴웃음이 번져졌다.

"거기까지 파악한 것만 해도 다행입니다. 이광의 경호, 보안체제는 미국 대통령급입니다. 도청을 했다가 역탐지를 당한 경우도 있었으니까요."

머리를 끄덕인 하시모토가 다까노를 보았다.

"이광이 이번에 왜 만나자고 한 것 같나?"

"리스타의 일본시장 개척문제겠지요."

다까노의 얼굴에 쓴웃음이 번져졌다.

"리스타가 일본에 법인까지 세웠지만 기존의 야쿠자 조직 사업을 돕는 수준에서 벗어나지 못하는 실정이거든요. 혼다 와타루를 앞에 내세웠지만 사업 확장은 답보 상태입니다."

"당연하지, 여기가 어디라고."

"일본이 다른 나라하고 다르다는 것을 실감하고 있을 겁니다. 이광은 그 해결책을 찾으려고 할 것 같습니다."

"해결책은 무슨."

하시모토가 코웃음을 쳤다.

"지난번처럼 한국이 일본 식민지가 되면 순식간에 풀리는 거야, 주제넘게 일본에 와서 사업 판을 벌이다니, 종이 주인집 마당에서 좌판을 벌린 꼴 아닌가?"

"글쎄 말입니다."

그때 오무라가 입을 열었다.

"이광이 야쿠자 스미요시와 이나카와의 후견인이 되었고 혼다 와타루를 선봉대로 부릴 수 있는 입장이 되었습니다. 결코 답보 상태가 아니라 기반을 굳혀가고 있는 상황입니다."

다까노가 뻴쭘했고 오무라의 말이 이어졌다.

"더구나 이광은 거대한 중국세력을 쥐고 있습니다. 제가 알기로는 이광이 삼합회 통수권을 쥐고 있다는 것입니다. 그것도 중국 최고위층의 지시로 말입니다."

"아니, 그것이 무슨……."

놀란 하시모토가 눈을 둥그렇게 떴다.

"난 처음 듣는 말인데."

"당연하지요, 저도 엊그제 들었습니다."

오무라의 시선이 다까노에게 옮겨졌다.

"이광은 회장님이 일본 정부에서 보낸 정탐꾼이라는 사실을 알고 있습니다."

"그야 처음부터 알고 시작했으니까."

"하지만 이광이 언젠가는 리스타연합이냐, 일본이냐 둘 중 하나를 선택하라고 회장님한테 요구할지도 모릅니다."

"그야 일본이지."

바로 다까노가 말했을 때 오무라의 얼굴에 웃음이 떠올랐다.

"그때에 대비해서 미리 준비를 해놓으셔야 됩니다, 회장님."

"고맙군, 오무라 씨."

"다까노 씨는 일본을 위해 위험을 무릅쓰고 리스타연합에 들어간 거야."

하시모토가 다까노를 변명해주듯이 오무라에게 말했다.

"오해가 일어나면 내가 책임지기로 했어, 오무라."

오후 6시 10분, 제국빌딩 37층의 라운지 밀실에서 이광이 다까노와 마주보고 앉아 있다. 이광은 해밀턴과 안학태를 좌우에 배석시켰기 때문에 넷이 원탁에 둘러앉은 셈이다. 각자의 앞에는 음료수가 여러 종류 놓여져 있어서 종업원은 들어오지 않았다. 인사를 마쳤을 때 먼저 이광이 다까노에게 말했다.

"다까노 씨, 리스타연합은 회원이 처음 세 명이었을 때 이미 발족이 되었습니다. 지금 자꾸 회원이 늘어나고 있지만 이제는 관리체제가 필요할 것 같네요."

맞는 말이어서 다까노가 머리만 끄덕였을 때 이광이 해밀턴을 보았다.

"리스타연합 사장인 해밀턴 씨가 먼저 말씀드릴 것이 있다고 합니다."

그때 해밀턴이 다까노를 보았다.

"일본에서 회원을 늘리기로 했습니다. 일본 민주당의 대표 가와사키 씨를 회원으로 영입할 겁니다.”

놀란 다까노가 숨부터 들이켰다. 가와사키는 친한(親韓)파다. 민주당은 야당으로 의원 수는 57석, 전체가 가와사키조(組)라고 불릴 만큼 한곳으로 뭉쳐져 있어서 위력적이다. 하시모토와는 숙적관계로 사사건건 대립하고 있다. 해밀턴이 말을 이었다.

“물론 가와사키 씨도 다까노 씨가 회원인 줄 알고 있습니다. 우리가 이야기해주었거든요.”

“아, 예.”

“다까노 씨가 자민당 간사장 하시모토 씨와 밀접한 관계시니까 형평성이 맞다는 생각이 듭니다.”

“아아, 예.”

다까노의 이마에 진땀이 배어 나왔다. 아니라고 할 수는 없다. 리스타의 정보력을 비웃는 것이 될 테니까, 그때 이광이 해밀턴의 말을 이었다.

“리스타가 일본인의 가슴에 자연스럽게 스며드는 이름이 됐으면 합니다. 선입견 없는 외국 기업으로 말이지요.”

“응, 자네가 권철이야?”

권철의 인사를 받은 안학태가 똑바로 시선을 주었다. 고베의 저택 안이다. 이곳은 안학태가 사용하는 바깥채 응접실인데 옆방은 경호실 전용이다. 안학태가 눈으로 앞쪽 소파를 가리켰다.

“거기 앉아.”

오후 10시 반, 안학태가 이광과 함께 있다가 지금 돌아온 참이라 권철은 대기실에서 기다렸다. 자리에 앉은 권철에게 안학태가 물었다.

"자네, 리비아에서 무슨 일 했나?"

권철이 상반신을 폈다. 앞에 앉은 안학태가 누구인가? 그룹 비서실장 겸 사장이다. 리스타그룹에 유통, 금융, 상사, 연합 4개 그룹이 있지만 안학태의 위치는 빅5 안에서도 상위권이라는 소문이 났다. 회장의 최측근인 것이다.

"예, 리비아에서 챠드로 내려가 게릴라 부대를 이끌었습니다."

"응, 용병대에서 일했다는 건 알아, 게릴라부대장이었군."

"예, 사장님."

"부하는 몇 명이었는데?"

"예, 리비아군 1개 중대였습니다. 150명 정도 됩니다."

"전투를 몇 번이나 치렀나?"

"예, 30여 번, 아니, 세어보지 않았습니다만 그보다 더 될 것 같습니다."

"많이 죽였어?"

"예?"

"적군, 그러니까 챠드군을 많이 죽였느냐고 묻는 거야?"

"예, 사장님."

안학태는 권철의 시선이 내려지는 것을 보았다. 그러나 다시 묻는다.

"몇 명이나 죽였나? 전투에서 말야?"

"잘 모르겠습니다, 사장님."

"기억해봐?"

"예, 사장님."

"몇 명이야?"

"예, 1백 명이 조금 넘는 것 같습니다."

여전히 권철의 시선은 올라오지 않았다. 그것을 본 안학태가 빙그레 웃었다.

"왜? 그런 질문은 거북한가?"

"예, 사장님."

그때서야 시선을 든 권철이 말을 이었다.

"전쟁이었지만 살인에 무감각해져 있었습니다. 그것이 거북합니다."

"그것이 불안했나? 죄의식을 느꼈어?"

"아닙니다."

"그럼 뭔가?"

"여기에선 그것을 자랑삼아 말하면 안 된다고 생각했기 때문입니다."

"왜?"

"이곳에 적응해야 되기 때문입니다."

"그런데 넌 셋을 거의 죽였어, 전장에서의 버릇이 나온 것 아닌가?"

"예, 급박한 순간에 무의식중인 상태에서 나왔습니다."

"참지 못했다면 큰일 아닌가?"

"참을 수 있습니다, 사장님."

"무의식중에 또 나오면 어떡하나?"

"본능적인 자기방어였습니다, 사장님."

"넌 뛰어난 킬러야."

안학태가 정색하고 말을 이었다.

"리비아법인 조 사장이 너에 대한 의견서를 보내왔다."

"……."

"네가 장교 시절에 미국 네이비실 훈련 특급과정을 이수했다고 적혀져 있더라."

"……."

"대위로 진급했다가 상관을 구타해서 중위로 예편되었고, 그 상관은 소령으로 공금을 빼돌린 놈이었다지?"

"……."

"그리고 사강에서도 마찬가지였어, 넌 불의를 보면 절제력을 잃어. 융통성과 임기응변이 절대적으로 필요한 직장생활에서는 부적격이야."

밤 11시 반, 녹음테이프를 듣고 난 이광이 앞에 앉은 안학태를 보았다. 방금 안학태와 권철의 대담 내용을 들은 것이다.

"이놈은 자제력을 잃은 게 아냐, 사강 고위직의 부정행위를 보고 나서 병신을 만들고 회사를 그만두려고 한 거야."

이광의 얼굴에 웃음이 떠올랐다.

"이건 인연이야, 그놈이 사강의 주차장관리를 했다는 것도 그렇고, 나한테 보고가 된 것도 마찬가지, 인연의 뿌리가 이어진 것이라고."

"회장님께서 요즘 인연을 자주 찾으십니다."

마침내 안학태가 속에 담긴 말을 털어놓았더니 이광이 활짝 웃었다.

"인연의 소중함을 알아야 될 시기지."

그러고는 웃음 띤 얼굴로 말을 잇는다.

"권철이를 최 부장의 조사부로 발령을 내, 거기서 업무를 익히도록."

방 안에는 다섯이 모였다. 다까노의 말을 들은 하시모토가 관방장관 다케야마, 총리 비서실장 오무라에다 야마구치 조장 오타카까지 부른 것이다. 밤 12시 반, 이곳은 총리의 안가로 사용되는 시부야의 저택이다. 일동은 다시 다까노로부터 이광의 리스타연합이 일본 측 회원으로 민주당 대표인 가와사키를 영입했다는 이야기를 들었다.

“일본 회원은 야쿠자 조장 셋에 리스타법인 사장 김필성, 그리고 저하고 가와사키 씨까지 여섯이 됩니다.”

다까노가 쓴웃음을 지은 얼굴로 말을 잇는다.

“내가 하시모토 님과 각별한 사이니까 평형을 맞추려고 가와사키 씨를 영입했다는 겁니다.”

“가와사키는 ‘고맙습니다’ 하고 가입했겠구만.”

마침내 다케야마가 말했다.

“그 매국노 같은 놈, 그놈 선조는 조센징이 분명해.”

“형평성을 맞추려면 여기 있는 오타카 씨도 넣어야지, 그 알량한 연합에 말야.”

하시모토가 비웃었을 때 오무라가 헛기침을 했다.

“잠깐만요.”

모두의 시선을 받은 오무라가 가는 눈을 더 가늘게 떴다. 얼굴이 창백해서 진짜 ‘귀신’ 같다. 오무라가 말을 이었다.

“이광이 고베 저택에 머문 지 한 달 가깝게 됩니다. 이곳에서 세계 각국에 널린 일을 처리하고 있지만 이렇게 한 곳에 오래 머문 적이 없습니다.”

오무라의 시선이 오타카에게 옮겨졌다.

“조장님, 혹시 조직에 변동이 있습니까? 조직원 이탈이 많아졌다든가 매출액이 갑자기 줄었다든가 또는 지부장들 사고가 일어난다든가……?”

“아, 그러고 보니.”

오타카가 당황한 표정으로 오무라를 보았다. 눈동자가 흔들리고 있다.

"지난주에 후쿠오카 지부장이 교통사고로 중상을 입었고 그 전주에는 오사카 지부장이 카페에서 칼을 맞았습니다. 그리고 어제 시부야 지부장이 심근경색으로 쓰러졌는데……."

모두 서로의 얼굴을 보았을 때 오무라가 입을 열었다.

"아십니까? 일본에 홍콩 국적의 관광객이 갑자기 5백 명 가깝게 늘어났습니다. 그리고 체크해본 결과 최근 1개월간 입국자가 부쩍 늘어난 것입니다."

오무라가 한숨을 뱉고 나서 말했다.

"이것이 이광의 장기체류와 관계가 있는지 조사해봐야겠습니다."

모두 입을 다물고 있다.

총선이 끝나고 여당인 자유당이 과반수가 넘는 의석을 차지했다. 집권 자유당은 축제 분위기였지만 당 사무총장 황정태의 지역구에서는 민주당 후보 유춘석이 당선되었다. 민주당은 과반수는 미치지 못했지만 1백 석 가까운 의석을 차지해서 제2당으로의 기반을 굳혔다. 정권인수 준비가 되었다고 자평을 할 정도였다.

"준비되었으면 오늘 귀국하지."

선거가 끝난 다음 날 아침, 이광이 안학태에게 지시했다. 응접실에는 안학태와 경호실장 에릭센까지 셋이 둘러앉았다.

"알겠습니다. 준비하겠습니다."

안학태가 기다렸다는 듯이 대답했다.

"오늘 가와사키 씨가 총리를 만나기로 했습니다. 보고는 서울에서 들으시지요."

가와사키는 이번에 리스타연합에 가입한 일본 민주당 대표다. 이광이 머리만 끄덕였고 안학태가 말을 이었다.

"아침 9시에 총리관저에서 만나기로 했다니까 잠시 후가 되겠습니다."

미야자키 총리는 지난번 신일본회 사건으로 내각이 사퇴한 후에 총리가 되었지만 자민당 실세는 아니다. 하시모토의 배후 조종을 받는다. 그때 에릭센이 말했다.

"회장님, 이찌베 씨가 와 있습니다. 김 법인장하고 기다리고 있는데요."

이광이 자리에서 일어섰다. 이찌베는 신주쿠지청 정보부장으로 옮겨간 후에 처음 만난다.

이찌베는 아침 일찍 저택에 들어와 있었는데 에릭센의 경호실 요원의 차에 숨어 타고 들어왔다고 했다. 급한 보고가 있다는 것이다. 저택 응접실로 들어선 이찌베가 웃음 띤 얼굴로 이광에게 인사를 했다.

"오늘 떠나신다고 들었습니다, 회장님."

"이찌베 씨, 다음에 또 보겠지요."

이광이 이찌베의 손을 쥐며 웃었다. 이찌베는 리스타연합 회원도 아니고 일본인으로 리스타의 동조자일 뿐이다. 동조의 대가로 이찌베는 대가를 받았지만 그것은 명분을 만들려는 의도일 것이었다.

이광은 그렇게 추측하고 있다. 대가 없이 반역 행위를 한다는 것이 이상할 것이기 때문이다. 이찌베를 만나는 자리에서는 안학태와 김필성까지 동석했다. 오전 9시 반이다. 이찌베가 입을 열었다.

"총리 비서실장 오무라가 각 경찰서에 비밀공문을 보냈습니다. 각 구역별 홍콩 국적 관광객을 파악해서 보고하라는 것인데요."

이찌베가 굳어진 얼굴로 이광을 보았다.

"오무라는 총리 지시로 모든 정보조직, 정보부서를 장악하고 있습니다. 명칭만 없을 뿐이지 2차 세계대전 당시의 일본정보국 역할을 하고 있는 것입니다."

"홍콩 국적 관광객을 조사하는 이유는?"

이광이 묻자 이찌베가 주머니에서 접혀진 서류를 꺼내 내밀었다.

"제가 있는 신주쿠 지역의 홍콩 국적 관광객 자료입니다. 현재 55명이 신주쿠 지역에 머물고 있는데 두 달 전에는 한 명도 없었지요."

"……."

"오무라에게 이 자료도 제출했습니다. 오무라는 홍콩 국적 관광객이 삼합회원이라는 것을 파악했을 것입니다."

이광이 머리를 끄덕였다. 시기 문제였지만 그 사실이 은폐되리라고는 기대하지 않았던 것이다. 그동안 삼합회 총사령 곽기윤은 일본에 삼합회원 400여 명을 파견했다. 모두 관광객으로 위장했지만 집중적으로 도쿄에 자리 잡았고 이또의 이나카와카이와 기요타의 스미요시카이 그리고 혼다에게 배치된 것이다. 그들은 견습생 신분으로 활동하고 있으니 정체가 드러나는 건 시간문제다.

"어차피 드러날 일이었어요."

이광이 웃음 띤 얼굴로 말을 이었다.

"내가 일본에 오래 머문 이유가 바로 이것 때문이오."

"아, 그렇습니까?"

이찌베의 얼굴에도 웃음이 떠올랐다.

"오무라도 궁금하게 여기고 있었을 것입니다."

"삼합회는 잘 조직된 단체이고 받아들인 조직에서도 만족하고 있어요.”

“아아, 예.”

“삼합회에 이어서 한국의 조직원들도 곧 이곳에 대거 상륙할 것이오.”

이광이 말을 이었다.

“야쿠자 조직이 국제화된다고 생각하면 돼요.”

“야쿠자 조직도 변화가 필요합니다.”

머리를 끄덕인 이찌베가 이광을 보았다.

“회장님께선 야쿠자 세계를 변화시키고 계십니다.”

그것은 삼합회라는 거대한 조직이 있었기 때문에 시작이 가능했다. 삼합회 없이 한국 조직만으로는 일본 상륙이 불가능했을 것이다.

삼합회는 해외진출이 절실한 상황이다. 방대한 인력과 잘 짜여진 조직력, 그리고 우수한 인재들로 모인 집단이 폐쇄적 국가 상황 때문에 썩어가고 있었던 것이다. 그들로서는 이광이 인도자이며 지도자일 것이었다. 이광이 지그시 이찌베를 보았다.

“이찌베 부장.”

“예, 회장님.”

“이찌베 부장은 내가 일본 사업에 대한 구상을 처음 털어놓은 일본인입니다.”

“영광입니다.”

이찌베가 굳어진 얼굴로 말을 이었다.

“저는 그저 일본 사회를 변혁시키고 싶었습니다. 겉으로는 초연한 척, 깨끗한 척, 담대한 척하면서 온갖 치사한 짓을 하는 정치인, 사업가, 야쿠자들을 개혁시키고 싶었지만 힘이 모자랐지요.”

“그것은 반역이 아닙니다.”

그러자 이찌베가 얼굴을 일그러뜨리며 웃었다.

"반역자가 스스로 반역을 했다는 사람 못 봤습니다. 하지만 전 일본이 망하게 만들지는 않을 것입니다."

그때 머리를 끄덕인 이광이 안학태에게 눈짓을 했다. 그러자 안학태가 이찌베 앞에 쪽지를 내려놓았다.

"차명구좌로 1천만 불을 예탁시켜 놓았습니다. 구좌가 5개이고 각각 2백만 불인데 언제든지 찾을 수 있습니다."

안학태가 내민 쪽지를 이찌베는 망설이지 않고 받더니 주머니에 넣었다.

"잘 쓰겠습니다."

"후미코, 다음에는 내가 외국에서 부를 테니까."

전화기를 귀에 붙인 이광이 말을 이었다.

"그때 보자."

"네, 회장님."

후미코의 목소리는 밝다.

"언제든지요, 기다리고 있을게요."

"그래, 잘 있거라."

"안녕히 가세요."

전화기를 내려놓은 이광이 웃음 띤 얼굴로 안학태를 보았다.

"<지즈코의 일생>이 대히트를 치고 있어서 들떠 있군."

안학태는 외면한 채 대답하지 않는다. 이광의 여자관계에 대해서는 묻지 않는 이상 코멘트를 삼가는 버릇이 들었기 때문이다. 그래서 이광이 안학태의 옆얼굴에 대고 말을 이었다.

"후미코는 맡은 역할을 충분히 했어."

그것은 지즈코 역할을 말하는 것이 아니다.

자신의 업무, 나아가 자신의 직장에 긍지와 자부심을 가진 사원이 많은 회사는 결코 망하지 않는다. 그것이 요즘 권철이 느낀 생각이다. 권철을 그렇게 생각하게 만든 인물이 있다. 바로 직속상관인 최국진이다. 기조실 조사부장으로 특명조사관인 최국진은 한국의 유흥사업 감사반을 편성하느라 동분서주하다가도 권철을 챙겼다.

고베의 회장 거처에서 권철은 조사부로 발령받고 바로 그 다음 날 서울로 돌아와 최국진에게 신고를 한 것이다. 그래서 권철은 며칠 전까지 자신이 몸담았던 유흥사업을 최국진과 함께 감사를 하는 중이다.

"회장이 오늘 귀국 하신다는데."

최국진이 감사 서류를 뒤적이다가 머리를 들고 말했다. 오후 3시 반, 이곳은 소공동의 리스타 별관, 이번에 특별감사의 본부로 사용되고 있어서 조사반으로 차출된 20여 명이 바쁘게 일하고 있다. 최국진이 말을 이었다.

"권 과장, 네가 회장께 가서 중간보고를 해라, 여기 요약한 보고서가 있다."

달랑 종이 한 장에 타이핑된 서류를 내밀면서 최국진이 웃었다.

"이걸 드리고 뭘 물어보시면 대답해."

서류를 본 권철이 숨을 들이켰다. 간단하게 요약되었고 숫자만 적혀져 있다. 최대한으로 줄였지만 요점은 빼놓지 않았다. 줄이고 줄여서 핵심만 적었다. 문서작성에 문외한인 권철의 심장 박동이 빨라졌다. 그때 최국진이 말했다.

"회장께 드리는 보고서는 달라야 한다. 사장, 전무, 부장이 받는 보고서하고 같으면 안 돼, 시간이 나면 회장이 사장이나 전무한테 물어보면 돼."

"예, 부장님."

"넌 유통 감사를 만든 장본인이니까 널 보고자로 보내는 거다."

그 순간 권철이 숨을 들이켰다. 이제 처음 상사다운 상사를 만난 것이다.

"알겠습니다. 부장님."

"너, 회장이 범법행위를 하라고 지시한다면 하겠냐?"

불쑥 최국진이 물었기 때문에 권철이 숨을 죽였다. 그때 최국진이 말을 이었다.

"예를 들어서 살인을 하라고 하면 지시를 따르겠어?"

권철의 시선을 받은 최국진이 빙그레 웃었다.

최국진은 42세, 30살인 권철보다 한참 연상이다. 대학을 졸업하고 안기부에서 14년간 근무하다가 리스타로 옮겨왔다. 안기부 차장 출신인 오금봉이 최국진을 눈여겨봐 두었다가 리스타로 영입해온 것이다.

해외작전국, 감사국에서 근무를 했기 때문에 회장 직속의 기조실 조사부장이 되었다. 건장한 체격, 다부진 인상, 말수가 적고 업무 처리가 확실해서 이광의 신임을 받고 있다. 최국진이 말을 잇는다.

"당장 '예.'라고 대답한다면 믿기 힘들 거야, 그렇다고 못 한다고 한다면 그것 또한 거북한 사이가 되겠지. 아마 오래 못 가서 갈라설 거야."

"……."

"그렇다면 그런 지시를 내린 쪽이 잘못된 것인가?"

정색한 최국진이 머리를 저었다.

"아니지, 그런 경우도 있다고 봐야 되니까 일어날 수 있는 일이야."

"……."

"그렇다면 상호 간 신뢰를 쌓은 후에 그런 지시가 내렸어야 하는가? 그것도 아니다. 그럴 시간이 없을 경우도 있으니까."

그때 최국진이 빙그레 웃었다.

"자, 어떤 자세가 좋겠느냐, 권철?"

"……."

"넌 리스타란 회사에 대해서는 알 만큼 알게 된 입장이다. 자, 말해 봐라."

"전 사강의 전무, 부장을 병신이 될 정도로 쳤습니다. 그때 제 몸을 던져서 회사 측에 경종을 울린 셈이지요."

이번에는 최국진이 가만있었고 권철이 말을 이었다.

"셋에게 중상을 입혔으니 사법기관에 넘겨진다면 몇 년형은 받았겠지요, 회사가 그들을 싸고돈다면 말씀입니다."

"그렇지."

"회사는 썩지 않았습니다."

"윤 사장이 자청해서 감사를 요청하고 널 변호했으니까."

"전 살인하겠습니다."

권철이 대답하자 최국진이 다시 웃었다.

"난 처음부터 그럴 작정이었어, 안기부에서 기조실로 발령받았을 때부터였지. 이 회사를 마지막 직장이며 내 목숨을 바칠 직장으로 삼는다고 말이야."

그러고는 권철이 머리를 끄덕였다.

"자, 준비하고 회장께 가봐라."

"고생했어."

현관문이 닫혔을 때 이광이 강은서의 허리를 감아 안고 말했다.

"아유, 놔."

집안에 식구들이 있었기 때문에 질색을 한 강은서가 이광의 팔을 떼었다. 강은서가 눈을 흘겼을 때 안쪽에서 아이 울음소리가 들렸다.

"어."

놀란 이광이 발을 떼자 방 안에서 강은서의 어머니와 상철이가 나왔다.

"어이구, 왔어."

어머니가 반색을 했다.

"안녕하세요."

상철이는 두 손을 앞으로 모은 채 공손하게 인사를 했다.

"어머님, 죄송합니다."

어머니한테 절부터 하고 허리를 편 이광이 상철에게 다가가 머리를 쓰다듬었다.

"많이 컸구나, 상철아."

아이가 계속해서 울었기 때문에 이광의 마음이 급해졌다. 강은서가 이광의 마음을 아는지 등을 밀어 방으로 안내했다.

"아이가 자네 닮았네."

어머니가 들뜬 목소리로 말했다.

"감사합니다, 어머님."

건성으로 인사를 한 이광이 방으로 돌아섰다. 아이 침대 옆에 서 있던 가정부가 옆으로 비켜섰다. 침대로 다가간 이광이 아이를 내려다보았다. 울던 아이가 주위 소음에 놀란 듯 울음을 뚝 그쳤다. 이광은 숨을 들이켰다. 가슴이 미어졌고 목이 막혔다. 눈이 화끈거리면서 코끝이 아렸다.

아이가 눈물범벅이 된 얼굴로 이광을 올려다보고 있다. 그러나 못생겼다. 붉은 얼굴, 머리털은 노인처럼 엉성했고 원숭이 같다. 자신을 닮은 데가 한 곳도 없다. 그때 옆에 선 어머니가 물었다.

"저, 코 좀 봐, 자네 닮았지?"

아니다. 아이 코는 납작하다. 하지만 이광의 입에서는 다른 대답이 나왔다.

"예, 그러네요."

"눈은 어때? 부리부리 한 것이 자네 빼닮았어."

아니다. 눈물범벅이 된 아이 눈은 원숭이 같다. 그때 갑자기 이광의 눈에서 눈물이 흘러내렸다. 놀란 이광이 숨을 들이켰을 때 옆에 서 있던 강은서가 재빠르게 휴지를 뽑아 건네주었다.

2장
야마구치조의 분열

"응, 네가 권철이야?"

권철이 들어섰을 때 이광이 그렇게 물었다. 오후 5시 반, 이곳은 이광의 성북동 저택 응접실, 이광은 혼자 권철을 맞는다. 항상 그림자처럼 붙어 있던 안학태와 에릭센도 오늘은 보이지 않는다. 비서실 직원이 권철을 응접실 앞까지 안내하고 돌아갔을 뿐이다.

"예, 회장님."

허리를 굽혀 절을 한 권철이 이광을 보았다. 가슴이 벅차올랐고 목구멍이 바짝 마른 느낌이 든다. 이광과 5미터 간격을 두고 서 있는 것이다. 이광이 머리를 끄덕이며 앞쪽 소파를 눈으로 가리켰다.

"거기 앉아."

"감사합니다. 여기 보고서입니다."

소파에 앉기 전에 권철이 결재파일에 넣은 최국진의 보고서를 이광 앞쪽 탁자에 놓았다.

"조 사장이 보낸 네 신상보고서를 읽었다."

그때 이광이 말했다. 조 사장이란 리비아법인 사장 조백진을 말한다.

용병단 공급 책임자여서 권철의 신상과 챠드에서의 활동까지 모두 알고 있는 것이다. 권철의 시선을 받은 이광이 표정 없는 얼굴로 말을 이었다.

"네가 용병대원 에이스 중 하나였다고 하더구나, 네가 이끈 리비아군 게릴라가 챠드군이 가장 무서워하는 부대였다는군."

권철은 가만있었다. 이곳은 다른 세상이다. 사람 잘 죽였다는 것을 자랑삼아 떠벌리면 미친놈이 된다. 절제하고 겸손해야 이곳에서 살아남는다. 그때 이광이 말을 이었다.

"사업도 전쟁이야."

"……."

"지금도 세계 각 지역에서 리스타 요원들이 전쟁을 치르고 있어."

이광의 눈빛이 강해졌다.

"지금도 리스타 요원들이 죽어간다. 미국에서, 멕시코에서 또는 일본에서."

몸을 굳힌 권철은 어금니를 물었다. 회장이 이런 이야기를 꺼낼 줄은 전혀 상상도 하지 않았다. 감히 말대답도 못하겠다. 그때 이광의 눈동자에 초점이 잡혀졌다.

"목표는 네 스스로 세워라."

"예, 회장님."

"다 네가 일으킨 일이야, 너한테 닥친 일은 모두 네가 저지른 여파가 온 것이라고 생각하면 된다."

"예, 회장님."

"현실을 원망하거나 만족해서 주저앉는 놈들하고는 다른 인생을 살아보도록 해라."

"예, 회장님."

"목표를 세우고 나가다가 죽는 것만큼 행복한 인생은 없는 법이야."

이광의 얼굴에 웃음이 떠올랐다.

"물론 죽기 직전에 그것을 떠올리겠지만 말이다."

"예, 회장님."

"일체유심조(一切唯心造)란 말이 있어. 무슨 말인지 아나?"

"잘 모르겠습니다."

"모든 일은 마음먹기에 달려 있다는 말이야, 가슴에 새겨둬."

"예, 회장님."

"이게 내가 너한테 해줄 조언이다."

그러고는 이광이 시선을 떼고 말했다.

"됐다. 나가봐."

밤, 저택은 정적에 덮여져 있다. 이곳 성북동 저택은 2층 본채에다 좌우로 2개의 단층 건물이 세워졌는데 정원이 딸린 대저택이다. 본래 시멘트회사 사장 저택이었는데 작년에 이광이 매입을 한 것이다. 개보수를 한 후에 강은서가 이한을 낳고 나서 이곳으로 옮겨왔다.

밤 12시반, 이광이 강은서의 어깨를 당겨 안으면서 말했다.

"이제야 길로 들어선 것 같다."

강은서의 머리칼을 한 손으로 쓸어 올리면서 이광이 말을 이었다.

"샛길로 빠져가다가 제대로 된 길에 들어선 것 같단 말이야."

"흥, 말은 쉽지."

강은서가 이광의 가슴에 얼굴을 붙였다.

"당신은 길을 만들고 있잖아? 나는 당신이 만든 길 중의 하나라는 생각이 들어.”

“이게 나보다 더 말을 잘 만드네.”

혀를 찬 이광이 강은서의 엉덩이를 움켜쥐고 당겨 안았다. 침대에서 마주보고 누운 둘의 얼굴에 웃음이 떠올랐다. 편안한 웃음이다. 아버지와 어머니가 된 것이다. 그것을 말로 표현은 안했지만 서로의 얼굴에서 전과는 다른 분위기를 느끼고 있다. 이것이 가족이다. 그때 강은서가 이광의 가슴에 입술을 붙이고 물었다.

“후미코는 어때?”

그야말로 깜짝 놀란 이광이 저절로 숨을 들이켰다. 그러나 움켜쥔 엉덩이는 놓지 않았다.

“어떻다니?”

“잘해?”

“뭘?”

“밤에.”

“이런.”

한숨을 쉰 이광이 강은서를 더 당겨 안았다. 그러자 강은서가 두 손으로 이광의 가슴을 밀었다. 둘은 이미 알몸이다. 격렬한 정사를 마친 후여서 둘의 몸은 땀이 배었고 방 안의 열기도 아직 가시지 않았다.

“저리 가, 더러워.”

강은서가 가쁜 숨을 내쉬면서 이광의 가슴을 밀었다. 이광은 더 힘을 주어 끌어안았고 이윽고 강은서가 지친 듯 이광의 가슴에 다시 얼굴을 붙였다.

“미안해.”

이광이 강은서의 머리끝에 턱을 붙이면서 말했다.

"조심할게."

그때 강은서가 풀썩 웃었다.

"안 한다고는 안 하네."

"너한테는 정직할게."

"다른 여자한테는 안 그러고?"

"너는 내 가족이야."

"한이 잘 키울게."

강은서가 말머리를 돌렸기 때문에 이광이 더 힘껏 끌어안았다.

"고맙다."

"상철이하고 잘 지내야 할 텐데, 상철이가 동생 생겼다고 좋아했어."

"그래야지."

"이상철로 바꿨다고 했더니 아무 말 안 해. 다 알고 있어."

상철이는 이제 초등학교 5학년이다. 12살인 것이다.

"상철이가 크면 리스타 일을 시킬 거야."

이광이 말을 이었다.

"적성에 맞으면 운영을 맡길 테니까."

그때 강은서가 길게 숨을 뱉았다.

"나도 이제 당신이 만든 길을 가는 거야."

이광의 가슴에 볼을 비비면서 강은서가 말을 이었다.

"그래, 우린 가족이야, 여보."

"잘할게."

이광이 강은서를 다시 안으면서 말했다. 이렇게 성북동의 밤이 깊어 가고 있다.

“너, 영어 할 줄 알지?”

두 번째 보고서를 받은 이광이 시선을 들지도 않은 채 물었다. 성북동의 저택 안, 이광이 귀국한 지 오늘로 나흘째 되는 날 오전 10시, 권철은 최국진이 올린 두 번째 특명조사보고서를 갖고 왔다.

“예, 회장님.”

조금 한다든가, 회화가 낫다든가 따위의 대답은 권철의 성격에 맞지 않았고 지금까지 그렇게 살아왔다. 문장이 회화보다 부족했지만 의사소통은 한다. 그러자 이광이 서류를 넘기면서 다시 물었다. 오늘 서류는 3장이나 된다. 유흥업체 중간 보고서였기 때문이다.

“너, 일본어는 어떠냐?”

“예, 합니다.”

그때 이광이 머리를 들었다.

“네 인사기록에는 없던데?”

“틈나는 대로 독학했습니다.”

부동자세로 선 권철이 이광의 시선을 맞받았다.

“육사에서 영어, 일본어 2개를 선택했습니다.”

“그렇군.”

응접실에는 둘뿐이다. 이광이 말을 이었다.

“일본 시장 열기가 힘이 든다. 한국인에 대한 선입견에다가 지도층의 반한 감정 때문인데.”

이광이 똑바로 권철을 보았다.

“리스타연합에 가입시킨 일본경제인연합회 회장 다까노라는 인물이 중간에서 농간을 부린다. 우리도 다까노를 이용해서 기반을 굳힌 점도 있지만.”

이광이 눈빛이 강해졌다.

"다까노가 일본 제1의 야쿠자 조직인 야마구치조를 장악하고 있어, 현재 야마구치조 총괄조장 오타카 산스케가 심복이다."

"……."

"야마구치조는 지난번 시노다 조장이 죽은 후에 전국 42개 조직으로 분산되었는데 오히려 그것이 더 위력적이 되었다. 오타카가 다까노의 배경을 업고 각 지역장을 돌격대로 운용하고 있거든."

이광의 얼굴에 쓴웃음이 번져졌다.

"네가 가서 오타카를 없애라."

"예, 회장님."

"일본 법인장 김필성이 도와줄 거다. 이 일은 김필성과 너, 그리고 비서실장과 나만 알고 있는 일이다."

"예, 회장님."

"비밀은 적게 알수록 잘 유지된다."

"명심하겠습니다."

"지금 비서실장한테 가서 지시 받고 떠나."

"예, 회장님."

"작별할 사람은 있나?"

생각난 것처럼 이광이 눈의 초점을 잡고 묻자 권철이 어깨를 폈다.

"없습니다."

30분쯤 후에 안학태가 응접실로 들어와 보고를 했다.

"권철은 내일 오후에 출발하기로 했습니다."

이광이 머리만 끄덕였고 안학태가 말을 잇는다."

“직속상관인 최국진한테는 제 지시로 일본에 간다고만 했습니다.”

“잘했어.”

“권철은 부모 형제가 없는 것으로 기록되어 있지만 아버지는 어렸을 때 돌아가시고 어머니가 권철이 6살 때 재혼해서 떠났습니다.”

“…….”

“권철은 할머니가 키웠는데 18살 때 돌아가셨어요, 그 다음해에 권철은 육사에 입학했고 그 뒤부터 혼자 삽니다.”

“여자는?”

“예, 지금 만나는 여자가 하나 있지만 깊은 관계는 아닌 것 같습니다.”

“그놈 용모나 능력으로 보면 여자가 모일 것 같은데.”

“글쎄요.”

안학태가 머뭇거리자 이광이 입맛을 다셨다.

“그놈이 여자한테는 담백한 놈인 모양이군.”

외면한 안학태는 대답하지 않았다.

오후 7시 반, 권철이 커피숍으로 들어서자 안혜진이 눈웃음을 쳤다.

“왔어?”

“응.”

자리에 앉은 권철이 종업원에게 커피를 시키고는 안혜진에게 말했다.

“나, 내일 리비아에 간다.”

“또? 아니, 갑자기 왜…….”

안혜진의 동그란 얼굴에 금방 그늘이 덮여졌다. 25세, 날씬한 몸매에 동그랗고 귀여운 용모, 한국항공 스튜어디스로 근무한 지 2년 반, 권철과는 리비아에서 귀국하는 비행기에서 만났다. 물론 안혜진이 권철에게 전화번호가 적힌 쪽지를 건네주면서 교제가 시작되었다.

"언제 오는데?"

"몰라."

"몰라?"

안혜진의 눈썹이 치켜 올라갔다.

"오빠, 그럼 나 어떡해?"

"뭐가?"

"우리 엄마 만나기로 한 거."

"그거야 다음에."

"오빠."

"왜?"

"그날 우리 집에 고모, 이모까지 다 오기로 했는데, 나흘 후잖아?"

"그래서 나더러 어쩌라고?"

권철의 눈빛이 강해졌다. 이것이 권철의 진면목이다. 이광이 사람을 잘못 보았다. 권철이 여자한테 담백해? 천만의 말씀 만만의 콩떡이다. 이런 잡놈이 없다. 양심도 없고 지조도 없는 놈, 신상기록에 여자에 대한 양심란, 지조란이 없었기 때문이지 있었다면 일용직 노동자도 못할 것이었다. 권철이 그 얼굴로 말을 이었다.

"니가 좋아서 날 만난 것 아냐? 어머니 만나자고 해서 그럼 그러자고 했지 무슨 의무라도 있는 거냐? 이거 왜 이래?"

"오빠."

"나 언제 돌아올지 모르니까 잊고 살아, 너 정도면 나보다 1백 배는 잘난 놈도 만날 수 있을 테니까."

"나쁜 놈."

"내가?"

눈썹을 모은 권철이 안혜진을 보았다.

"내가 왜?"

"넌 나쁜 놈이야."

"말이야 바로 하자. 내가 널 만족시키지 못한 적이 있어?"

권철이 손을 권총처럼 만들어서 안혜진을 겨누었다.

"하룻밤에 여덟 번 기절시킨 놈이 있었어? 말해봐."

"더러운 놈."

"그 더러운 놈을 그렇게 좋아했어?"

그때 안혜진이 벌떡 자리에서 일어서더니 몸을 돌렸다. 거칠게 일어나는 바람에 커피잔이 넘어졌다. 커피가 탁자 위로 흘러내리는 것을 보면서 권철이 말했다.

"욕먹어도 싸지만 정리는 잘됐다."

대통령 한두진은 지금까지 수많은 시행착오를 했지만 스스로 자랑스럽게 여기는 일이 있다. 그것은 단 한 번도 부하들에게 자리를 빼앗기지 않았다는 점이다. 물론 그 경우가 되었을 때 자신의 목숨은 사라지게 될 것이었다. 부하들이 쿠데타를 일으켜야만 자신의 자리를 빼앗을 테니까 말이다. 그만큼 부하들을 억제했다기보다 주변 관리를 철저히 했다고 봐야 될 것이다.

첫째로 감히 넘보지 못하도록 장치를 만들어 놓았고 둘째는 부하들에게 그런 꿈은 부질없고 위험하다는 의식을 심어놓았다. 셋째는 부하들을 상호 견제, 경쟁시켜 놓았기 때문이다. 한두진은 머리가 비상하다기보다 동물적인 감각이 뛰어났다. 야수는 감각이 예민해서 위험 신호를 본능적으로 느끼는 법이다.

이번에 황정태의 도망 사건이 바로 그렇다. 잘 나가던 황정태가 총선 직전에 갑자기 비리가 터졌을 때 한두진은 위기감을 느꼈다. 적이 자신의 목줄을 물어뜯으려는 것 같은 느낌이다. 그래서 오늘, 비서실장 오정도와 안기부장 심인태를 부른 것이다.

한두진이 심인태에게로 머리를 돌렸다. 심인태, 56세, 한두진의 연대장 시절부터 사단장 때까지 참모로 따르던 측근, 그러나 계속 군에 남아서 육참총장으로 작년에 예편, 전 안기부장 정기영의 후임으로 임명한 지 4개월째다. 그러나 감각이 빠르고 업무 능력이 뛰어난 심인태는 요즘 한두진의 최측근이 되었다.

오정도가 보기에 가장 중량급 측근이다. 심인태는 오정도의 육사 3년 선배이기도 하다. 국비위 위원장이었던 강일규의 선배이기도 한 것이다.

“이봐, 심 부장, 황정태 사건에 대한 자네 생각을 말해봐?”

한두진이 말하자 심인태가 바로 대답했다.

“이광이 연루가 되었습니다.”

“그건 알아.”

정색한 한두진이 다시 묻는다.

“구체적으로 파악된 내용은?”

“이광과 김성규 관계에서부터 시작됩니다.”

심인태가 말을 이었다.

“김성규가 이광을 자유당으로 끌어들이려다 실패했고 이 상황에 위기감을 느낀 이광이 김성규를 살해한 것입니다.”

"그 증거는?"

"아직 확실한 증거는 없습니다."

"추측만 가지고 덤볐다가 당신도 강일규 짝이 날 수가 있어."

"예, 각하, 조심하겠습니다."

"그 추측을 말해봐?"

"김성규는 말이 빠르고 교활합니다. 사회에서 말하면 신의가 없는 인간형입니다. 그동안 사업을 하면서 수없이 상대방의 등을 쳐왔습니다."

"황정태는 그렇게 말 안 하던데?"

"자기가 영입한 기업가 출신이니까 그렇게 말했겠지요."

"그래서?"

"김성규가 황정태에게 이광을 자유당으로 영입하겠다고 약속을 했습니다. 이건 황정태 보좌관, 비서의 진술입니다."

"그런데 이광이 거절했단 말인가?"

"이광이 입당하겠다고 했다는 것입니다. 그런데 이광은 전혀 그런 기색을 보이지 않았습니다. 김성규하고 만난 적도 없구요, 통화를 두 번 했을 뿐입니다."

"김성규가 거짓말을 했나?"

"그럴 가능성이 큽니다."

"왜?"

"이광을 모함하기 좋은 기회입니다. 입당한다고 했다가 안 한다고 하면 황정태가 반감을 갖게 될 테니까요, 그래서 황정태가 이광한테 만나자고 한 거지요."

"이광은 귀국할 입장도 안 되는데 말이지?"

"그렇습니다. 상황이 악화되고 있었지요."

"그때 이광이 결단을 내렸군."

"모함자인 김성규를 먼저 없애고 황정태를 제거한 것이지요."

"자네 생각은?"

"긁어서 부스럼 만들 필요가 없다고 생각합니다."

"이광이 이 정권을 우습게 보고 있는 것이 아닐까?"

불쑥 한두진이 물었기 때문에 심인태가 입을 다물었다. 긴장한 오정도는 시선만 주고 있다. 한두진이 말을 이었다.

"이광이 민투위를 지원하고 있다는 건 이젠 공공연한 사실이야, 민투위에서도 선전을 할 정도니까."

"……."

"이광은 이제 우리가 건드릴 수 없는 존재가 된 것인가?"

한두진의 시선을 받은 심인태가 어깨를 폈다. 더 이상 듣기만 하고 있을 수는 없는 것이다.

"아닙니다, 각하."

"그럼 뭔가?"

"이광의 애국심부터 체크를 하고 나서 조처를 하는 것이 낫다고 생각합니다."

"애국심?"

"예, 각하."

"잊고 있었던 단어로군."

한두진의 얼굴에 쓴웃음이 번져졌다.

"그러고 보니 그걸 잊고 사는 놈들이 많았어, 자네, 잘 지적했어."

리스타 비서실장 안학태가 청와대 비서실장 오정도의 전화를 받았을 때는 오후 3시 정각이다. 서로 비서들이 연결시켜 주었기 때문에 둘은 먼저 인사부터 나눴다. 그리고 전화를 걸어온 오정도가 말했다.

"안 실장님, 대통령께서 회장님을 한번 뵙자고 하시는데요. 뭐, 별일은 아닙니다. 그동안 정부 담당자들이 여러 가지 실수를 한 것에 대해서 사과드리겠다고 말씀하셨습니다."

"아아, 예."

국가 통수권자 측에서 이렇게까지 나오는데 거절하거나 미루는 인간은 미쳤거나 간을 가방에 넣고 다니는 인간 중 하나일 것이다. 안학태가 정중히 말했다.

"잘 알겠습니다. 바로 회장님께 말씀드려서 일정을 전해드리겠습니다."

"감사합니다. 저녁식사를 같이 하시면 합니다."

"예, 알겠습니다. 내일 중 전화 드려도 되겠습니까?"

"기다리겠습니다. 그럼 안녕히."

안학태의 보고를 들은 이광이 머리를 끄덕였다. 그러자 안학태가 말했다.

"해밀턴, 린드버그에게 연락하겠습니다."

"어차피 한번은 만나야 할 건데 잘 됐어."

"중국 측에도 연락하지요."

"공식적인 만남이라고 하던가?"

"그런 말은 없었습니다."

"그렇다면 선전할 수도 있겠군."

"민투위 쪽에 시위하려는 의도라면 저희들은 바로 대처하지요."

"그렇게 방어적으로만 생각하지 말고 다른 경우도 예상하고 대처해봐."

이광이 말하자 안학태가 얼굴을 굳혔다. 안학태는 이광 앞에서 포커페이스를 만들지 않는다. 모르는 것, 생각하지 못한 것을 지적받았을 때 정직하게 표현한다. 그것이 상사에 대한 존경심의 표현이라고 믿으며 이광 또한 그것을 순수하게 받아들인다. 이것이 정상적인 상하관계 아닐까?

오타카의 승용차는 벤츠600이다. 긴자의 유명한 호스트바 무사시는 유명 연예인뿐만 아니라 정치인들한테도 인기여서 주차장에 고급 승용차가 즐비하다. 그중에서 오타카의 벤츠600은 가장 안쪽 VIP석에 모셔져 있다. 대놓고 자신이 호모라고 말하는 사람들이 늘어나는 추세여서 오늘도 손님이 꽉 찼다. 여자 연예인들도 서너 명이나 왔다.

"저기선 남녀 구별이 안 되더라니까."

홍상기가 혼잣소리처럼 말했지만 권철은 듣고 빙그레 웃었다. 오후 11시 반, 둘은 무사시 건너편의 카페 루비 주차장에 주차된 차 안에 앉아 있었는데 지금 두 시간째다. 홍상기가 말을 이었다.

"무사시는 야마구치조 소유업체 중에서 가장 매출을 많이 내지요, 더구나 오타카가 단골입니다."

홍상기가 이를 드러내고 웃었다.

"제 가게에 매일 들르는 셈이지요."

홍상기는 김필성이 소개시켜준 정보원 겸 안내역이다. 42세, 스미요시 카이 소속으로 기요타 회장의 보좌역을 지내다가 작년에 다리를 다쳐 은퇴했다. 교통사고로 왼쪽 다리를 절단한 것이다. 의족을 했지만 과감히 은퇴를 신청, 지금은 파친코 사장, 그러나 기요타의 추천으로 김필성을 도와주는 관계가 되었다. 긴자에서 20년을 보낸 터라 자신의 말대로 긴자 박사다. 어느 곳에 어떤 놈이 단골인지, 매출이 얼마인지, 구역별 야쿠자 세력이 어떤지 두르르 꿰고 있다.

"저놈, 오타카가 나오려면 두 시간쯤 더 있어야 될 거요."

홍상기가 무사시 정문을 바라보며 말했다.

"오타카는 무사시 밀실에서 일까지 치르고 나오니까."

"오타카는 결혼 안 했습니까?"

"웬걸요? 했지요, 아이가 둘이오."

정색한 홍상기가 말을 잇는다.

"저놈은 양색(兩色)이오, 그런 놈 많아."

"……."

"오타카가 지난주에 경호원으로 소다라는 놈을 채용했는데 애인이지, 그놈이 지금 주차장에서 기다리고 있어요."

"인간은 다 결점이나 흠이 한두 개씩 있지요."

"그것이 일반 상식을 벗어나면 위험한 것이지요."

바로 대답한 홍상기가 권철의 시선을 받고는 빙그레 웃었다.

"오타카가 다른 건 모르지만 남색(男色) 문제는 야쿠자 오야붕들 사이에 웃음거리요."

"그래도 다까노가 밀어주지 않습니까?"

"그래서 다까노한테 매달리는 것이지요. 그것을 아는 다까노가 오타카를 하인처럼 부리는 것이고."

"그렇군요."

"옛날 야마구치조 조장 시노다는 다까노와 대등한 관계였습니다."

권철이 머리를 끄덕였다. 시노다가 죽음으로써 다까노는 야마구치조를 장악할 기회를 얻은 것이다. 타인의 불행이 본인에게 행운이 되는 경우가 있다. 적과 아군의 경우가 아니더라도 한쪽이 손해를 보면 다른 쪽이 이득이 생긴다. 이것이 만고의 진리다. 균형의 법칙이기도 하다.

"너 오늘 일 끝내고 이곳으로 와."

오타카가 기요스에게 쪽지를 내밀면서 말했다.

"지배인한테 널 1시에 퇴근시키라고 할 테니까, 알았어?"

"네, 조장님."

기요스가 다소곳한 표정으로 말했다. 그림 같은 미녀다. 젖가슴도 풍만했고 특히 몸이 버들가지처럼 유연해서 시선이 떼어지지 않을 정도다. 가는 목, 제법 풍만한 엉덩이, 원피스 밑으로 쭉 뻗은 다리, 그런데 기요스는 여장남자다. 아직 성전환도 하지 않았다. 오타카가 기요스의 어깨를 한 팔로 감싸 안고는 볼에 입을 맞췄다.

"내가 너를 이제야 만나다니, 내 인생에 이제 봄이 오는 것 같다."

50대 중반의 오타카는 그동안 봄 없는 세상을 살아온 것처럼 말한다.

그 시간에 중국 베이징 교외의 건청장에서 등소평과 화오방, 조자양 3인이 모여 마작을 하는 중이다. 밤 12시 10분, 늦은 시간이지만 이들에게는 초저녁이나 같다. 오늘은 등소평이 내기 마작을 하자면서 둘을 부른 것이다. 화오방은 중국 대륙의 서열 1위인 총서기, 조자양은 서열 2위의 총리다.

등소평은 기분이 좋았다. 마작을 시작한 지 2시간이 되었는데 돈을 2백 불쯤 땄기 때문이다. 테이블에는 1불, 5불, 10불짜리 지폐가 놓여져 있었는데 제일 큰 판이 30불짜리다. 화오방과 조자양이 서로 짜고 잃어 주고 있었기 때문에 이 정도로 땄지 제대로 했다면 다 잃었다.

각자의 판돈은 3백 불 정도였지만 판이 작아서 오래간다. 그때 등소평이 생각난 것처럼 말했다.

"저기, 한국 대통령이 이광을 만나자고 불렀다는구만, 이광 측에서 나한테 연락이 왔다."

화오방과 조자양이 서로의 얼굴을 보았다.

"아, 그렇습니까?"

대답은 화오방이 했다. 정색한 화오방이 물었다.

"왜 불렀을까요?"

"왜 불렀을 것 같나?"

등소평이 되묻자 화오방이 숨부터 들이켰다. 화오방은 66세, 그러나 등소평은 78세다. 등소평 앞에서는 아직 어린애다. 화오방이 대답했다.

"예, 잡으려다가 2번이나 실패했지 않습니까? 더구나 측근인 황 아무개도 이광의 공작으로 외국으로 도망간 처지입니다. 불러서 경고를 줄 것 같은데요."

"네 생각은 어때?"

등소평이 바로 조자양에게 물었다. 조자양이 헛기침을 했다.

"제 생각도 서기 동지와 같습니다."

그때 등소평이 앞에 쌓아놓은 판돈을 긁어모으면서 말했다. 게임이 끝나지도 않았는데 긁어가는 것이다.

"중국이라면 그러겠지. 하지만 한국은 민주화인지 뭔지가 진행되고 있어, 아마 다를 거다. 대통령이, 독재자라고 욕을 먹거든."

지폐를 한 장씩 펴서 손바닥에 쥐면서 등소평이 말을 이었다.

"이광이를 잡아넣어도 어쩔 수 없어, 그러니까 너희들 둘이 알아서 처리해라."

그러더니 덧붙였다.

"이것으로 너희들의 처신을 볼 수가 있겠다. 한국과는 우리가 외교 관계를 수립하기 전이니까, 어떻게 하는 게 낫겠냐?"

"젠장, 어떻게 해야 되지?"

건청장 현관 앞에 선 화오방이 조자양에게 물었다. 오전 1시 반, 중국의 공식서열 1인자와 2인자가 현관 앞에서 마주보고 서 있다. 건청장은 청나라 황제가 사용하던 별장으로 지금은 등소평이 차지하고 있다. 등소평은 둘의 판돈 6백 불을 긁어 안으로 들어가버린 것이다. 조자양이 한숨을 쉬었다.

"저 영감님은 항상 숙제를 낸다니까,"

"채점 점수는 무지하게 짜지."

이제는 화오방이 한숨을 쉬었다.

"우리는 만날 숙제만 풀다가 죽을 팔자인갑다."

"총서기 동지, 그 한 아무개라는 독재자한테 밀사를 보내는 것이 어떻습니까?"

"밀사?"

"서울에 있는 우리 연락사무소장을 보내잔 말입니다."

서울주재 중국 연락사무소장은 대사 역할이다. 아직 국교수립 전이어서 연락사무소와 소장이지 연락사무소는 명동의 거대한 건물이고 소장은 장관급이다.

"보내서 어떻게 하자는 거야?"

화오방이 묻자 조자양이 목소리를 낮췄다.

"이광이를 건드리면 국교를 단절할 수도 있다고 합시다."

"지금 어디, 국교가 성립된 관계인가? 한국 대통령 그놈은 콧방귀도 뀌지 않을 거네."

"지난번에는 후세인이 한국 외무장관을 간첩 혐의로 체포해서 구속시켰습니다. 한국에서 이광이를 구속시켰을 때 말요."

"나도 알아, 그래서 맞바꿨던가?"

"맞바꿨다기보다도……."

문득 말을 멈춘 조자양이 눈빛이 강해졌다. 조자양은 머리가 비상해서 가끔 '제 꼬리를 문다'고 등소평한테 꾸지람을 받는다. 조자양이 화오방을 보았다.

"총서기 동지."

"엉뚱한 이야기 마, 총리."

화오방이 미리 경고를 했지만 조자양이 말을 이었다.

"우리가 먼저 이광을 초청합시다. 오늘 일찍 말입니다."

"초청?"

"한국 대통령하고 아직 일정이 잡히지 않았지요? 오늘 저녁에 밥 먹는다고 했다던가?"

"오늘 시간 잡는다고 했다더군."

"그럼 내가 중국 총리 자격으로 오늘 오후에 전용기를 보내는 거요, 리스타 중국 공장을 함께 시찰하겠다는 명분으로 말요."

"옳지."

그때서야 화오방이 머리를 끄덕였다.

"과연 조공명이구나."

조자양의 별명이 조공명이다. 화오방이 말을 이었다.

"그럼 시찰 끝내고 중국 공산당 총서기인 내가 이광이를 붙잡고 중·한 경제협력에 대한 협의를 하지, 아마 한 열흘은 걸릴 거야."

그러더니 문득 눈썹을 모으고 조자양을 보았다.

"총리, 내가 서열이 한 계단 높고 연상이기도 하니까 내가 노인께 보고를 하지, 괜찮겠나?"

"아, 그러시지요."

조자양이 선선히 대답했다.

"총서기 동지께서 생각해낸 아이디어라고 하시지요."

오전 2시, 시부야 오리엔트 호텔 1602호실 앞, 16층은 특실층이어서 붉은색 양탄자가 깔린 복도는 텅 비었다. 기요스가 벨을 누르자 5초쯤 지나서 문이 열렸다.

"아, 들어와."

웃음 띤 얼굴의 오타카다. 오타카는 이미 가운 차림으로 손에 위스키 잔을 쥐고 있다. 얼굴이 붉어져 있는 것이 술을 꽤 마신 것 같다. 오타카가 기요스를 들어오게 하려고 조금 비켜섰을 때다. 사내 하나가 기요스를 젖히면서 오타카를 안으로 밀치고 들어섰다.

"엇!"

놀란 오타카가 비틀거렸다가 겨우 몸을 세운 순간이다.

"컥!"

목에 수도로 일격을 맞은 오타카가 괴성을 뱉더니 두 손으로 목을 감싸 쥐고 주저앉았다. 기요스는 옆으로 비켜선 채 몸을 굳히고 있다. 그때 사내가 재빠르게 오타카의 뒤로 다가가더니 두 손으로 머리를 꽉

지끼듯 움켜쥐었다. 한 손은 앞으로 돌려 목을 감았고 손바닥은 볼을 감싸 쥔 것처럼 보인다. 그 순간,

"뚜두둑!"

뼈가 부러지는 소음이 울리더니 오타카의 얼굴이 등 쪽으로 돌아갔다. 목이 부러진 것이다.

"앗!"

차 안으로 들어갔던 요시노가 비명을 지르면서 뛰어나왔다. 문을 열고 나오다가 자빠졌으니 굴러 나왔다고 해야 맞다.

"이, 이거, 소다가! 소다!"

요시노가 기묘한 외침을 뱉자 모두 우르르 그쪽으로 몰려갔다.

"아앗!"

가장 먼저 달려간 사스키가 주춤 몸을 젖혔다. 그때 열려진 차 문을 통해 뒷좌석에 앉아 있는 소다를 보았다. 소다는 건장한 체격이다. 1미터 85의 신장에 90킬로, 레슬링 미들급 챔피언이었고 지금도 소다에게 잡히면 목이 부러진다고 알려져 있다.

그 소다가 손에 단검을 쥐고 늘어져 있다. 눈을 부릅떴고 갈라진 목에서는 지금도 피가 질금거리며 나온다. 차 안은 그야말로 피바다다. 소다가 제 목을 베고 죽은 것이다.

"치정살인입니다."

도쿄 경시청 강력부장 시모세가 경찰청장 구로다에게 보고했다. 오전 8시 반, 구로다가 출근하자마자 보고를 하고 있다.

"오타카와 애인 사이였던 경호원 소다가 질투심에 오타카의 목뼈를

부러뜨려 죽이고 차로 돌아가 칼로 목을 그어 자살한 것입니다."

전화로 대충 보고를 받은 터라 구로다가 혀를 찼다.

"야마구치조가 왜 이래?"

"오타카가 문제가 있었습니다. 청장 각하."

시모세가 냉정하게 말했다.

"경호원 애인이 보는 데서 딴 여자, 아니, 남자를 방으로 불렀으니까요."

"그 여자, 아니, 그놈은 지금 어딨나?"

"놀라서 아직도 정신을 차리지 못하고 있습니다. 그래서 사꾸라병원에 입원시켰습니다."

머리를 끄덕인 구로다가 전화기를 들었다.

"됐어, 보고서를 내."

이것으로 오타카의 일생은 보고서 몇 줄로 끝났다.

"왕진입니다."

수화구에서 사내가 그렇게 말했을 때 청와대 비서실장 오정도는 잠깐 뺑했다. 왕(王) 씨야 많다. 오죽하면 한국 노래에 '비단장사 왕서방' 가사가 있겠는가? 오정도가 2초쯤 망설였다. 이 전화는 비서실장 직통전화다. 전번을 아는 사람은 1백 명도 안 된다. 가족 10명, 장차관급 50여 명, 청와대 대통령 이하 수석급 20명 정도, 그리고 외국인, 대사급이 20명 정도, 그중에 왕(王) 씨가?

"아."

다음 순간 오정도의 입에서 비명 같은 외침이 울렸다. 서울 주재 중국연락사무소장 왕진이다. 그때까지 걸린 시간이 4초, 4초간 양쪽은 침묵을 지켰었다.

"아이구, 왕 대사님 아니십니까?"

오정도가 반색을 했다. 왕진이 누구인가? 중국 외교부의 서열 8인자로 영국대사까지 지낸 거물이다. 57세, 차기 외교부장 물망에도 오르고 있다. 한국과의 국교 정상화 작업을 위해 등소평의 특명을 받고 파견되었다는 소문이 있다.

한국에서는 등소평의 '등' 자만 들어도 긴장을 해서 때밀이한테 '등'을 밀어달라고 말도 못한다는 우스갯소리도 나온다. 그때 왕진이 점잖게 물었다.

"요즘 바쁘시지요?"

"아, 저야 뭐, 한가합니다. 언제든지……."

"이번 총선에서 승리하신 것 축하드립니다, 실장 각하."

왕진의 한국어는 유창하다. 젊었을 때 평양의 중국 대사관에서 3년간 근무하면서 죽어라고 한국어를 배웠다는 것이다. 그래서 한국어 욕도 잘한다. 한 번은 인터뷰 때 버릇없는 기자한테 '시볼'이라고 했는데 그것이 나중에 알고 보았더니 욕이었다.

"아이구, 감사합니다. 대사님."

오정도는 왕진을 대사로 부른다. 그때 왕진이 가볍게 헛기침을 했다.

"실장 각하, 오늘 중화민국 총리 전용기가 한국에 착륙해도 되겠습니까?"

"예? 총, 총리 전용기가 말씀입니까?"

오정도가 펄쩍 뛰었다. 중국 총리 조자양이 한국에 온단 말인가? 세계 톱뉴스감이다. 갑자기 오는 것이 걸리긴 하지만 중국 총리의 한국방문이다. 지금까지 조자양은 미국도 안 갔다. 한국의 국위가 100계단은 상승할 것이었다.

“당연하지요, 당장 공항을 비워놓겠습니다.”

이것이 군(軍) 출신들의 장점이자 단점이기도 하다. 공항을 텅 비워놓는단 말인가? 다른 비행기들은 어떻게 하고? 길거리에 다 주차시켜? 말은 시원하게 하지만 대책도 없이 말한다. 그때 왕진이 말했다.

“감사합니다, 실장 각하.”

“천만의 말씀입니다. 그럼 총리께선 몇 시에 도착하십니까? 공항을 비워놓으려고…….”

“아닙니다.”

“예?”

“총리는 베이징공항에서 기다리고 계실 것입니다.”

“누, 누구를요?”

“참 이 말씀을 안 드렸군요.”

“예?”

“리스타의 이광 회장을 총리께서 지난달에 초청을 하셨는데요.”

“…….”

“오늘 겨우 일정이 잡히셔서 급히 전용기를 보내시는 것입니다.”

“아아.”

“이 회장을 싣고 가려는데 괜찮겠지요?”

“아아, 그것은.”

“공항에 문제가 있습니까?”

“아닙니다, 전혀.”

“그럼 착륙해도 되겠지요? 오후 2시 정각에 전용기가 착륙합니다.”

“아아, 예.”

"이 회장이 그 시간에 공항에 나올 수 있을지 모르겠군요."

"그, 그것은, 당연히."

"그럼 대통령 각하께 안부 인사를 전해주시지요."

"예, 장관님."

그때 전화가 끊겼기 때문에 오정도는 어깨를 늘어뜨렸다. 이것으로 대통령 한두진과의 면담은 무산되었다.

"준비해."

이광이 말하자 강은서가 눈을 크게 떴다. 저택 안, 응접실에 둘이 마주보고 서 있다.

"뭘?"

"갈 준비."

"어디?"

"중국."

"내가?"

"그래."

"왜?"

여기까지는 대화가 일사천리로 진행되었다가 멈춰졌다. 오전 9시 반, 이광은 중국 측으로부터 조자양 총리가 전용기를 보낸다는 통고를 받은 참이다. 그래서 떠날 준비를 하려다가 강은서에게 말한 것이다. 이광이 말을 이었다.

"이번에는 나하고 같이 돌아다니자, 너도 세상을 봐야지."

"애는?"

"한이하고 상철이까지 같이 데리고 가."

"안 돼."

몸을 돌린 강은서가 거실로 다가가면서 말했다.

"난 여기서 견디고 있을 테니까 당신은 가, 아이들은 나한테 맡기고."

"좋아."

이광이 곧 양보했다.

"내가 자리 잡고 부를 때는 올 거지?"

"한이가 아직 100일도 되지 않았어."

방으로 들어선 강은서의 목소리만 들렸다.

"100일 지나면 생각해볼게."

공항으로 달리는 차 안에서 안학태가 보고했다.

"오타카는 남자 애인이었던 경호원 소다가 목뼈를 부러뜨려 살해한 것으로 사건이 종결되었습니다."

이광은 창밖만 보았고 안학태의 보고가 이어졌다.

"살인 현장을 목격했던 기요스라는 여장남자 종업원은 충격을 받아 병원에 입원했습니다."

"……."

"참."

안학태가 좀처럼 쓰지 않는 '참'이라는 말을 했다. 감탄사 겸용도 된다. 안학태가 이광의 옆얼굴에 대고 말했다.

"다까노가 김 법인장의 전화를 받지 않는다고 합니다."

"……."

"충격을 받은 것 같습니다."

"……."

"야마구치조는 오늘 오후에 다시 42개 지역 오야봉들이 모여 회의를 할 예정인데 지금 혼란 상태라고 합니다."

"……."

"지난번에는 다까노가 배후에서 조종했기 때문에 일사불란하게 끝났거든요."

그러더니 다시 안학태가 감탄사를 내놓았다. 오늘은 유별나다.

"참."

이제는 이광이 머리를 돌려 안학태를 보았다. 그때 안학태가 말했다.

"권철은 조금 전 베이징으로 출국했습니다, 회장님."

목을 부러뜨려 죽인 것은 이번이 세 번째다. 두 번은 리비아 게릴라 중대를 이끌고 챠드군의 막사를 기습했을 때다. 흑인들의 목뼈는 단단해서 힘이 들었다. 이번 오타카의 목뼈는 그 절반의 힘도 안 들어갔다. 기요스한테는 약속대로 1만 불짜리 뭉치로 5만 불을 주었다. 선금으로 2만 불을 주었고 병원으로 찾아가 화장실에서 3만 불을 주었더니 눈물을 뚝뚝 흘리면서 이 돈으로 성전환 수술을 받는다고 했다.

이번 작전에서 힘이 들었던 것은 소다의 목을 베는 작업이었다. 자살로 위장해야 해서 격투한 흔적이 보이면 안 되었기 때문에 애를 먹었다. 결국 차에서 나오는 소다의 목을 쳐 기절시킨 후에 안으로 끌고 가서 목을 베었던 것이다. 홍상기가 안내를 했지만 모두 권철 혼자서 처리한 일이다. 홍상기는 보지도 않았다.

"마실 것 드릴까요?"

옆에서 들리는 목소리에 권철은 생각에서 깨어났다. 스튜어디스가 내려다보고 있다. 미인이다. 맑고 서글서글한 눈, 인조 눈썹이 아닌 짙은 속눈썹, 열게 웃음 띤 입술, 문득 저 입술을 빨고 싶은 충동이 일어났다. 안혜진도 이렇게 만났지, 그러나 이 비행기는 일본항공, 일본인 스튜어디스다.

"아, 맥주 한 캔."

권철이 손가락 하나를 들어 보이고는 스튜어디스의 가슴에 붙여진 이름표를 보았다. '시바다'다.

"시바다 양, 베이징에서 쉽니까?"

"네? 네."

시바다의 얼굴이 조금 붉어졌다. 이곳은 비즈니스 좌석이다. 몸을 돌린 시바다의 다리가 잠깐 휘청거리는 것을 권철은 놓치지 않았다. 미끈한 종아리, 엉덩이는 빵빵하다. 입안에 고인 침을 삼킨 권철의 두 눈이 번들거렸다. 오타카의 목뼈를 부러뜨리기 직전의 표정과 똑같다.

"뭐라고?"

대통령 한두진이 어깨를 부풀리면서 오정도를 보았다. 입도 반쯤 벌리고 있다. 오정도는 숨을 멈췄다. 1년에 한두 번 정도나 볼 수 있는 표정이다. 놀랐거나 화가 났을 때 저런 표정이 된다. 한두진이 어깨를 들썩이면서 다시 물었다.

"중국 총리 조자양이 전용기를 보냈어?"

"예, 각하."

부동자세로 선 오정도가 한숨을 참고 말을 이었다.

"한 달 전부터 약속이 잡혔던 것이라고, 그래서 베이징공항에서 이 회장을 기다린다고 했습니다."

"공항에서?"

"예, 각하."

"오늘 데려간다고?"

"예, 중국 전용기는 오전 11시 30분에 도착할 예정입니다."

오전 10시 반이다. 한두진이 의자에 등을 붙이면서 혼잣소리처럼 말했다.

"많이 컸군."

"다까노는 지금 후쿠오카에 있습니다."

이찌베가 말하고는 픽픽 웃었다.

"그곳에 안가가 있거든요."

"그럼 숨었단 말입니까?"

김필성이 묻자 이찌베는 한 모금에 술부터 삼켰다. 오전 11시, 아직 점심시간도 안 되었는데 둘은 긴자의 일식집 방에서 일본 소주를 마시고 있다.

"오타카가 죽자 위험하다고 느낀 겁니다."

이찌베가 말을 이었다.

"다음 차례는 자신이라고 생각했을지도 모릅니다."

"……."

"후쿠오카 안가는 안전한가요?"

"야마구치 후쿠오카 지부의 지부장 사다요시가 다까노의 경호역이지요. 오타카하고 사다요시를 다까노가 키워준 것입니다."

"……."

"사다요시는 휘하에 300명 정도를 두고 있는데 오타카의 심복이었습니다. 지금은 끈 떨어진 연 신세지만……."

"그런 놈이 위험해요, 이찌베 씨."

김필성이 입을 열었다.

"그렇다면 다까노는 도망친 것이 아니라 차기 조장하고 야마구치의 장래를 논의하려고 간 것이 아닐까요?"

"사다요시는 서열이 낮아서 안 돼요."

이찌베가 웃음 띤 얼굴로 말을 이었다.

"그놈은 42개 지역 오야붕 중 서열이 38위요, 만일 그놈이 조장이 된다면 오야붕들이 들고 일어날 겁니다."

그러고는 결론을 내었다.

"다까노는 그곳이 세상에서 가장 안전하다고 믿고 있는 겁니다."

"오타카는 살해된 겁니다."

전화기를 귀에 붙인 다까노가 소리치듯 말을 이었다.

"경시청 놈들 하는 짓을 보면 한심하기 짝이 없어요, 오타카가 경호원한테 살해되다니요? 이건 재수사를 해야 됩니다. 이광이의 리스타가 개입을 했다구요."

"잠깐, 다까노 씨."

그렇게 말을 막은 사내는 하시모토다. 오후 12시 반, 하시모토가 짜증 난 목소리로 물었다.

"다까노 씨, 당신 지금 어디에 있어?"

"예, 잠깐 도쿄를 떠났습니다."

"왜?"

"위험해서요."

"누가?"

"뻔하지 않습니까? 이광이가 다음에는 나를 노릴 겁니다. 나만 없애면 일본 시장을 먹을 테니까요."

"기가 막히군."

입맛을 다신 하시모토의 목소리가 얼음장 위에서 울리는 것 같다.

"다까노 씨, 당신 좀 이상해진 것 아냐?"

"간사장님, 이광이가 이제는 적극적으로 나오고 있는 겁니다. 지금까지는 저를 끼고 가면서 서로 이득을 얻자는 방침이었는데 이제 방법을 바꾼 겁니다. 중간에 낀 저를 제거하고 정면승부를 하겠다는 것이지요."

"이 사람이 소설 쓰나?"

"답답합니다."

"내가 그래."

"두고 보십시오, 이광이가 곧 야쿠자를 손바닥 위에 놓고 조종할 겁니다."

"당신처럼 말인가?"

"저는 이광이를 막으려고 야마구치를 키운 겁니다, 간사장님."

"이봐, 다시 연락합시다."

그러고는 통화가 끊기자 다까노가 이를 악물었다.

"출산을 축하합니다, 이 회장."

조자양이 이광의 손을 잡으면서 한 말이다. 베이징공항, 조자양이 자신의 전용기에서 내리는 이광을 맞고 있다.

"감사합니다, 각하."

"자, 사진 찍게 포즈를 잡아요."

이광의 손을 쥔 채 나란히 선 조자양이 카메라맨들을 향해 웃어 보였다. 공항의 조자양 전용기 앞에서 카메라 플래시가 계속해서 번쩍였다. 조자양이 부른 것이다. 카메라를 향해 웃어 보이면서 조자양이 말을 이었다.

"이 사진을 당신 대통령이 볼 테니까 웃어줘요, 이 회장."

"예, 각하."

"내가 전용기를 보낸 건 위원장님의 지시였소, 알고 계시지요?"

"감사합니다."

"우리가 알아봤더니 이번에 당신이 대통령을 만났을 때 각서를 쓸 뻔했소."

"무슨 말씀입니까?"

"당신 사업체를 국가에 헌납한다는 각서 말이오, 그 초안을 우리가 입수했소."

"……."

"리스타상사를 국영기업으로 만들 작정이었더구만, 그 사람들 공산주의 사회인 우리보다 더해."

숨을 들이켠 이광을 보자 조자양이 빙그레 웃더니 기자들을 향해 손을 흔들며 말했다.

"자, 쇼는 그만합시다."

베이징 이화원 근처에는 청나라 시대의 별장들이 많다. 그중 하나인 추령장은 조자양이 손님 접대용으로 사용되는 곳이다. 이광이 추령장에 들어왔을 때는 오후 3시가 되어갈 무렵이다. 조자양은 현관 앞까지 이광을 데려다주고 돌아갔기 때문에 별장에는 이광 일행만 남았다. 응접실에 앉은 이광이 웃음 띤 얼굴로 안학태에게 서류를 건네주었다. 두툼하다.

"내가 오늘 대통령을 만났을 때 서명을 할 뻔했던 서류라는 거야."

서류를 받은 안학태가 숨도 안 쉬고 읽더니 머리를 들고 이광을 보았다.

"이럴 수가 있습니까?"

안학태의 목소리가 떨렸다. 서류는 수십 장이었는데 주식포기각서에서부터 합의서, 시인서 등으로 나누어졌다. 리스타의 주력 회사인 리스타상사를 해체, 수십 개 부분으로 쪼개서 합병, 매각, 인수 등으로 처리하는 내용이었다.

"이런 날강도 같은 놈들."

안학태가 상기된 얼굴로 말했다.

"요즘 세상에도 이런 놈들이 다 있나?"

"난 중국에서 이 서류를 입수한 것이 더 신기하다."

이광이 웃음 띤 얼굴로 말을 이었다.

"정보력이 뛰어나구만."

"그야 여러 방면의 전문가들이 필요했을 테니까요, 그 와중에 유출되었을 겁니다."

"내가 설령 대통령을 만났다고 해도 이 서류에 서명 안 했을 거야."

이광이 어느덧 차분해진 얼굴로 말을 이었다.

"대통령이 아직도 이런 발상을 하다니. 한심해, 부끄럽다."

"얼마 가지 않을 겁니다."

이광은 입을 다물었다. 마지막으로 안간힘을 쓰는 것처럼 느껴졌기 때문이다. 그때 안학태가 혼잣소리처럼 말했다.

"중국 정부의 신세를 졌는데요."

"우리가 보답을 받은 거야."

이광도 혼잣말처럼 대답했다.

오후 5시, 응접실로 해밀턴이 들어와 인사를 했다. 해밀턴은 조금 늦게 베이징에 온 것이다.

"다행입니다."

소파에 앉은 해밀턴이 쓴웃음을 띤 얼굴로 말했다.

"안 실장한테서 서류를 받아 보았습니다."

해밀턴이 말을 이었다.

"당분간은 귀국하지 않으시는 것이 낫겠습니다."

"그렇지 않아도 베이징에 임시본부를 만들 예정이야."

"그것이 좋겠습니다."

주위를 둘러본 해밀턴이 탄성을 뱉었다.

"황제의 별장 같군요, 이곳에서 계셔도 되겠습니다."

황제의 별장이 맞다. 그리고 조자양이 이곳을 얼마든지 사용하라고 했다.

그 시간에 다까노와 사다요시는 호숫가의 벤치에 나란히 앉아 있었는데 뒤쪽이 안가다. 안가는 호숫가에 세워져 있다.

"사다요시, 내가 여기 있다는 걸 몇 명이 아나?"

다까노가 묻자 사다요시의 얼굴에 웃음이 떠올랐다.

"저하고 제가 뽑은 8명 외에는 모릅니다. 그리고 8명은 모두 휴가로 처리해놓고 외부하고의 연락을 끊었습니다."

"지금 조(組)가 동요하고는 있어, 이쪽저쪽에 연락을 해보니까 말야."

"다른 조직에서도 모두 우리를 주시하고 있습니다, 회장님."

"당연히 그러겠지."

"야마구치조가 하루아침에 무너질 리는 없겠지만 좀 부끄럽습니다."

"그래서 지난번에 조(組)를 42개 독립채산 형태로 나눈 거야."

다까노가 말을 이었다.

"그렇게 나누지 않았다면 지금은 조가 엉망진창이 되어 있을 거라구, 이놈 저놈이 조장하겠다고 날뛰겠지, 하지만 지금 둘러보라구, 제각기 제 구역을 지키면서 상황을 살피고 있잖아?"

"그건 그렇습니다."

"내가 이곳에 온 지 사흘째지?"

"그렇습니다."

"오타카 장례식에 몇 명이 왔다 간 거야?"

"조장 7명이 왔습니다. 다른 조직의 오야붕은 12명, 경시청의 주의도 있어서 30분 안에 끝내고 돌아갔습니다."

다까노는 호수만 보았다. 42명 지역 조장 중 7명만 왔다면 6분지 1이다. 7명 중에 1명씩 온 셈이다.

"내가 내일 도쿄로 올라갈 거야."

다까노가 돌멩이 하나를 집어 호수에 던졌다. 잔잔한 호수에 파문이 일어났다가 곧 가라앉았다.

"하지만 가기 전에 할 일이 있어."

"자네가 권철인가?"

권철의 인사를 받은 해밀턴이 물었다. 추령장 안, 오후 7시, 워낙 졸자라 소리 없이 추렵장에 합류했던 권철이 해밀턴의 호출을 받고 온 것이다. 권철은 바짝 긴장하고 있다. 해밀턴이 누구인가? CIA 부장보 출신으로 리스타연합의 사장을 맡고 있는 거물이다.

"예, 사장님."

부동자세로 선 권철의 긴장한 모습을 보더니 해밀턴이 턱으로 앞쪽 자리를 가리켰다. 이곳은 추렵장의 별관 응접실 안, 안에는 둘뿐이다. 권철이 자리에 앉아 해밀턴이 지그시 시선을 주었다.

"이번에 임무 잘 처리했어, 권."

"예, 사장님."

대답부터 하고 난 권철이 해밀턴에게 물었다.

"무슨 임무 말씀입니까?"

"회장님한테서 들었어."

"아, 예."

그렇다면 할 말이 없다. 그때 해밀턴이 말을 이었다.

"네 이력과 경력을 보았어, 흥미 있더군, 제멋대로인 점도 있지만 아직까지는 별문제가 없어."

"……."

"내일 나하고 같이 가자, 할 일이 있어."

"사장님, 저는 비서실 소속이기 때문에……."

"내가 안 사장 허가도 없이 이런 말 할 것 같으냐?"

"아, 예."

"파견 형식이야, 내 일을 끝내고 회장님 곁으로 돌아오면 돼."

"아, 예, 사장님."

"나도 부하가 많아, 권."

“예, 사장님.”

“회장님이 널 시키라는 지시다.”

해밀턴의 표정이 엄격해졌다.

“왜 그러신지 난 알 수가 없지만 너도 이유를 물을 처지가 못 돼.”

“넌 파견 근무다.”

해밀턴과 헤어져 옆쪽 사무실에 있는 안학태에게 갔더니 대뜸 그렇게 말했다.

“일 마치고 돌아와.”

“예, 실장님.”

어디로 가느냐고 물을 필요도 없다. 머리를 든 안학태가 권철을 보았다. 순간 권철은 조금 전 해밀턴과 안학태의 표정이 비슷하다는 것을 느꼈다. 생김새는 전혀 다르지만 분위기가 비슷하다고 할까? 쳐다보면서 뭔가 생각하는 표정이다. 권철이 절을 하고 나서 물었다.

“저, 오늘 외출해도 됩니까?”

“그래.”

선선히 승낙한 안학태가 말을 이었다.

“내일 오전 10시부터 넌 리스타연합 해밀턴 사장한테 파견 근무다. 그러니까 10시에 해밀턴 사장한테 신고해.”

오후 7시 반, 일본, 후쿠오카 북방의 안가에서 다까노가 전화기를 귀에 붙이고는 상대방의 응답을 기다리고 있다. 방금 하시모토의 직통전화 버튼을 눌렀기 때문이다. 그때 하시모토의 목소리가 울렸다.

“예, 하시모토요.”

"접니다."

전화기를 고쳐 쥔 다까노가 굳어진 얼굴로 말했다.

"드릴 말씀이 있습니다."

"말하게, 다까노 씨."

"일본국, 운명이 걸린 일입니다."

"또 거창하게 시작하는군, 다까노 씨."

하시모토의 한숨 소리가 수화구에서 들려 나왔다. 다까노는 눈을 치켜떴다.

"간사장님, 아직 심각하게 느끼지 못하시는 군요. 이광은 후미코의 애인으로 소문이 났는데도 이제 언론도 무심하고 국민들도 그러려니 합니다. 그렇지요?"

"당연하지, 시간이 지나면 다 그렇게 되는 거야."

"이광이 야쿠자의 2대(大), 3대(大) 조직을 손아귀에 넣고 돌격대 역할을 하는 혼다조(組)를 턱 끝으로 부리고 있어도 시간이 지나면 아무렇지도 않게 된다는 말씀이지요?"

"과장하지 말게, 다까노 씨."

"이광이 삼합회 후견인이 되어서 지금 일본에 삼합회가 대량 투입되고 있어도 아무렇지도 않다는 겁니까?"

"이봐, 다까노 씨."

하시모토의 목소리가 높아졌다.

"난 당 간사장일 뿐이야. 총리도 있고 내무장관, 경시청장, 하다못해 국회 내무분과위원장, 정보위원장도 있어, 왜 나만 붙잡고 이러는 거야?"

"의원님이 실세이기 때문이죠, 지금 미야자키 내각은 의원님의 꼭두

각시 아닙니까?"

"말이 심하군."

"제가 이 말을 관방장관 다케야마 씨한테 해야 되겠습니까?"

"그러든가."

했지만 하시모토의 목소리에는 불편한 기색이 역력했다. 다케야마와 하시모토는 당에 파벌을 가진 영수다. 다케야마 파벌은 하시모토 파벌 다음인 것이다. 그때 다까노가 말을 이었다.

"이런 일은 의원님이 나서셔야 합니다."

"괜히 일 시키려고 추켜세우지 마."

"일·한 정부가 합동으로 작업을 하면 명분도 서고 힘도 몇 배나 세어집니다."

"……."

"이광은 현재 한국 정부한테도 자꾸 커가는 암세포 같은 존재지요, 한국에서 들리는 소문에 의하면 한국 대통령이 이광을 청와대로 초청해놓고 회사를 공중분해 시키려다가 중국 측의 도움으로 빠져나갔다는 것입니다."

"누구한테 들었는데?'

"저도 정보원이 있습니다."

"오무라한테서 들었군."

"의원님께서 총리님을 만나보시지요, 그러고 한국 대통령과 이광의 처리문제에 대해서 합의를 하셔야 합니다. 아마 한국 대통령도 반길 것입니다."

하시모토가 숨을 들이켰다. 머리 회전 빠르기로는 다까노가 몇 수 위다. 대인관계에 있어서는 더 윗길이다. 물론 하시모토의 장점은 다까노가 따라오지 못한다. 한동안 앞쪽을 응시하던 하시모토가 마침내 물었다.

"어떤 명분으로 총리가 한국 대통령에게 접근하면 되겠나?"

"이광의 마약 사업이지요."

다까노가 준비하고 있었던 것처럼 대번에 말했다.

"이광은 마약 사업으로 엄청난 거금을 긁어모으고 있습니다."

하시모토가 입을 열었다가 닫았다. 그 정보는 어디에서 나온 것이냐고 물을 뻔했던 것이다. 그런데 잠깐 생각해보니까 뻔했다.

3장
해결사

"아, 잠깐."

시바다가 두 손으로 권철의 가슴을 밀었지만 힘에 밀려 소파 위로 쓰러졌다.

"아, 제발."

시바다의 외침은 곧 권철의 입에 막혔다. 권철의 입이 입술을 덮었기 때문이다. 아예 입 안에 넣었다고 해야 맞다. 오후 10시 반, 이곳은 천안문 근처의 베이징호텔, 아래층 식당에서 저녁과 함께 포도주 2병을 나눠 마신 터라 적당히 취기가 오른 상태, 베이징의 몇 개 안 되는 특급호텔이어서 서비스는 훌륭했고 호텔 분위기도 좋았다.

더구나 권철의 매너는 시바다의 호감도를 급격하게 상승시킨 상태다. 비행기 안에서 시바다는 자신이 투숙한 호텔 전번을 알려주기는 했다. 호감이 있었기 때문에 만난 것이다. 그런데 권철은 시간이 지날수록 끌리는 남자였다. 건장하고 사내답게 생긴 용모, 유창한 일본어, 재치 있고 유머러스한 말솜씨, 아마 2분의 한 번꼴로 웃었던 것 같다. 그러고 나서 14층의 방에서 커피나 한 잔 마시자고 하길래 자연스럽게 올라온 것인데.

"아."

잠깐 입이 떼어졌을 때 시바다가 외쳤다.

"이러면 안 돼요, 권 상."

지금까지 한 번도 외국 비행을 나와서 이런 일이 없는 것이다. 더구나 도쿄에는 대학 시절부터 사귀던 오오야마가 있다. 그때 시바다는 스커트가 거칠게 벗겨지는 것을 느꼈다. 지금 시바다는 권철에게 깔려 소파에 눕혀져 있다.

"아, 권 상, 나는 사귀는 남자가……."

시바다가 외쳤을 때 이번에는 팬티가 벗겨져 나갔다. 위에 떠 있는 권철도 전혀 다른 남자다. 그때 권철이 서둘러 제 바지를 벗으며 다시 키스했다. 시바다는 때마침 올라온 술기운이 격한 상황과 버무려져 정신이 아득해지는 느낌이다.

"권 상, 제발, 난 남자가……."

시바다는 입으로 거부를 하면서도 어느새 두 팔은 권철의 등을 안고 있다.

그때 권철이 시바다를 그윽하게 내려다보며 한국어로 말했다.

"야, 조용히 좀 해라."

그 순간 권철이 빈틈없이 몸을 밀착해 왔다. 시바다의 입에서 긴 신음소리가 울렸다. 시바다가 헐떡이는 목소리로 물었다.

"좀 전에 한국어로 뭐라고 했어요?"

권철이 빙긋 웃으며 말했다.

"몸매가 죽여준다고."

밤 11시 반, 오늘은 시부야의 카페 특실 안에서 김필성하고 이찌베가 마주앉아 있다. 둘 앞에는 소형 녹음기가 놓여져 있었는데 지금 다까노와 하시모토의 녹음된 통화 내용이 끝나가는 중이다. 하시모토의 목소리가 울린다.

"어떤 명분으로 총리가 한국 대통령에게 접근하면 되겠나?"

"이광의 마약 사업이지요."

다까노의 목소리.

"이광은 마약 사업으로 엄청난 거금을 긁어모으고 있습니다."

이찌베가 녹음기의 정지 버튼을 누르고는 김필성을 보았다.

"아마 이 내용으로 우리 총리가 한국 대통령에게 이야기를 할 겁니다."

이찌베의 얼굴에 쓴웃음이 번져졌다.

"양국 비서실에 뛰어난 인재가 많으니까 양국 공동으로 회장님을 잡을 명분을 만들 수 있을 겁니다."

"다까노, 이놈이."

김필성이 손을 뻗쳐 녹음기를 쥐더니 이찌베를 향해 앉은 채로 머리를 숙였다.

"우리가 신세를 집니다. 이찌베 부장."

"난 받은 대가는 합니다."

이찌베가 정색하고 대답했다.

오전 1시, 베이징 천안문 광장 바로 앞쪽 차이나 호텔에 투숙하고 있던 해밀턴이 비서가 건네주는 전화기를 받는다. 발신자는 지금 LA에 와 있는 리스타유통의 사장 오금봉이다.

"아, 오 사장 웬일이시오?"

오금봉과는 자주 만나는 사이지만 이 시간의 전화는 긴장이 된다. LA는 오전 9시가 될 것이었다. 그때 오금봉이 말했다.

"일본 다까노 문제인데 지장 없겠지요?"

대뜸 묻는 말의 의미를 파악하는데 해밀턴은 3초쯤 걸렸다. LA 출신이라 빠르다. 더구나 오금봉 또한 안기부 차장 출신 아닌가? 해밀턴이 대답했다.

"지장 없겠지요."

바로 말 해버리라는 의미다. 다까노 문제란 뻔하다. 요즘 일어난 사건에 대해서 할 이야기가 있는 것이다. 그런데 이곳은 중국이다. 중국의 최고지도자들이 이광을 보호하려고 전용기까지 보내는 상황 아닌가? 총리 조자양은 그 바쁜 일정에도 불구하고 공항까지 영접을 나와서 쇼까지 해주고 갔다. 모두 들어도 상관없으니 말하라고 했다. 그때 오금봉이 말했다.

"방금 일본에서 김필성이 보고를 해왔습니다. 다까노와 하시모토의 녹음테이프를 들려주더군요."

"아아."

김필성은 리스타유통 소속의 법인장이었으니 오금봉에게 즉각 보고를 한 것이다. 오금봉이 말을 이었다.

"근데 녹음테이프를 들어보니까 리스타연합에서 처리하는 것이 낫겠습니다. 그래서 그 녹음을 전해 드리지요."

"아, 준비하지요."

해밀턴이 옆에 서 있는 비서에게 지시하고는 비서들이 재빠르게 움직였다. 잠시 후에 다까노와 하시모토의 대화가 태평양을 건너 해밀턴의 녹음기로 옮겨졌다. 본래 이 대화는 일본에서 태평양을 건너 LA에 간 것이니까 하룻밤에 두 번 태평양을 건넜다.

"아, 아, 아."

시바다의 자지러지는 것 같은 신음, 이것은 쾌락의 탄성이다. 절대 신음이 아니다. 이제 시바다는 빈틈없이 권철에게 매달려 애타게 갈구하고 있다. 그때 시바다가 다시 절정으로 솟아오른다. 한없이 솟아오른다. 비명이 터지면서 온몸에 경련이 일어났다. 그때 권철이 문득 움직임을 멈췄다. 전화벨이 울리고 있는 것이다.

권철이 상반신을 일으키자 시바다가 어깨를 움켜쥐고 끌어당겼다. 그러나 어깨를 비틀면서 몸을 뺀 권철이 침대를 내려왔다. 그때 시바다의 아쉬운 신음이 터졌다. 전화기로 다가간 권철이 송수화기를 집어 들고 귀에 붙였다. 침대에 누운 시바다가 베개를 가슴에 끌어안더니 권철을 바라보았다. 홀린 듯한 시선이다. 권철은 알몸으로 서 있는 것이다. 가슴과 어깨 옆구리에 칼로 베이고 총탄이 찢고 간 상처가 생생했다.

"여보세요."

권철이 대답했을 때 해밀턴이 때려 붙이듯이 말했다.

"당장 나한테 와."

"이런 개자식 같으니."

후버가 욕을 했다. 오전 10시 반, 후버는 지금 랭글리의 CIA 본부 부장실에서 전화를 받고 있다. 상대는 해밀턴, 해밀턴은 지금 베이징에서 전화를 한다.

"이광이를 마약 사범으로 잡아넣는다는 말이지?"

후버가 확인하듯 묻자 해밀턴의 목소리가 크게 울렸다.

"예, 보스, 증거가 있답니다."

"이런 개자식."

"맞습니다."

"지금 너한테 욕한 거다, 해밀턴."

"예?"

"나한테 보스라고 하지 말랬지?"

"예, 보스."

그때 숨을 들이켠 후버가 다시 묻는다.

"그 증거란 게 뭐냐?"

"아직 모릅니다, 보스."

"다까노란 놈이 제공한 증거라고?"

"예, 보스."

"개자식."

"죄송합니다."

"너한테 욕한 게 아냐, 이번에는, 병신."

"예, 보스."

"네 생각에는 어떤 증거인 것 같으냐?"

"지금 파악 중입니다."

"다까노가 총리 쪽에 증거를 넘겼을까?"

"그건 아직……."

"체크해봐, 병신아, 빨리."

"예, 보스."

전화가 끊겼기 때문에 해밀턴이 투덜거렸다.

"개자식."

그게 누구한테 하는 욕인지 본인도 모른다.

"반우성이라고 합니다."

머리를 숙여 보인 사내가 권철에게 말했다. 건장한 체격, 날카로운 눈매, 굳게 다문 입술, 30대 초반쯤으로 보이는 사내는 삼합회의 대형(大兄)이다. 반우성은 일본에 파견된 삼합회의 간부로 휘하에 정예 50여 명을 이끌고 있다.

정예라고 한 것은 모두 무술에 뛰어났을 뿐만 아니라 일본어에도 유창해서 일본 사회에 바로 적응할 수 있는 요원들을 말한다. 그렇다. 요원이다. 삼합회 총사령인 회장 곽기윤은 오래전부터 화오방의 직속 군단(軍團)으로 단련되어 왔다. 그래서 '국제화 교육'을 위해 엄선된 요원들은 홍콩에서 몇 년 동안이나 적응 훈련을 받아온 것이다. 권철이 웃음 띤 얼굴로 반우성에게 손을 내밀었다.

"권철입니다. 잘 부탁합시다."

"오히려 제가."

권철의 손을 쥔 반우성이 따라 웃었다. 이곳은 도쿄 아카사카의 스트립바 사무실 안이다. 요즘은 스트립바가 유행해서 그야말로 두 집 건너 한 집이 스트립바로 영업장을 바꾼다. 스미요시 카이도 스트립바를 무려 30곳이나 개장을 했는데 이곳도 그중 하나다. 권철을 안내해온 종업원도 나갔기 때문에 사무실에는 둘이 남았다. 반우성이 이곳 가미카제 스트립바의 영업부장을 맡고 있는 것이다.

홍콩의 여권으로 버젓이 취업 비자까지 받은 신분이어서 전혀 하자가 없다. 그러나 거느리고 있는 삼합회 요원 대부분은 관광 여권이다.

반우성과 마주앉은 권철이 입을 열었다.

"준비되었지요?"

"예, 12명이 대기 중입니다."

반우성이 바로 대답했다. 두 눈이 긴장했기 때문인지 더 번들거리고 있다. 반우성이 말을 이었다.

"다까노는 사다요시와 함께 지금 신주쿠의 2층 맨션에 있습니다."

오후 6시 반, 다까노는 후쿠오카에서 도쿄로 돌아온 것이다. 이곳의 야마구치구미 오야붕들에게 경호를 부탁해도 되겠지만 후쿠오카에서 사다요시와 함께 올라왔다. 경호원은 8명, 안가를 경비하던 경호원을 모두 데려온 것이다. 그때 권철이 말했다.

"오늘 밤에 끝내야 돼요, 반 형."

"알겠습니다."

반우성이 번들거리는 눈을 가늘게 뜨고 웃었다.

"저희들 능력을 보여드릴 기회가 온 것이 기쁩니다, 권 선생."

지금 둘은 영어로 대화를 한다. 반우성의 시선을 받은 권철이 따라 웃었다.

"반 형, 목숨을 아끼세요, 앞으로 할 일이 많습니다."

대답은 했지만 반우성의 표정은 그런 분위기가 아니다. 그것을 본 권철이 말을 이었다.

"이번 일을 끝내고 우리는 바로 일본을 떠나야 됩니다. 알고 계시지요?"

"압니다."

"반 형은 앞으로 나하고 같은 팀이 될 겁니다. 그것도 들으셨지요?"

"영광으로 생각하고 있습니다."

"무슨 말씀을."

쓴웃음을 지은 권철이 반우성을 보았다. 오타카를 처리하고 나서 베이징에 갔다가 다시 돌아온 것이다. 아무도 그런 표현은 안 했지만 어느덧 자신이 집행자가 되어 있는 것이다. 형 집행자다. 이제 수렁에 발이 쑥 빠진 느낌이다. 한 발, 두 발, 가만히 있으면 몸이 쑥쑥 늪 속으로 빠져 들어가는 터라 서둘러 다른 발을 떼어야 한다. 그래야 빠져 죽지 않는다. 권철의 눈앞에 물 위를 정신없이 달리는 물 방아깨비의 모습이 떠올랐다. 멈추면 죽는다. 힘껏, 더 빨리 뛰어서 건너편 땅에 발을 디뎌야 한다.

오후 7시 반, 하시모토가 총리 비서실장 오무라의 전화를 받는다.

"아, 오무라, 이거 요즘 바쁘군, 식사나 했나?"

하시모토가 제법 예의를 차리면서 인사를 했을 때 오무라가 바로 본론을 꺼내었다.

"간사장님, 총리께 대충 말씀드렸습니다. 그래서 내일 오전 8시에 뵙자고 하시는데요."

"아, 8시 말인가? 그렇지, 일찍 만나야 머리도 맑은 상태에서 이야기하게 되지, 물론 오늘 밤에 술은 마시지 말아야겠지만."

"자료는 다 준비되겠지요?"

"지금 다까노가 열심히 모으고 있네. 하지만 그것이 국가 간 비즈니스인 데다가 마피아까지 끼어 있어서 복잡하다는군."

"말씀 듣고 나서 총리께서도 놀라셨습니다. 그러나 우리가 그 정보를 쥐고 있는 것이 유리하지요."

"모두 오무라 군, 자네 덕분이야."

하시모토가 이번에도 예의를 차렸다. 좀처럼 드문 힘든 경우다. 그때 오무라가 입을 열었다.

"조심하라고 전해주시지요, 저쪽 정보력도 만만치 않으니까요. 서두르셔야 합니다."

"물론이지, 하지만 걱정 안 해도 돼. 다까노 경호는 철저하네."

하시모토가 자신 있게 말했다.

"여긴 일본이야, 우리 영토라구."

"도대체 그 정보를 다까노가 어디에서 얻은 것 같습니까? 오 사장 생각은 어때요?"

이번에는 도청된 통화 내용을 30분 만에 들은 해밀턴이 물었다.

"그리고 그놈이 어디까지 알고 있는 거요?"

지금 해밀턴은 LA에 있는 오금봉과 통화 중이다. 김필성이 즉각 오금봉에게 보고를 했고 오금봉이 해밀턴과 상의를 하는 중이다. 각각 도쿄, LA, 베이징에 있는 터라 이번에도 도청된 하시모토와 오무라의 통화내용도 태평양을 왔다 갔다 했다. 김필성이 먼저 오금봉에게 보고했기 때문이다. 그때 오금봉이 말했다.

"오무라가 일본의 모든 정보기관을 관리하고 있지요, 오무라에게 모든 정보가 모인다고 봐야 합니다."

"그렇지요."

해밀턴이 옆에 앉은 안학태와 시선을 마주쳤다. 지금 해밀턴은 추령장에 들어와 있다. 오금봉이 말을 이었다.

"오무라가 전면에 나설 입장이 아니니까 다까노를 내세우는 것일지도 모릅니다. 다까노의 정보는 오무라한테서 받은 것일 가능성이 많습니다."

"내 생각도 그래요, 오 사장."

해밀턴이 머리를 끄덕였다. 총리 비서실의 정보력은 세계 최고수준인 것이다. 2차대전 당시에도 일본 정보국은 세계 최고 수준이었다. 패전 후에 일본 정보국의 간판은 사라졌고 대신 총리실 산하 정보팀이 운용되고 있지만 부서만 만들어지지 않았을 뿐 운용은 강대국의 '정보기관'에 뒤지지 않는다. 그 조직의 책임자가 오무라인 것이다. 해밀턴이 말을 이었다.

"오무라가 주도하면 일본 정보기관의 실체가 드러나 경계 대상이 될 우려가 있기 때문에 다까노를 내세우는 것이지요, 그러면 의문이 풀립니다. 오 사장."

옆에 앉은 안학태도 머리를 끄덕였다.

"자위대 특공대가 출동했습니다."

이찌베가 목소리를 낮추고 말했다.

"특공여단 소속 137부대에서 3개 팀 30여 명이 총리 경호업무로 도쿄에 급파된 겁니다."

"137부대?"

김필성이 갈라진 목소리로 물었다. 긴장한 것이다. 처음 듣는 부대다.

"그건 무슨 부대요?"

"테러 진압 부대로 최정예죠, 외국 국가원수 방문 때 경호 업무를 맡기도 하는데 오후 7시에 출동했군요."

"무슨 명목으로?"

"총리 경호업무인데 총리관저에는 오지 않았어요."

"그럼……."

"이번 작전과 관계가 있는 것 같습니다."

이찌베가 서두르듯 말을 이었다.

"다까노를 보호하고 있어요, 137부대를 동원하려면 총리 허가가 필요합니다."

"……."

"오무라가 허가를 받아낸 것이지요."

김필성은 숨을 들이켰다. 베일에 가려져 있던 실체가 드러나고 있는 것이다. 이찌베가 신주쿠지청 정보부장으로 옮겨온 후에 특급 정보에 접근할 수 있게 된 덕분이다.

사건이 커졌다. 해밀턴과 안학태가 응접실로 들어섰을 때는 오후 9시 반, 김필성의 보고를 받은 지 20분 후다. 이광의 앞쪽에 앉은 둘은 굳어진 표정이다. 먼저 안학태가 입을 열었다.

"저희들 선에서 처리하려고 했습니다만 아무래도 회장님께 먼저 보고를 드려야겠다고 결정했습니다."

이어서 해밀턴이 말했다.

"오늘 밤에 다까노가 리스타의 마약 사업에 대한 보고서를 작성해서 일본 총리에게 제출합니다. 다까노는 경총회장이며 리스타연합 회원 자격으로 고발을 하는 형식이 될 것입니다."

해밀턴과 안학태가 번갈아서 그동안의 과정과 진행 상황을 보고했다. 그러고 나서 해밀턴이 결론을 냈다.

"회장님, 일이 커질 것 같습니다. 오무라가 배후에서 이 사건을 지휘하고 있다는 것이 이번 자위대 특공대를 파견하는 것으로 드러났습니다.”

해밀턴이 정색하고 이광을 보았다.

“오무라는 우리가 다까노 입을 막으려고 한다는 것까지 알고 있는 것 같습니다.”

“…….”

“마약 문제를 터뜨리면서 한국 정부에게 협조를 요청하면 군사정권도 바로 일본 정부와 손발을 맞춰 리스타를 정리할 것입니다.”

“…….”

“서로 이익이 부합되니까 양국 정부가 협조관계를 형성하게 됩니다, 회장님.”

이윽고 이광의 얼굴에 웃음이 떠올랐다.

“그렇다면 나도 정부를 움직이는 수밖에 없다는 말인가?”

“그렇습니다.”

해밀턴과 안학태가 거의 동시에 대답했다. 대표로 안학태가 말을 이었다.

“회장님께서 해주셔야 될 것 같습니다.”

20분 후, 뉴욕, 오전 8시 5분, CIA 부장 후버가 직통전화를 받더니 우선 화부터 냈다. 해밀턴의 목소리였기 때문이다. 일어나 응접실로 나온 참이어서 혼자다.

“갓댐, 아침부터 네 전화를 받으면 재수가 없어.”

“보스.”

“닥쳐, 이 망할 놈아!”

“일본 총리하고 한국 대통령이 짜고 이 회장을 마약 사업 주범으로 몰려고 합니다."

그때 숨을 들이켠 후버가 전화기를 고쳐 쥐었고 해밀턴이 말을 이었다.

"일본, 한국 정부의 이해가 맞아떨어진 것이지요, 이해하시지요?"

"그놈들이 결국……."

"보스, 급합니다."

"나더러 어쩌란 말야?"

"오무라가 다 알고 있다고 봐야 합니다. 이놈들이 정보국 명칭만 없지 다 갖추고 있지 않습니까?"

"……."

"우리 보스가 중국 측에 협조를 요청할 계획입니다. 아마 지금쯤 고위층과 이야기를 하고 있을 겁니다."

"고위층이라니?"

"거기 영감님 있지 않습니까?"

"으음."

"전 보스께 지금 연락을 드리는 것이구요, 이해하십니까?"

"알았다."

후버는 자신이 등소평과 동급 취급을 받는 것에 만족한 분위기가 드러났다. 인간은 아무리 점잖은 척 거만을 떨어도 의외로 단순하다. 아주 하찮은 동기에서 움직이는 경우가 많다.

마작을 하고 있던 등소평이 이광을 맞는다. 밤 10시 반, 등소평은 추령장 근처의 안가에 있었기 때문에 이광을 직접 만나는 것이다. 전화한지 30분 만이다.

"저 노인들은 가는귀가 먹은 데다 동네사람들이야."

안쪽 테이블에 둘러앉은 노인들을 눈으로 가리키며 등소평이 웃었다.

"미국 대통령이 누군지도 모르는 신선들이니까 여기서 말해도 돼."

"마약 사업이 터질 것 같습니다."

이광이 대뜸 말했지만 등소평은 웃음 띤 얼굴이다. 전화로 급히 드릴 말씀이 있다고만 했던 것이다. 그런데 등소평이 30분 동안 가만있었겠는가? 다 알아보고 나서 시치미를 떼고 있을 것이었다. 추령장의 모든 전화는 중국 측이 도청하고 있다고 봐야 된다. 그것은 염두에 두고 오금봉, 해밀턴이 전화를 한 것이고, 이광이 말을 이었다.

"리스타연합 일본 회원에 일본경제인연합회 회장 다까노를 가입시켰습니다. 그런데 다까노가……."

이광이 간략하게 전후 사정을 설명하자 다 듣고 난 등소평이 머리를 끄덕였다.

"한국 군사정권이 자네를 노리고 있다는 건 진즉부터 알고 있었어."

"곧 민주화 정권으로 교체될 것입니다."

"그런데 그자들이 마음만 먹으면 며칠 사이에 자네 회사를 분해시킬 수 있어."

맞는 말이다. 그때 등소평의 얼굴에 웃음이 지워졌다.

"일본놈들이 또 수작을 부리는군, 그놈들은 이 기회에 미국한테도 한 방 먹일 작정인 거야."

숨을 죽인 이광을 향해 등소평이 말을 이었다.

"2차 세계대전에서 미국에 항복한 후에 지금까지 시키는 대로 해왔지만 이 기회에 미국의 등을 찌르려는 것이지."

"……."

"한국의 이광을 표적으로 삼는 것처럼 하고 말이야, 교활한 수작이지."

그것까지는 생각하지 못했던 이광이 머리만 끄덕였다.

"아마 리스타를 통해 오가는 마약 사업만 터뜨리겠지, 그럼 그 배후를 세계인들이 추측하게 만들 것이고, 미국이나 관계국들의 체면은 땅에 떨어지겠지."

"……."

"한국 정부는 얼씨구나 하고 맞장구를 치고는 리스타를 분해, 매각하면서 엄청난 자금을 전리품으로 나눠 먹겠지."

등소평이 정색하고 이광을 보았다.

"미국 측에 연락은 했지?"

"예, 위원장님."

"그럼 우리도 연합전선을 형성해야 되겠군그래."

벽시계를 본 등소평이 말을 이었다.

"시간이 얼마 남지 않았어, 저 영감들부터 집에 돌려보내야겠네."

"3개 팀이야, 30명."

김필성이 이마의 땀을 휴지로 닦으며 말했다. 이곳은 아카사카의 스트립바 사무실 안, 김필성이 찾아온 것이다.

"자위대 정예 특공대야, 테러진압과 국가원수 경호 훈련을 받아온 놈들이라구, 지금 상태로는 안 돼."

권철이 머리를 끄덕였다. 이쪽은 12명, 권철, 반우성까지 포함해서 14명이다. 신주쿠의 2층 맨션에 숨어 있는 다까노는 사다요시와 8명의 경호원에다 자위대 특공대 30명이 추가로 증원되었다. 엄청난 전력(戰

力)의 차이다. 밤 10시 45분, 그때 김필성이 손목시계를 보면서 말했다.

"곧 연락이 올 거야, 그래서 내가 여기로 왔어."

옆쪽에 선 반우성은 긴장해서 입도 열지 않는다. 반우성에게도 이것이 일본에서의 첫 전쟁인 것이다.

"고맙소, 나까무라 씨."

서류를 받은 다까노가 활짝 웃었다.

"이것으로 다 되었어."

"자, 그럼 저는 이만 갑니다."

나까무라가 다까노에게 목례를 하더니 자리에서 일어섰다. 맨션의 응접실에는 커튼이 쳐져 있었는데 문 안쪽에 기관총을 쥔 경호원 둘이 서 있다. 군복 차림에다 완전무장을 해서 위압적이다. 허리에는 베레타 권총을 찼고 방탄조끼를 걸친 가슴에는 수류탄까지 매달고 있는 것이다. 나까무라가 방을 나갔을 때 다까노가 탁자 위에 펼쳐진 서류를 보았다.

리스타가 거래한 마약 사업 내역이다. 오무라의 부하인 나까무라가 오타 한 자 없이 깨끗하게 타이핑한 서류를 가져왔다. 오무라의 부하들이 증거를 모아 서류까지 만들어서 가져왔으니 다까노는 이것을 다시 총리실에 제출하면 된다. 오전 12시 반.

"어유, 이제 끝났네."

다까노가 혼잣소리처럼 말하고는 기지개를 켰다.

그 시간에 한국 대통령 한두진이 앞에 놓인 서류를 읽고 나서 감탄했다. 이 서류는 3시간쯤 전에 일본대사가 오정도에게 전해준 것이다.

따라서 한국 측은 오무라 측이 작성한 서류를 다까노보다 3시간쯤 빨리 받은 셈이었다.

"이야, 잘 만들었네."

머리를 든 한두진의 얼굴에 웃음이 떠올랐다.

"지난 5년 동안 조경수, 강일규 둘이 덤볐다가 이광이한테 케이오를 당하더니 이제 일본놈한테 이광이가 당하게 되었구나."

한두진은 즐거운 기색이 역력했다. 저택의 응접실 안이다. 한두진은 위스키를 반병쯤 마신 상태여서 분위기가 더 상승되었다.

"이게 내일 아침에 일본에서 터지면 우리가 놀란 척하는 것이 순서겠지?"

"예, 각하."

오정도도 한두진의 분위기에 빨려들었다. 술도 서너 잔 얻어 마신 터라 오정도가 말을 이었다.

"그다음에 성명을 발표하는 것입니다."

"내무장관 시키는 게 낫겠지?"

"예, 각하, 그런 일에는 손에 물을 묻히지 마셔야지요."

"흐흐흐."

짧게 웃는 한두진이 물었다.

"강일규가 지난번에 리스타 정리 계획을 세워놓은 게 있어, 그걸 참고하는 것이 나을 거야."

"예, 각하."

"이광, 그놈 이번에는 등소평의 등에 업혀 빠져나가더니 일본놈들한테 걸렸구나."

조경수, 강일규의 배후가 한두진이었다는 증거가 여기서 드러났다.

"무슨 말이야?"

다까노가 묻자 구보다가 소리치듯 대답했다.

"베이징공항에서 이륙준비를 하던 일본항공 AN-729편입니다!"

"그래서?"

"화물칸에서 히로폰 20킬로가……."

"히로폰?"

기가 막힌 다까노가 다시 물었다.

"20킬로?"

"예, 회장님."

"히로폰 20킬로? 그게 왜?"

"모르겠습니다!"

"누가 실었는데?"

"모르겠습니다."

그때서야 다까노의 목소리도 높아졌다.

"야, 이 병신아!"

"예, 회장님."

구보다는 다까노의 심복으로 일본항공 사장이다. 항상 침착하고 신중했던 구보다가 오늘은 천방지축이다. 하긴 구보다 일생에 이런 일은 처음일 것이다.

"차근차근 말해! 어떻게 된 거야?"

"예, 이륙 전 정비를 하고 있었는데 갑자기 중국 공안이 기체 수색을 했다는 것입니다. 마약 탐지견까지 데려와 수색을 했는데……."

"……."

"신고를 받았다면서 조사관 30여 명이 기체를 수색했는데 화물칸에서 히로폰 20킬로가 든 상자를 발견했다는 것입니다!"

"누구 물건인데?"

"예, 그것이……."

"말해! 어서!"

"저희 회사 공구 박스에 들어 있었다고 합니다!"

"……."

"그래서 기장 이하 승무원까지 18명이 모두 체포되었습니다!"

"이, 이런."

다까노가 벽시계를 보았다. 오전 3시 반, 이곳은 신주쿠의 맨션, 은신 중이나 그룹 비서실장한테만 연락처를 알려주었었는데 연락이 온 것이다. 그때 구보다가 떨리는 목소리로 물었다.

"회장님, 이거, 어떻게 하지요?"

구보다가 처리할 방법이 있을 리가 없다.

비서실장, 요시노의 전화가 온 것은 그로부터 20분쯤 후다. 그동안 다까노는 오무라와 하시모토하고 통화를 했지만 전혀 도움이 되지 않았다. 오무라는 놀란 듯 주춤거리더니 전화를 끊었고 하시모토는 왜 나한테 그런 전화를 하냐고 버럭버럭 화를 내었다.

"뭐야 또?"

버럭 소리쳐 물은 다까노에게 요시노가 맞받아치듯이 소리쳐 말했다.

"회장님! 이번에는 LA에서 사고가 났습니다!"

숨만 들이켠 다까노에게 요시노가 말을 이었다.

"다까노 해운 소속 니폰마루호가 해안경비대의 조사를 받고 마약 3

종 200킬로가 적발되었습니다!"

"……."

"지금 배는 억류되고 선장 이하 선원 28명이 해안경비대에 체포되었습니다!"

"……."

"회장님! 듣고 계세요?"

"그래."

"지금 미국 TV 방송에서 난리가 났다고 합니다. 곧 국무부에서 일본 대사를 부를 것이라고 하는데요."

"……."

"국무부 성명이 나올 것 같다고 합니다."

그때 다까노가 전화기를 내려놓고 앞에 선 사다요시를 보았다. 눈동자가 흐려져서 마치 죽은 생선의 눈 같다. 사다요시는 옆에서 통화 내용을 절반쯤만 들었어도 사태가 심각한 것을 느낄 수가 있었다.

"무슨 일이야?"

오전 6시 반, 일본 총리 미야자키가 가운을 여미면서 침실 옆쪽 대기실로 들어서면서 물었다. 기다리고 서 있던 보좌관 고이소와 비서실장 오무라가 머리를 숙여 인사를 했다. 둘이 자고 있는 미야자키를 깨운 것이다. 이런 일은 반년에 한 번 정도나 일어난다. 지난번은 보궐 선거에서 자민당이 6석을 다 먹었을 때 깨웠다. 그때는 기분 좋게 깨웠지만 지금 둘의 얼굴은 초상집에 문상 온 표정이다. 그때 먼저 고이소가 입을 열었다.

"각하, 베이징과 LA에서 일본항공, 다까노해운의 비행기와 배가 마약을 실은 혐의로…….”

오무라는 딴전을 피우고 있었는데 미야자키의 시선이 옮겨가더니 떼어지지 않았다. 미야자키의 눈빛이 강해졌고 고이소의 보고는 이어지는 중이다.

오전 7시 반, 하시모토의 저택 응접실에 자민당 간부들이 다 모였다. 전(前) 간사장 오오이시, 하시모토의 라이벌인 마에다, 미야자키 계파의 대표이며 2인자인 가네다까지 넷이다. 넷이 각각 계파의 보스, 내지 2인자인 것이다.

하시모토가 먼저 다까노그룹 소속인 일본항공과 다까노해운의 비행기와 배에서 마약이 적발되었다는 말을 했을 때 셋은 혀를 차거나 탄식했다. 가네다까지 한숨을 쉬는 걸 보면 미야자키한테서 아무 말도 못 들은 것 같다. 그때 하시모토가 말을 이었다.

“그런데 다까노가 오늘 아침에 리스타그룹의 마약 거래를 폭로하도록 되어 있었어요.”

그러자 셋이 긴장했고 눈동자가 번들거리기 시작했다. 셋 다 30년 이상 정치를 한 인간들이다. 음모와 배신, 함정을 수없이 당하고 저지르고 빠진 경험자들인 것이다. 하시모토가 긴 숨을 뱉고 말했다.

“그런데 그것을 총리 비서실장 오무라가 정보를 모아준 겁니다. 물론 총리 승인 하에 말이죠.”

“총리 승인 하에 말요?”

먼저 오오이시가 철판을 손톱으로 긁는 목소리로 물었다.

“리스타의 이광이를 죽이려고 한 거요?”

“그래요.”

"그러다가 되치기를 당했구만?"

"그렇습니다."

그때 마에다가 말했다.

"미야자키 내각을 총사퇴시키고 총선을 합시다."

순간 응접실 안은 조용해졌다. 마에다가 바로 본론을 꺼낸 것이다. 그때 오오이시가 혼잣소리처럼 말했다.

"불은 불로 끄는 것이 낫지."

오전 7시 반, 다까노가 전화기를 귀에 붙이고 말했다.

"죄송하지만 오늘 총리 각하를 방문하지 못하겠습니다."

대화 상대는 총리 보좌관 고이소, 고이소가 가라앉은 목소리로 대답했다.

"알겠습니다. 다까노 회장님, 총리께 그렇게 말씀 전하지요."

"죄송하다는 말씀 전해주시지요."

"그러지요."

"그럼."

전화기를 내려놓은 다까노가 충혈된 눈으로 사다요시를 보았다. 어젯밤 한숨도 잠을 자지 못한 것이다.

"사다요시 군, 방 커튼 좀 열어주게."

"그러지요."

사다요시가 눈짓을 하자 뒤에 서 있던 부하가 창으로 다가가 커튼을 젖혔다. 그 순간 환한 햇살이 방 안을 비추면서 눈이 부신 다까노가 눈을 가늘게 떴다. 그때 사다요시가 말했다.

"특공대는 조금 전에 철수했습니다, 회장님."

"당연하지."

창가로 다가간 다까노가 유리문을 열자 이제는 맑은 아침 공기가 바람과 함께 쏟아져 들어왔다. 숨을 크게 들이켠 다까노가 말을 이었다.

"자위대가 마약 사범이 된 나를 보호해줄 리가 없지."

"그럴 리가요."

"지금 그렇게 몰고 가는 중이야."

베란다로 나간 다까노가 목소리를 높여 말을 이었다.

"내가 우물 안 개구리였어."

"회장님, 날씨가 찹니다. 들어오시지요."

"사다요시 군, 자네는 의리가 있어."

베란다의 난간을 두 손으로 쥔 다까노가 주위를 둘러보았다. 몇 시간 사이에 사태는 악화되었다. 뉴욕과 홍콩에 정박했던 다까노해운의 선박에서도 마약이 1백 킬로나 발견되었고 세계에 운항 중인 122척의 다까노해운 소속의 선박, 일본항공의 항공기 114편이 모두 현지에 억류되어 정밀 수색을 받는 중이다. 그사이에 다까노 그룹의 각 업체별 주식이 대폭락을 했다.

세계 언론은 계속해서 적발되는 마약과 회사 주식 대폭락을 보도하는 중이다.

"이게 모두 이광의 역습 아닙니까?"

다가선 사다요시가 묻자 다까노는 쓴웃음을 지었다.

"이광과 관련된 미국, 중국이 내 등을 친 거야, 내가 경솔했어."

"지금이라도 이광의 마약 관련 증거를 뿌릴 수는 없습니까?"

"우린 벌써 손을 들었네."

"무슨 말씀입니까?"

"조금 전에 요시노의 전화를 받았어."

30분쯤 전에 비서실장 요시노가 전화를 해온 것이다. 요시노는 그룹 비서실장이다.

"베이징에서 체포된 AN-729기 기장이 마약은 매달 10회씩 운반해왔다고 자백을 했다는 거야."

"그럴 리가, 그놈들이 억지로 자백을 받은 겁니다. 그쯤은 누구라도 만들 수 있지요."

"다 그런 줄 알겠지만 세상 일이 어디 그런가? 그런 억지가 통하기도 하지. 특히 힘을 가진 놈들한테는 말야."

"그, 그럼 어떻게 됩니까?"

"내가 좀 시달릴 거야."

"제가 옆에서 모시지요."

"아니, 됐어, 사다요시."

"저희들은 어떻게 됩니까?"

사다요시는 야마구치조의 미래를 묻는 것이다. 머리를 든 다까노가 한동안 흐린 눈으로 사다요시를 보더니 억양 없는 목소리로 대답했다.

"곧 기반이 굳혀질 거네, 사다요시."

"어떻게 된 거야?"

한두진이 묻자 오정도는 심호흡부터 했다. 오전 8시 45분, 한두진은 출근하자마자 오정도를 부른 것이다. 그러나 일어난 후에 TV부터 보는 터라 다까노 사건을 모를 리가 없다. 한두진 앞에 선 오정도가 입을 열었다.

"다까노는 이광의 고발을 취소한 것 같습니다. 갑자기 마약 사건이 자신에게 터진 바람에 정신을 차리지 못하는 것 같습니다."

"같습니다…냐?"

"죄송합니다, 각하. 연락이 뚝 끊겨서."

"일국의 대통령 비서실장이란 놈이 보고를 그따위로밖에 못 하나?"

"죄송합니다, 각하."

"병신 같은 놈."

오정도가 입을 다물었다. 옛날 이런 식으로 죄송합니다를 기계적으로 연발했다가 조인트가 까인 후에 귀뺨까지 얻어맞은 적이 있었던 것이다. 오정도가 중령 때다. 그때 한두진은 소장 때였는데 무슨 일로 맞았는지는 기억 안 난다. 그때 한두진이 말했다.

"이광의 배후에서 중국과 미국이 지원을 해준 것이야, 미리 다까노의 선수를 쳐서 말이야. 그렇게 생각지 않나?"

"그, 그런 것……."

"같습니다냐?"

"아닙니다, 각하."

"이광 측에서 다까노의 행동을 눈치 채고 미국과 중국에 연락을 한 거다. 아마 후버하고 등소평에게 연락을 했겠지."

"예, 각하."

"이광은 마침 베이징에 있었으니까 등소평한테 달려가 매달린 거야, 하긴 중국 마약을 팔아주고 있으니까 그럴 만하지."

"……."

"후버가 뒤를 따랐고, 이건 마치 2차대전 때 미국, 중국 연합군이 일본을 치는 것 같군. 그땐 중국은 덩치만 큰 빌빌이였는데, 말야."

그러더니 한두진의 얼굴에 쓴웃음이 번져졌다.

"이건 뭐냐? 난 일본놈들 장단에 춤을 추다가 돈도 못 받고 개망신만 당한 것 아니냐? 이광이도 알지 모르겠네."

"각하, 죄……."

"죄송하다는 말 한 번만 더했다가는 아구창 날아가는 줄 알아."

"예, 각하."

"이젠 이광이가 커서 건드리기 힘들겠군, 지난번에도 내가 그런 말 한 것 같은데 욕심 때문에 또 잊었다."

"……."

"내가 이광이를 과소평가했어, 나 자신은 과대평가를 했고."

한두진이 긴 숨을 뱉고 나서 손을 흔들었다. 나가라는 표시다.

"어, 자네가 권 과장이야?"

권철의 인사를 받은 기요타가 눈을 가늘게 뜨고 물었다. 오전 10시, 이곳은 기요타의 대륙건설 회장실 안, 방 안에는 기요타의 비서실장 오베와 권철까지 셋뿐이다.

"그렇습니다. 잘 부탁합니다."

"잘 왔어."

기요타가 손을 내밀어 권철과 악수를 했다. 권철은 해밀턴의 지시를 받고 기요타를 만나러 온 것이다. 셋이 자리 잡고 앉았을 때 기요타가 먼저 입을 열었다.

"이번에 간발의 차이로 위기를 모면했어, 지금 다까노는 경찰의 감시 하에 자택에 연금 상태가 되어 있네."

"그렇습니까?"

권철이 조센징이며 일본 야쿠자 제2의 조직 수장인 기요타를 보았다. 눈빛은 부드러웠으나 오히려 그것이 관록을 느끼게 한다. 기요타가 말을 이었다.

"하지만 일본이 그렇게 만만한 나라가 아냐, 2차 세계대전 때 거의 멸망 수준에 이르렀다가 30년 만에 세계 제2, 제3의 경제대국으로 솟아 오른 것을 보라구."

기요타의 열변이 이어졌다.

"그것은 위기 앞에서 뭉치는 국민성이야, 제국주의도 그것을 바탕으로 만들어졌던 거야. 지금은 경제대국을 향해 똘똘 뭉쳐서 나가는 중이지."

서론이 길었지만 권철이 홀린 것 같은 표정으로 듣는다. 이것도 공부다. 야쿠자 조장이 현장에서 겪은 경험담인 것이다. 대학교수가 책으로 공부해서 알려주는 것보다 1백 배 더 가치가 있다. 그때 기요타가 똑바로 권철을 보았다.

"일본은 다까노의 마약 사업 증거가 확실하지만 곧 사면해줄 거네. 조금 전 총리가 내각 총사퇴, 총선을 선언한 것은 미국과 중국의 다까노 공격에 맞불을 놓으려는 의도야, 겉은 총사퇴지만 말야."

"……."

"물론 총선은 자민당의 압도적 승리로 끝나, 일본 국민에게 이것이 다까노 대 리스타의 전쟁인 것을 은근하고 교활하게 선전할 테니까 말야."

그때 말을 그친 기요타가 잠자코 눈만 끔벅이는 오베를 보았다.

"내가 서론이 너무 길었나?"

"예, 회장님."

둥근 얼굴의 오베가 바로 대답하자 기요타는 어깨를 부풀렸다.

"너, 나가."

"예, 회장님."

고분고분 일어선 오베에게 기요타가 말을 이었다.

"10분쯤 후에 들어와."

"예, 회장님."

오베가 방을 나갔을 때 기요타가 권철에게 말했다. 이제는 한국말이다. 지금까지 일본말을 했던 것이다.

"저놈, 일본 놈이야."

"아아, 예."

"우리 스미요시회에서 일본 놈이 8할이야, 조선 놈은 2할밖에 안 돼."

"예."

"조선 놈이 다 야무지고 의리가 있는 게 아냐. 남 등치고, 비겁하고, 거짓말 잘하는 놈이 절반은 돼."

"아아."

"그러나 조선 놈 뭉치자 하면 눈치 보면서 모이지, 내 앞에서 말야."

기요타가 길게 숨을 뱉었다.

"저, 오베란 놈, 일본 놈이지만 의리파야. 내가 죽으라면 그냥 묻지도 않고 죽을 거야."

"……."

"하지만 비밀은 지켜야지, 자네도 명심하라고. 비밀을 지키려면 아는 놈들의 머릿수부터 줄여."

"예, 회장님."

"자네, 아이즈 고데츠카이라고 이름 들어보았나?"

"처음 듣습니다."

"이런."

혀를 찬 기요타가 말을 이었다.

"야쿠자 4대(大) 조직이야, 조직원이 2,500명, 세력 범위는 전국 32개 지역에 지점을 두고 있지."

"……."

"회장은 사다케 신겐, 제 놈이 무슨 이케다 신겐이라고 이름도 그렇게 바꿨어."

여전히 정색한 채 기요타가 말한다.

"42세, 야쿠자 경력 20년, 검도선수 출신에 지금도 가슴에 단검을 품고 다녀. 그놈이 칼을 쥐면 천하무적이지, 지금까지 수십 명을 베어 죽였다는 소문이야. 아마 절반은 과장했겠지만."

"……."

"그런데 그놈이 야마구치조와 합병을 추진하고 있어, 물론 다까노의 주선인데 그 배후에 누가 있는지 아나?"

"모르겠는데요, 회장님."

"오무라야."

"총리 비서실장 오무라 말씀입니까?"

"그래."

놀란 권철이 숨을 들이켰고 기요타가 어깨를 늘어뜨렸다.

"그래서 자네가 나한테 온 것이지."

해밀턴이 다까노 일은 보류하고 다른 일이 있다면서 기요타에게 보낸 것이다.

그 시간에 긴자의 카페 마리아 안에서 두 사내가 마주보고 앉아 있다. 안쪽에 앉은 사내는 야마구치조 후쿠오카 지부장 사다요시, 그 앞에 앉은 사내가 사다케 신겐이다. 둘은 안면이 있었지만 오늘 처음 둘이 만난다. 물론 사다케 신겐이 사다요시보다 경륜이나 위치가 높다. 방금 만난 터라 간단하게 인사를 마친 후에 사다요시가 먼저 입을 열었다.

"지금 다까노님 입장이 좀 난처해지셨지만 이쪽 일은 놔둘 수가 없다고 하셔서요, 저도 동감이라 회장님을 뵈려고 왔습니다."

"나도 지부장과 의견이 같소."

사다케가 웃음 띤 얼굴로 말을 이었다.

"다까노님은 곧 혐의가 풀리실 거요. 이건 미국과 중국놈들의 공작이라는 건 전 국민이 알고 있으니까."

"리스타의 공작이죠."

사다요시가 맞장구를 쳤다.

"이광 그놈이 먼저 선수를 쳤기 때문에 이렇게 된 겁니다."

"나도 들었소, 사다요시."

사다케가 지그시 사다요시를 보았다.

"사다요시, 날 도와주겠나?"

이제 사다케는 말을 놓는다.

"나하고 함께 합병한 야마구치, 아이즈 고데츠 조직을 이끌어가지 않겠나? 어때? 손을 잡겠는가?"

베이징의 추령장 응접실 안, 소파에는 4명이 둘러앉았다. 이광과 안학태, 해밀턴과 오금봉이다. 리스타유통의 사장인 오금봉이 베이징으로 날아온 것이다. 이제 리스타의 작전 수뇌부는 베이징에 다 모인 셈이다. 해밀턴이 이광에게 보고했다.

“일본 정계(政界)가 발칵 뒤집힌 시늉을 하고 있지만 그건 쇼입니다. 이제는 이런 쇼에 넘어가는 국가는 없습니다.”

해밀턴의 얼굴에 웃음이 떠올랐다.

“걸핏하면 내각 총사퇴를 하고 총리를 새로 뽑는데 조금만 눈여겨 보면 오히려 이것으로 내부 결속을 더 단단히 해서 외부공격을 방어합니다.”

그때 오금봉이 말을 받는다.

“이번 총선에서 집권 자민당은 의석수를 더 늘릴 것이고 총리는 더 보수적인 인물로 지금까지 배후에서 공작하던 하시모토가 될 것 같습니다.”

전화위복을 만드는 것이다. 머리를 끄덕인 이광이 말했다.

“총리 비서실장은 총리가 누가 되건 그대로 남는 모양이군.”

“그렇습니다.”

안학태가 대답했다.

“정보부 역할도 하고 있기 때문에 총리들의 묵계로 지금 오무라는 12년째, 5명의 총리를 겪으면서 자리를 지키고 있습니다.”

“오무라가 핵이라고 봐야 됩니다.”

오금봉이 정색하고 말했다.

“그림자라는 별명이 붙었지만 그놈이 정치권, 경제계의 뒤에서 조종하는 배후입니다.”

그러자 이광이 얼굴을 펴고 웃었다.

“그것을 알게 된 것이 소득 아니오? 오무라라는 이름을 이번 사건 전까지는 우리는 의식하지 못하고 있었지 않소?”

"그렇습니다."

해밀턴의 얼굴에도 쓴웃음이 번져졌다.

"오무라가 CIA의 후버, 중국의 등소평과 동급의 주역으로 취급될지 누가 예상을 했겠습니까?"

그때 오금봉이 혼잣소리를 했다.

"정보요원은 햇빛을 쬐는 날 사라지게 된다는 것이 불문율입니다. 그것이 오무라에게도 적용될 겁니다. 오무라는 지금까지 정보요원 뺨치는 역할을 해왔으니까요."

해밀턴이 말을 받았다.

"지금쯤 윌슨이 후버 부장한테 보고할 겁니다."

"이 새끼가 누구라고?"

후버가 사진을 들여다보면서 물었다. 앞에는 해외작전국장 윌슨이 서 있다.

"예, 오무라라고 총리 비서실장입니다."

윌슨이 말을 이었다.

"정보실장까지 겸하고 있는데 명함에는 비서실장이라고만 박혀 있습니다."

"그래, 이놈이군."

후버의 얼굴에 일그러진 웃음이 떠올랐다.

"맞다. 내가 그림자라는 별명을 들은 것 같다. 이놈이 꽤 오래 있었지?"

"12년째인데 그전에 정보보좌관 역할까지 한 것을 합친다면 16년째 일본 정보총책을 맡고 있습니다."

"바로 이런 놈이 진주만 기습을 일으킨 거야, 그때는 이놈이 뭐했나?"

"지금 나이가 58세니까 그때는 13살 정도 되었을 것입니다."

"이놈 애비는? 틀림없이 진주만 기습이나 오키나와 같은 데서 미군을 죽였을 거야."

"예, 알아보지요."

"그런데 화제가 다른 데로 갔지 않아?"

"예, 그렇습니다."

"본론을 말해."

"오무라가 이번 다까노의 마약 거래 고발 사건의 배후인데 일본 정치계가 계속해서 뒤집히고 있어도 오무라만은 멀쩡합니다."

후버는 오무라의 사진만 보았고 윌슨의 말이 이어졌다.

"오무라는 총리가 5번 교체되었어도 비서실장 및 정보실장 자리를 차지하고 계속 근무하고 있습니다. 이것은 총리들의 묵계에 의한 연임입니다. 일본 정보국을 대신하는 오무라의 정보실장 역할을 그대로 인정, 유지시킨다는 의도입니다."

"그렇군."

후버가 지그시 윌슨을 보았다.

"윌슨, 잘 보았어, 잘 지적했다."

"감사합니다, 부장님."

"조처를 해야겠지?"

"예, 부장님."

윌슨이 어깨를 펴고 숨을 들이켰다.

사다요시가 앞에 앉은 부하들에게 말했다.

"당분간 이곳에서 지내기로 하자."

"여기서 말입니까?"

방 안을 둘러본 한노조의 얼굴에 웃음이 떠올랐다. 이곳은 시부야의 주택가 안, 그들은 2층 저택에 들어와 있었는데 방이 7개나 있는 데다 정원과 수영장까지 갖춰진 대저택이다. 저택에는 고용인들이 4명이나 있어서 식사까지 준비해주었는데 주인은 없다. 이곳에 사다요시와 8명의 부하가 어제부터 투숙하고 있는 것이다. 사다요시가 둘러앉은 부하들에게 말했다.

"난 아이즈 고데츠의 사다케 신겐 님과 손을 잡고 야마구치조와의 합병을 추진할 거다."

모두 긴장한 채 귀를 기울였고 사다요시의 말이 이어졌다.

"이건 너희들한테도 기회다. 위기가 기회란 말은 바로 이런 때를 말하는 거야."

"오야붕."

부하들 대표로 다시 한노조가 나섰다.

"그럼 사다케 님이 야마구치 본가(本家)의 조장이 되시는 겁니까?"

"그렇다."

어깨를 편 사다요시의 두 눈이 번들거렸다.

"나는 수석 고문이 된다. 물론 지역도 이곳 도쿄로 옮겨야겠지."

"긴자가 좋습니다."

부하 하나가 말했을 때 다른 하나가 나섰다.

"아니, 요즘은 이케부쿠로 쪽 경기가 좋다. 그쪽을 나와바리로 가져야 돼."

"가만."

손바닥을 펴들고 말을 막은 사다요시가 웃음 띤 얼굴로 말했다.

"그건 내가 원하면 어디든 될 거야, 하지만 먼저 할 일이 있어."

"그렇죠, 사다케 님을 밀어서 조장으로 모셔야죠, 말씀만 하십시오."

한노조가 말했을 때 사다요시가 정색했다.

"이 저택이 누구 소유인지 알아? 일본 자위대 안가다. 우리 위에 막강한 배경이 있다는 걸 알고만 있으면 돼."

모두 숨을 죽였다. 자위대 안가라니?

손목시계를 본 권철은 야광침이 11시 40분을 가리킨 것을 보았다. 30분쯤 전부터 주위는 조용해져 있었는데 가끔 앞쪽 도로에서 차가 지날 뿐이다. 바람결에 짙은 풀냄새가 맡아졌다. 바위에 등을 붙이고 있었기 때문에 등이 시리다.

이곳에 숨어 있는지 딱 3시간 40분째다. '준비는 철저히 할수록 이롭다.' 이것이 권철의 생활 철학이다. 요즘은 몸에 배어서 가끔 오버를 한다. 여행 준비는 물론이고 시간도 출발 2시간 전에는 출국장에 들어서야 마음이 놓인다. 머리를 든 권철이 정원 건너편의 본채를 보았다.

단층 목조 건물로 마루방과 다다미방, 그리고 복도와 침실, 응접실, 청으로 지어진 일본식 구조, 저택 내부의 불은 거의 꺼졌고 안쪽에서 흘러나온 불빛이 마루와 청 한쪽을 비추고 있다.

권철의 시선이 본채 옆쪽 부속채로 옮겨졌다. 담장 옆에 일자형으로 붙여진 건물로 앞쪽은 마루, 그 뒤쪽이 방이다. 방은 7개, 그중 4개에 7명이 들어가 있고 바깥 근무는 셋, 한 놈은 뒤쪽 마당 구석, 한 놈은 정문 옆 경비실, 그리고 또 한 놈은 본채와 부속채 사이의 통로에 있다. 권철이 정원석의 바위에 머리를 기대고는 눈을 감았다.

이곳은 아이즈 고데츠 회장 사다케 신겐의 도쿄 저택이다. 신주쿠에 위치한 이 저택은 3백 년 전에 지어진 영주의 별장으로 시가 15억 엔이 넘는다고 했다. 시내 중심지에 5백 평이 넘는 대지를 차지하고 있는 것이다.

경호원들이 저녁 식사를 하는 데다 임무 교대까지 겹쳐 어수선했을 때 권철이 담장을 넘어온 것이다. 바깥 경비는 정문에 한 놈밖에 없었기 때문에 누워서 떡 먹기였다. 그러나 저택 안에는 10여 명이 경비하고 있는 것이다. 부속채와 바깥 경비 인원이 10명인 것은 확인했는데 본채는 모르겠다. 최소한 3, 4명이다.

사다케가 8시 20분쯤 들어왔을 때 동행한 경호원 셋은 본채에 남았다. 그리고 본채에 종업원 4명, 사다케의 애인으로 보이는 여자 1명까지 있다. 따라서 저택 총인원은 17명에서 20명 정도, 이쪽은 하나다. 눈을 뜬 권철이 하품을 하고 나서 다시 시계를 보았다. 11시 50분이다.

전화벨이 울렸기 때문에 사다케는 벽시계부터 보았다. 11시 55분, 약속 시간보다 5분 빠르다. 그때 경대 앞에 앉아 있던 유우코가 사뿐하게 일어나 전화기로 다가갔다. 기모노를 입은 뒷모습이 요염했다. 전화기를 든 유우코가 웃음 띤 얼굴로 다가오더니 송수화기를 건네주었다.

유우코한테서 짙은 향내가 맡아졌다. 송수화기를 귀에 붙인 사다케가 물었다.

"누구십니까?"

"나야."

오무라다. 12시에 전화를 하기로 했다.

"예, 실장님."

"내가 내일부터 당분간 연락 못 해."

"예, 알겠습니다."

"길어야 두 달쯤 되겠지, 총선 끝나고 새 총리, 내각이 들어설 때까지는."

"예, 실장님."

"그때까지 난 쉬고 있을 테니까."

오무라가 서두르듯 말을 이었다.

"하시모토 씨가 총리가 될 거야, 미야자키 씨하고는 다른 실세 총리지."

"예."

"다까노 씨도 그때까지는 복권이 될 거야. 처음 한 달쯤은 고생하겠지만."

이제 사다케는 듣기만 했고 오무라의 말이 이어졌다.

"이번에는 내가 공작을 했어, 이틀 후에 지역장 회의가 열릴 때 무기명 발의로 자네가 조장 후보로 선출될 거야, 6명이 자네를 후보로 추천할 것이고."

"……."

"후보는 자네까지 4명이 나와."

"예, 실장님."

"본선에서 자네는 41명 중 32명의 압도적인 지지를 받아서 야마구치 제8대 조장으로 선출될 거네, 물론 아이즈 고데츠 카이까지 통합하면 1만6천의 대군(大軍)으로 증강된 야마구치조가 탄생되는 셈이지."

"감사합니다."

"위기가 기회인 거야, 사다케 군."

"명심하겠습니다."

"자네의 상대는 리스타인 것을 잊지 말도록, 알았나?"

"예, 실장님."

"리스타가 스미요시, 이나카와를 흡수하고 삼합회까지 끌어온 데다 혼다 와타루라는 친위대까지 설치한 상황이야, 이것을 한·중의 일본 침략이나 같다."

오무라의 목소리가 떨렸다.

"목숨을 바쳐서 조국을 구해라."

"예, 실장님."

전화가 끊겼을 때 사다케는 길게 숨을 뱉으면서 송수화기를 내려놓았다.

문 뒤의 벽에 등을 붙이고 선 권철이 '예, 실장님.' 대답과 함께 전화기 내려놓는 소리까지 들었다. 12시 1분, 통화는 6분간 계속되었다. 길게 한숨을 쉬고 난 권철이 벽에서 등을 떼고는 손에 쥔 베레타 92-F를 치켜들었다. 소음기를 끼어서 총신이 10센티쯤 길어져 있다.

본채로 들어와 문간방에서 TV를 보던 경호원 둘, 건너편 마루방에서 누워 있던 하나를 쏴 죽였다. 저택에서 일하는 고용인 넷은 모두 복도 끝쪽 방에 있어서 보이지 않는다. 몸을 비튼 권철이 방으로 들어서자 유우코의 기모노를 벗기고 있던 사다케가 먼저 머리를 들었다. 얼굴이 조금 상기되어 있다. 권철을 본 순간 사다케의 눈이 커졌다. 유우코의 몸에서 손을 뗀 사다케가 마악 입을 벌렸을 때까지는 1초쯤 걸렸다.

"퍽!"

거리는 5미터 정도, 정조준한 권철의 베레타가 둔탁한 발사음을 내었다. 그 순간 이마에 구멍이 뚫린 사다케가 벌떡 뒤로 넘어졌고 유우코가 입을 딱 벌렸다.

"미안."

권철이 입에서 한국말이 나왔다.

"퍽!"

또 한 발의 총성이 방을 울렸다.

4장
기회를 기다리지 않고 만든다

담장 높이는 2미터 정도여서 어깨에 발을 디딘 대원은 단숨에 안으로 뛰어내렸다. 날렵한 동작, 마지막으로 뛰어오른 대원은 담장 위에 다리를 걸치고 앉아 어깨를 빌려준 대원의 손을 잡아끌어 올렸다. 그리고 둘이 아래로 뛰어내렸을 때까지 걸린 시간은 1분, 먼저 안에 들어온 반우성이 잰 시간이다. 곧 12명은 3명씩 4개 조로 나뉘어서 저택 안으로 흩어졌다. 깊은 밤, 12시 정각에 담장에 달려들었으니 12시 1분이 되겠다.

반우성은 목표로 삼은 저택 뒤쪽을 향해 달렸다. 대원 둘도 소리 없이 뒤를 따른다. 다른 3개 조도 어둠 속으로 빨려드는 것처럼 사라지고 있다.

같은 시간, 자민당 간사장 하시모토가 오무라를 맞는다. 이곳은 긴자의 요정 '하루'의 밀실 안, 하시모토가 혼자 앉아 오무라를 기다리고 있었던 것이다.

"죄송합니다."

정중하게 인사를 한 오무라가 앞쪽에 앉았다.

"급한 전화를 하느라구요."

오무라는 잠깐 전화를 하고 오겠다면서 옆방으로 옮겨가 10분쯤 후에 돌아온 것이다. 다시 술잔을 든 오무라가 웃음 띤 얼굴로 하시모토를 보았다.

"이제 대충 수습을 했으니까 저는 두 달쯤 잠적하겠습니다."

"그래야겠지."

술기운으로 얼굴이 붉어진 하시모토가 머리를 끄덕였다.

"이번에는 강한 일본으로 바꿔야 돼."

"그렇습니다."

"전후 40년 가깝게 되었으니 미국놈들도 좀 느슨해져야 할 텐데 말야, 후버가 문제야."

"그렇죠, 그자가 원흉이죠."

"그놈이 세계대전 때 참전했다지?"

"예, 해군 장교였습니다."

"개새끼."

"그자가 일본 압박을 선도하고 있습니다. 이광 같은 놈들은 후버를 이용하는 셈이지요."

"으음, 이광."

신음을 뱉은 하시모토가 오무라를 보았다.

"오무라 군, 현재 일본국에 대한 제1의 적은 이광이네, 그놈이 등장하고 나서 신일본회가 드러났고 계속해서 내부 질서가 무너지고 있어, 그렇지 않나?"

"그렇습니다, 의원님."

"우리는 속수무책으로 당하기만 했고. 천하의 오무라도 말야."

하시모토의 목소리에 열기가 섞여졌고 두 눈이 번들거렸다. 오무라가 시선을 내렸지만 하시모토가 말을 이었다.

"이건 이광이 때문에 두 번이나 정계개편이 일어나고 있지 않은가?"

"……."

"우리가 밤의 군대로 믿고 있던 야쿠자도 허물어지고 있는 상황이야, 이건 세계대전 이후의 첫 패배야."

"방심했습니다."

머리를 숙인 오무라가 결연한 목소리를 냈다.

"야쿠자는 경쟁 없는 태평세월을 보내다가 허를 찔렸고 정치권은 긴장하지 않은 상태에서 당했습니다."

"이번에는 잘 되겠나?"

"예, 야마구치조부터 일신시키고 나서 친한파가 된 스미요시, 이나카와를 법을 내세워 도륙을 내겠습니다."

"내가 총리가 되면 적극 밀어줄 테니까."

다시 술잔을 쥔 하시모토가 길게 숨을 뱉었다.

"조센징 때문에 골머리를 썩인다는 것만으로도 화가 나."

밤 12시 반, 하시모토와 헤어져 하루의 주차장으로 나온 오무라에게 서둘러 비서 모리가 다가왔다.

"실장님, 무라야마가 찾습니다."

"무라야마?"

무라야마는 보좌관이다. 모리가 옆으로 바짝 붙었다.

"조금 전에 전화가 왔었습니다. 급히 연락해 달라고 합니다."

차로 들어간 오무라가 차에 장착된 무전기를 들었다. 차 밖에는 운전사와 모리, 경호실 소속 요원들이 둘러싸고 있다. 버튼을 누르자 곧 무라야마의 응답 소리가 울렸다.

"무라야마, 무슨 일이냐?"

대뜸 오무라가 묻자 무라야마는 숨 들이켜는 소리부터 내었다.

"실장님, 사다케 신겐이 피살되었습니다."

이번에는 오무라가 숨을 들이켰고 무라야마가 쏟아 붓듯 말을 이었다.

"자택에서 습격을 받았습니다. 경호원 다섯 명, 사다케의 애인 유우코까지 모두 일곱 명이 총에 맞아 살해되었습니다."

"……."

"5분쯤 전에 신주쿠 경찰에서 보고가 들어왔습니다. 현재 경찰이 저택을 엄중히 경호한 채 외부인 접근을 차단시켜 놓았습니다."

"……."

"야쿠자 경쟁 조직에서 암살대를 보낸 것 같다고 신주쿠 경찰서장이 말했습니다. 전문가 소행이라는데요."

"……."

"모두 1발씩, 총탄이 이마를 관통했다는 것입니다."

"……."

"그리고 소리 없이 침투해서 부속채에 있던 경비원들은 모르고 있다가 본채 고용인들의 소동을 듣고 나서야 알게 되었다는 것입니다."

그때서야 오무라가 입을 열었다.

"신주쿠 경찰서장한테 연락해, 사건을 발표하면 안 된다고."

"예, 실장님."

"보류시키고 시체를 아이즈 고데츠 카이 측에서 처리하도록 해."

"알겠습니다."

"이 사건이 터지면 나라가 공황상태가 된다. 지금 내각이 총사퇴하고 총리까지 공석인 상황이야."

오무라의 목소리에 열기가 띠어졌다.

"넌 알고 있어?"

"예? 무엇을 말입니까?"

"도쿄 대지진 말야."

"예, 압니다."

"그때 무슨 일이 일어난 지 알아?"

대지진은 대지진이지 뭐, 하는 듯이 무라야마가 입을 다물었을 때 오무라가 소리치듯 말을 잇는다.

"그때 폭동이 일어났어! 그래서 조센징 수만 명이 학살당했다! 그때도 총리가 공석이었던 때고 민심이 흉흉했단 말이다!"

과장에다가 엉뚱한 비유였지만 오무라가 왜 그때를 기억해냈는지 모르겠다. 그때는 오무라가 태어나기도 전이었는데.

"아니, 또 무슨 일이야?"

하시모토의 목소리가 의심쩍게 들렸다. 그도 그럴 것 헤어지고 나서 20분도 안 되었는데 오무라가 전화를 했기 때문이다. 하시모토는 아직 하루에 남아 있다. 오무라가 전화기를 귀에 붙이고는 숨부터 가누었다. 차는 긴자를 빠져나가 잘 뚫린 대로를 달리는 중이다.

"의원님, 문제가 생겼습니다."

"뭐야?"

하시모토의 목소리도 굳어져 있다. 정치권에서 산전수전 다 겪은 하시모토쯤이면 20분 안에 걸려온 오무라의 전화를 받는 순간 나쁜 예감을 느꼈을 것이었다.

"의원님, 12시쯤에 사다케 신겐이 자택에서 습격을 받아 피살되었습니다."

"……."

오무라가 목소리에 힘을 주고 말을 잇는 동안 하시모토는 침묵했다.

"부하 다섯, 애인 한 명까지 일곱이 살해되었습니다. 모두 총에 맞았고 전문가의 소행입니다."

"신주쿠 경찰서장한테는 사건을 극비로 하고 아이즈 고데츠카이에서 시체를 처리하라고 했습니다."

"……."

"제가 독단으로 처리한 것이지만 의원님께만은 알려드리는 것입니다. 이건 보고도 아닙니다."

"……."

"제가 총리실 소속 비서실장 겸 정보실장직임은 그대로 유지하고 있으니까요."

오무라의 얼굴에 쓴웃음이 번져졌다.

"제가 책임을 지겠다는 말씀입니다."

"그런데 오무라 군."

하시모토가 입을 열었다.

"누구 소행인가?"

"신주쿠 경찰서장은 경쟁조직이 암살대를 보낸 것 같다고 했습니다만……."

"리스타인가?"

"그렇습니다."

의자에 등을 붙인 오무라의 두 눈이 번들거리고 있다.

"시노다에 이어서 오타카, 그리고 이번에 조장이 될 사다케까지 모두 리스타의 소행입니다."

"이광이 직접 지시했을까?"

"이광, 해밀턴, 오금봉 셋입니다. 이놈들은 모두 베이징에 모여 있습니다."

"등소평은 알고 있겠군."

"제 집안에서 작전을 짜고 있는데 모르겠습니까?"

"일부러 그 집안에 들어가서 연루시키려는 의도인지 모르지."

오무라가 숨을 들이켰다. 정치인의 머리는 비상하다. 그것을 잘만 이용하면 천재 물리학 박사로도 변형시킬 수가 있을 것이었다. 그 와중에도 오무라의 머릿속 생각 일부다. 그때 하시모토가 말을 이었다.

"알았어, 야마구치조가 계속 주인 없는 거선(巨船)처럼 표류하는군."

그러고는 하시모토가 먼저 전화를 끊었다.

신주쿠지청 정보부장 이찌베는 아이즈 고데츠 회장 사다케 신겐의 피살 사건을 가장 먼저 들었다. 신주쿠 지역에서 일어난 사건인 것이다. 그리고 사건이 즉시 은폐되면서 경찰이 철수하고 고데츠카이 조직원들이 시체를 수습하는 것까지 확인을 했다.

"기민합니다."

이찌베가 전화기를 귀에 붙이고 말했다. 상대는 김필성, 지금 이찌베는 경찰서에서 한 구간 떨어진 심야주점의 계산대 옆에서 전화를 하는 중이다. 오전 1시 정각, 도쿄의 밤은 치열하게 지나고 있다.

"사건이 접수된 지 30분도 안 되어서 경찰청장을 통해 사건을 덮으라는 지시가 내려왔고 동시에 아이즈 고데츠 조직원들이 현장에 투입되었습니다. 신주쿠 경찰은 철수했구요."

"모두 오무라의 짓이오."

김필성이 말을 이었다.

"사건을 벌여놓은 것도 오무라였고."

"경찰에 함구하라는 특별 지시가 내려왔습니다. 이제 이 사건은 덮여집니다."

"야마구치 조장이 다시 공석이 되겠군."

"글쎄요."

이찌베가 주점 안을 둘러보았다. 주점은 비어 있다. 안면이 있는 주인이 카운터를 내주고는 주방에 들어가 있었는데 가끔 웃음소리가 날 뿐이다. 이찌베가 말을 이었다.

"오늘 밤은 꽤 길어질 것 같군요, 잠자기는 글렀습니다."

다시 오무라의 차 안이다. 의자에 등을 붙인 채 팔짱을 끼고 앉아 있던 오무라가 무전기의 수신음을 들었다. 오전 1시 10분, 잠깐 무전기를 응시하던 오무라가 송수화기를 들었다.

"여보세요."

"실장님."

이번에도 무라야마다. 오무라는 저도 모르게 숨을 죽였고 무라야마의 말이 이어졌다.

"시부야 경찰서에서 보고가 들어왔습니다. 그쪽 자위대 안가에 있던 사다요시와 부하 8명이 괴한들의 습격을 받고 5명이 사망, 4명이 중상입니다!"

"……."

"사다요시도 사망했습니다. 중상자들의 진술에 의하면 괴한들이 모두 권총을 휴대하고 있었는데 처음 보는 사내들이었다고 합니다."

"……."

"괴한들은 사다요시 일행만 노렸을 뿐 귀중품은 가져가지 않았는데 모두 10명도 넘었다는데요."

그때 오무라가 말했다.

"시부야 서장한테 연락해서 언론 통제하고 철수하라고 전해, 서둘러!"

"예, 실장님."

"그리고 후쿠오카에 연락해서 사다요시 패거리들한테 뒤처리를 맡기고."

"알겠습니다."

"이번에도 보안 철저히 해야 돼."

"그러지요."

무전기를 내려놓은 오무라가 문득 머리를 돌려 뒤를 보았다. 호위차 1대가 뒤를 따르고 있다. 그때 앞쪽 자리에 앉아 있던 모리가 몸을 돌려 오무라를 보았다. 모리도 다 들은 것이다. 모리의 시선을 받은 오무라가 어깨를 늘어뜨리면서 말했다.

"이광이 전면전을 선포했어."

"우리도 대응해야 되지 않습니까?"

모리가 묻자 오무라의 눈동자에 초점이 잡혀졌다. 그러나 입을 열지는 않는다.

권철이 홍콩에 도착했을 때는 오후 5시가 되어갈 무렵이다. 입국장에 들어섰을 때 낯익은 비서실 직원 안성수가 다가왔다. 권철을 마중 나온 것이다.

“권 과장, 짐 없어요?”

손가방 하나만 달랑 들고 나온 권철에게 안성수가 물었다.

“아, 이것뿐이오.”

“진짜 여행가답구만.”

안성수가 따라 걸으면서 웃었다. 안성수는 이광을 따라 어제 오후에 홍콩으로 온 것이다. 이제 이광 일행은 모두 베이징을 떠나 홍콩으로 옮겨왔다. 공항 건물 앞에는 승용차가 대기하고 있었기 때문에 둘은 바로 차에 올랐다.

“해밀턴 사장이 기다리고 계십니다.”

차가 출발했을 때 안성수가 말했다.

“권 과장 만나고 바로 미국으로 가실 거요.”

권철이 머리만 끄덕였고 안성수가 말을 이었다.

“조금 전에 반우성 씨가 일행들하고 홍콩에 도착했어요, 숙소는 앰배서더호텔이오.”

안성수는 비서실의 정보팀 소속으로 권철과의 연락, 보좌역을 맡고 있다. 33세, 안기부 출신이다.

“고생 많이 했어요, 권 과장.”

권철을 보좌한 터라 권철의 업무를 알고 있는 몇 사람 중의 하나였지만 안성수는 구체적인 내용을 말하지 않았다. 훈련이 잘 되어 있는 것이다.

"잘했어."

권철을 본 해밀턴이 그렇게 말했다. 해밀턴은 구룡섬의 센트럴호텔에 투숙하고 있었는데 응접실에는 혼자뿐이었다. 앞쪽 자리에 앉은 권철에게 해밀턴이 말을 이었다.

"일본 정계가 개편될 때까지 당분간 지켜볼 거야."

"그럼 저는 비서실로 돌아갑니까?"

"돌아가기 전에 처리할 일이 있어."

해밀턴이 웃음 띤 얼굴로 권철을 보았다.

"이런 일은 여럿이 나누어서 하기에는 불편하기 때문에, 이해하지?"

"이해합니다."

"회장님의 지시도 있었어, 가능하면 너한테 시키라고 하셨다."

긴장한 권철이 숨을 죽였을 때 해밀턴이 말을 이었다.

"너, 내가 관리하는 리스타연합이 어떤 일을 하고 있는지 아나?"

"잘 모릅니다."

당연한 일이다. 리스타연합은 명칭일 뿐이다. 현재 각국 회원들만 가입된 상황이고 정식 총회도 하지 않았다. 필요에 따라 국가별 회원들의 회합이 있을 뿐이다. 그것도 리스타연합 회장인 이광과 사장인 해밀턴이 주도해왔다. 그러나 회원들은 불평하지 않았다. 리스타연합의 필요성을 절감하고 있기 때문이다.

리스타연합은 새로운 국제조직이다. 그것도 가장 현실적이며 위력적인 조직이 될 것이다. 각 국가의 정계, 관계, 실업계, 또는 밤의 세력까지 포함해서 선출된 회원들이 현안을 비공식으로 처리하는 것이다.

해밀턴이 입을 열었다.

"리스타연합은 국제연합, 또는 UN의 역할을 추구했지만 실상은 이름에서 나타낸 것처럼 리스타에 의한 세계관리야."

해밀턴의 얼굴에 다시 웃음이 떠올랐다.

"리스타연합이 세계 질서를 확립, 유지시키는 것이 리스타연합의 창립 목표지."

권철은 숨을 죽였다. 해밀턴은 이광의 최측근이며 그룹의 보스 중의 하나다. 이광의 계획을 대변한다고 봐도 될 것이다. 해밀턴이 똑바로 이광을 보았다.

"회장께서 너한테 리스타연합의 목적을 분명히 전달시켜주라고 지시하셨다. 무슨 말인지 알겠어?"

"예, 사장님."

"회장님은……."

호흡을 가눈 해밀턴이 말을 이었다.

"너를 후계자로 교육시키고 계시는 거야. 그것을 가슴에 새기고 있도록."

"예, 사장님."

"LA에 차린 사업장에 문제가 많아. 갱단들이 보호료를 뜯어가고 갱단끼리 전쟁을 벌여 하룻밤 사이에 보호료 뜯어가는 놈이 바뀐다."

해밀턴의 얼굴에 쓴웃음이 떠올랐다.

"미국 법인 사장 린드버그가 너한테 일감을 줄 거야."

"예, 사장님."

"넌 리스타유통과 리스타연합 일을 했으니 이번에는 미국 시장을 겪어봐라."

"알겠습니다."

"너하고 손발을 맞춘 반우성이 팀을 데려가도록."

"예, 사장님."

권철은 어느덧 자신이 조직의 해결사가 되어 있는 현실을 깨달았다. 그렇다. 비밀을 아는 사람이 적을수록 지키는 것이 유리하다. 자리에서 일어선 권철이 문득 생각났다는 얼굴로 해밀턴을 보았다.

"사장님, 저는 제 일에 만족합니다. 회장님께 후계자란 말은 빼달라고 말씀드려 주십시오."

해밀턴이 뻥한 얼굴이 되었을 때 권철이 말을 이었다.

"저는 해결사로 제 일생을 마칠 작정입니다. 그것이 적성에도 맞습니다."

30분쯤 후에 이광에게 전화로 출발 인사를 하던 해밀턴이 말했다.

"권철이 후계자는 안 하겠다는데요."

해밀턴이 웃음 띤 목소리로 말을 이었다.

"제 일에 만족한다면서, '해결사'로 일생을 마칠 작정이라고 했습니다. 제가 일을 시키려고 빈말을 한 것으로 생각할 것 같습니다."

"그럴 수도 있지요."

이광의 말에도 웃음기가 섞여졌다.

"나라도 그렇게 생각했을 테니까요."

"이번 LA에서는 일본처럼 단순한 일이 안 될 것입니다."

"사건을 겪으면서 성장이 되는 겁니다."

"그렇지요."

해밀턴이 말을 이었다.

"지금까지는 험한 일들을 군소리 없이 깨끗하게 처리했습니다. 보스 자질도 있어 보이구요."

'후계자 교육'이란 말은 지어낸 것이 아니었다.

"동서 8km, 남북 간의 거리가 14킬로 정도의 반월형 섬입니다."

안학태가 탁자 위에 지도를 펼쳐놓고 말을 이었다.

"술라웨시 섬 북쪽 술라웨시 해에 떠 있는 섬인데 바다 복판에 있는 데다 지형이 험해서 인도네시아 정부에서 네덜란드에 매각했던 섬입니다."

이광이 지도 옆에 놓인 사진을 보았다. 숲이 울창한 섬이다. 비행기에서 찍은 사진이라 지형이 선명하게 드러났다.

"현재 소유주는 네덜란드인 샤무트인데 350만 불로 내놓았지만 13년 동안 팔리지 않았습니다."

사진을 보던 이광이 머리를 들었다.

"인도네시아령이겠지?"

"그렇습니다만 계약 조건에 사유 재산권을 보호하고 공권력의 침입을 받지 않는다고 명기되어 있습니다. 그래서 현재는 샤무트 영토인 셈이지요."

"그럼 샤무트가 네덜란드인이니까 네덜란드령 아닌가?"

"그런 셈이지요, 섬으로 인도네시아 경찰이나 관리가 들어올 수 없도록 되어 있으니까요."

안학태가 덧붙였다.

"그런 섬이 10여 개 됩니다."

이광이 다시 사진을 보았다. 샤무트 섬은 그렇게 팔린 섬 중에서 가장 큰 섬이 될 것이다. 그리고 가격도 가장 비쌌다. 얼마 전부터 안학태는 이광의 지시를 받고 섬이나 매물로 나온 땅을 알아보고 있었던 것이다. 안학태가 말을 이었다.

"북쪽 골짜기를 비행장으로 개조할 수 있다고 했습니다. 남쪽 해안에 부두를 만들구요, 기조실에서 인구 10만의 도시가 될 수 있다고 합니다."

이윽고 이광이 머리를 끄덕였다.

"인도네시아 정부에서 확실한 보장을 받으면 매입을 하도록."

이 섬이 곧 리스타의 본거지가 될 것이다.

반우성을 만났을 때는 오후 8시 정각이다. 장소는 지엔사취의 스트립바 안, 관광객을 상대로 하는 가게여서 손님 대부분이 서양인이다. 권철이 다가갔을 때 반우성은 함께 있던 두 사내를 소개했다.

"이놈은 용비, 이놈은 위연입니다."

긴장한 둘이 권철에게 머리를 숙였다. 반우성이 부하 중 간부 둘을 데려온 것이다. 종업원에게 술을 시킨 반우성이 얼굴을 펴고 웃었다.

"이 가게도 홍콩 삼합회 영역이지요, 우리 작은 집이나 같습니다."

"그래서 여기서 만나자고 했군."

머리를 끄덕인 권철이 안쪽 플로어에서 춤을 추는 전라의 댄서들을 보았다. 주위에 둘러앉은 서양인들은 모두 홀린 것처럼 시선을 떼지 못하고 있다. 간부들을 데리고 나오라고 하자 반우성은 장소를 이곳으로 정한 것이다.

"이번에는 LA로 가게 되었군요."

소음이 커서 반우성이 소리치듯 말했다.

"같이 일하게 되어서 기쁩니다."

"나도 그래."

권철이 말을 받았다.

"난 전쟁에 어울리는 놈이야, 반 형은 어때?"

"아니, 그보다도, 과장님."

정색한 반우성이 권철을 보았다.

"내가 부하들하고 과장님 팀으로 계속 일하게 되었는데 우리 호칭을 확실하게 합시다."

"옳지."

권철이 이를 드러내고 웃었다.

"내가 전쟁에나 어울리는 놈이라고 금방 그랬잖어? 그런 처신이 부족해."

"그건 당연한 일입니다. 부족한 건 없어요, 이젠 호칭을 정할 때가 된 것이지요."

"뭐라고 부르는 것이 낫겠나? 날 과장이라고 부르는 건 우습고, 해결사 주제에."

그때 용비와 위연이 픽픽 웃었다. 권철은 사람은 아주 사소한 일로 친근감이 솟구치는 경우가 있다는 것을 깨닫는다. 바로 지금 같은 경우다. 굳어진 얼굴로 앉아 있던 둘이 얼굴을 펴고 웃는 순간 가슴이 따뜻해지면서 목이 멘 느낌이 들었기 때문이다. 그래서인지 권철의 입에서 엉뚱한 말이 나와버렸다.

"내가 정서가 부족해서 말야."

"형님, 갑자기 무슨 말입니까?"

"갑자기 가슴이 뜨거워지는 때가 있어. 아주 가끔씩 말야."

"언제 말입니까?"

정색한 반우성이 계속해서 물었기 때문에 권철이 입맛을 다셨다.

"지금 같은 경우지."

"지금요? 왜요?"

"글쎄, 용비, 위연이 픽픽 웃는 걸 보니까 그렇군."

"열이 받아서 뜨거워진 건 아니죠?"

"그렇다니까."

"앞으로 저는 형님으로 부르겠습니다. 그것이 자연스럽구만요."

"그러지, 난 말 놓을 테니까."

"그러셔야죠."

반우성이 용비와 위연을 눈으로 가리켰다.

"이놈들은 형님을 큰 형님(大兄)으로 부르도록 하지요."

"그러자."

"그런데 왜 부르셨습니까? 앞으로의 일정은 어떻게 되는 겁니까?"

"아, 참."

그때 가져온 맥주병을 들려던 권철이 들고 온 검정색 가죽가방을 탁자 위에 놓았다. 묵직한 가방이다.

"여기, 우리가 일본에서 작업한 수당을 받았어, 용역비라고 불러도 될 거다. 우리가 해결사 역할을 했으니까."

셋은 가방에 시선만 주었고 권철의 말이 이어졌다.

"50만 불이야, 이걸 너희들하고 나누려고 만나자고 한 거야."

입을 잘 놀리던 반우성의 입술은 굳게 다물려졌고 두 부하는 아예 몸이 굳어져 있다. 주위의 소음은 환호성까지 겹쳐 떠들썩했지만 이쪽 테이블은 적막강산이다.

"이런 젠장, 뭐, 의견이 없냐?"

"그건 형님이 알아서 하셔야죠."

반우성이 겨우 말했을 때 머리를 끄덕인 권철이 물었다.

"위연, 용비 둘 중에서 누가 계산이 빠르냐?"

"예, 위연이가 회계라든가 정보수집 같은 일을 맡고 있습니다."

반우성이 바로 대답하자 권철이 말했다.

"야, 위연."

"예, 큰형님."

"저기 50만 불을 10만 불씩 두 뭉치로 먼저 나눠라."

"예, 큰형님."

"그래서 10만 불씩 나하고 반우성이를 주고 나면 얼마나 남지?"

"예, 30만 불입니다."

"그럼 너희들 둘이 소두목이니까, 5만 불씩 나눠 가져라, 그럼 얼마가 남냐?"

"예, 20만 불입니다."

그때 권철이 반우성을 보았다.

"나머지는 네가 부하들한테 알아서 나눠줘."

권철은 이것으로 자신의 성품을 보여준 셈이다. 반우성이 숨을 들이켰다가 겨우 입을 열었다.

"형님, 형님하고 제 몫이 왜 같습니까? 그건 좀……."

"앞으로 수당 나오면 그렇게 정리해."

권철이 대답 대신 위연에게 지시했다.

"알았냐?"

"예, 큰형님."

위연의 얼굴이 상기되어 있다.

3박4일의 휴가, 휴가를 마치면 곧장 LA로 떠나야 한다. 이곳은 서울 인사동의 한식당 안, 오후 12시 반, 식당 안쪽 테이블에 앉아서 권철이 된장찌개 백반을 먹는다. 먹고 싶었던 음식이다. 옛날 할머니가 만들어 주시던 맛과는 달랐지만 된장은 된장이다.

맛있게 먹던 권철이 문득 목이 멘다. 그동안 정신없이 살았다. 그런데 천금 같은 3박4일의 휴가를 받자마자 서울행 비행기표를 끊고 날아와서 이렇게 된장찌개 백반을 먹고 있다니, 된장찌개를 먹는 것이 일생의 목표였던 것처럼 행동하고 있는 것이다.

서울, 한국으로 돌아온 목적이 이것이었던가? 갑자기 입맛이 떨어진 권철이 수저를 내려놓고 식탁을 보았다. 밥은 거의 다 먹었다. 그러지 않았다면 그런 생각도 떠오르지 않았고 수저도 내려놓지 않았다. 배가 채워졌으니 그런 것이다. 서울에는, 한국에는 아무도 없다.

아, 어머니란 인간, 6살 때 버리고 간 여자는 어느 쪽 하늘 아래에 살고 있겠지, 그 여자를 찾을 계획도 없고 생각한 적도 없다. 그렇다면? 권철이 숭늉그릇을 들고 빙그레 웃었다.

육사 동기들 중 잘나간 놈은 소령 달았다. 서너 놈 될까? 나머지는 모두 대위, 나처럼 도중에 전역한 놈도 있겠지, 그놈들 중 보고 싶은 놈은 없다. 여자가 좀 있지, 하지만 다 갈라섰고 다 잊었을 것이다. 모두 상처를 주었으니까, 들고 있던 숭늉을 마신 권철이 자리에서 일어섰다. 할 일이 하나 있지, 그래서 끌리듯이 날아온 것이지 된장찌개는 부수적인 일이야.

오후 3시 반, 오산 근처의 야산, 해발 1백 미터도 안 되는 야산 중턱의 묘 앞에 권철이 서 있다. 묘는 잔디가 잘 다듬어졌고 앞쪽에 대리석 상석까지 놓여져서 가꾼 흔적이 났다. 아래쪽 마을의 산지기 영감이 돌보아줬기 때문이다. 물론 권철이 1년 전에 20만 원씩 꼬박꼬박 보내주고 있다. 권철의 할머니 묘다.

처음에는 비석도 없는 묘였다가 권철이 육사를 졸업한 후부터 돈을 모아 묘지를 위쪽으로 이장했고 지금은 묘를 돌보는 산지기까지 두었다. 권철이 할머니에게 절을 했다. 엎드려 이마를 땅바닥에 붙이고는 입 밖으로 소리 내어 말한다.

"할머니, 저한테 능력을 주셔서 감사드립니다."

"할머니, 지금까지 저를 돌보아 주셔서 감사드립니다."

"할머니, 저 좀 잘되게 해주십시오."

"감사드립니다. 감사드립니다. 감사드립니다."

이것은 권철이 할머니 묘 앞에서 절을 시작했을 때부터 외우던 말이다. 12년 동안 변하지 않았다. 그렇게 네 구절을 외운 후에 이마를 땅바닥의 잔디 위에 붙인 채 엎드려 있었더니 마음이 편안해졌다. 등에 따스한 가을 오후의 햇살이 덮여졌고 어디선가 산새 울음소리도 들려왔다. 지금까지 목표 없이 살아왔다. 그러나 열심히, 철저하게는 살았다. 가진 자에 대한 반항심을 그렇게 발산했을 뿐 목표는 없었던 것이다. 그래서 장교 생활도 때려치우지 않았던가? 상관을 팬 것도 의협심 따위가 아니었다. 얼마든지 참을 수도 있었다. 목표가 없었기 때문이다. 그러고 보니 목표뿐만이 아니다. 나는 삶의 가치도 모르고 살아왔다.

그것은 어렸을 때부터 가난과 외로움에 주눅이 들었기 때문이 아닐까? 그것을 제멋대로 발산시켜오던 내가 지금 해결사가 되어 있다.

"할머니, 또 올게요."

언제나처럼 이마를 땅에 붙인 채로 그렇게 말했던 권철은 문득 이번이 마지막 인사가 될지도 모른다는 생각을 했다. 그러나 감동은 일어나지 않는다. 그때는 할머니를 다른 곳에서 만나게 될 테니까. 머리를 든 권철은 쓴웃음을 지었다. 눈에서 눈물이 흘러내리고 있었던 것이다. 가끔 있는 일이었기 때문에 권철은 놔두었다. 눈물은 이곳에서만 흘린다.

"불안전한 성격입니다."

안학태가 말하자 이광은 쓴웃음을 지었다. 전용기 안, 창밖으로 푸른 하늘이 끝없이 펼쳐져 있을 뿐이어서 둘은 건물의 방 안에서 하늘을 보는 것 같다. 안학태가 말을 이었다.

"여자 관계가 많지만 길게 간 적이 없습니다. 육사 시절 동기생들 중에서 친한 사람도 없고 차가운 성격으로 소문이 났습니다."

이광은 듣기만 한다. 안학태는 지금 권철의 신상조사 보고를 하는 중이다. 1차는 이미 전에 보고를 했고 이번에는 이광의 지시를 받고 더 세밀하게 조사를 했다.

"육사 시절 성적은 상위권이었습니다. 언제나 10위 안에 들었지만 상은 탄 적이 드뭅니다. 항상 사고를 쳤기 때문이죠. 동급생들은 그것이 상을 타지 않으려는 치기 또는 반발이라고 알고 있었습니다."

"유명한 놈이었군."

"그렇습니다. 대위 때 소령을 패자 권철을 아는 사람들은 모두 '올 것이 왔다.'고 했답니다."

"그놈이 리스타로 오려고 그런 거야."

이광이 농담처럼 말했지만 안학태는 정색했다.

"가정환경의 영향으로 성격에 문제가 있습니다, 회장님."

"문제가 없는 인간은 없어, 안 실장."

"가능하면 문제가 적은 사람을 택하는 것이 정상입니다."

"난 단점의 크기로 사람을 평가 안 해."

이번에는 이광이 정색했다.

"장점과 가능성부터 보는 거야."

안학태와 시선을 마주친 이광이 한마디씩 힘주어 말했다.

"내 주변의 간부들은 모두 그렇게 선택했어, 당신도 마찬가지."

그러고는 이광이 쓴웃음을 지었다.

"그놈 여자관계가 좀 문제이긴 해, 거짓말하고."

윤방철이 제출한 보고서에는 권철의 거짓말이 적혀져 있다.

'모은 돈은 부모께 다 보냈다.'고 했다는 것이다. 부모가 어디 있는가? 뻔한 거짓말을 늘어놓는 것은 직장생활에서뿐만 아니라 사회생활에서도 치명적이다. 그때 이광이 말을 이었다.

"대부분의 인간은 인생의 목표를 살아가면서 정하는 거야. 살아가면서 제 적성, 능력, 주위 환경에 맞춰 목표를 세우는 것이지, 나도 그중 하나였고. 다만 얼마나 열심히 사느냐로 그 결과가 달라지는 거야."

이광의 얼굴에 웃음이 떠올랐다.

"운(運)도 작용을 하지만 그 운이라는 것도 열심히 살아서 만들어진 인연 때문에 찾아온 경우가 많더라고."

안학태는 경청하고 있다. 바로 이광 자신의 이야기였기 때문이다.

그렇다. 권철은 운(運)을 기다린 적이 없다. 고속버스 승차권 판매소 앞에 선 권철이 만 원권 1장을 내밀면서 말했다.

"서울표 1장 주시고 나머지는 아저씨 가지세요."

서울까지는 2,500원이다. 눈을 가늘게 뜬 매표원이 권철을 노려보았다. 7,500원을 그냥 가지라니, '미친놈 아녀?' 하는 표정이다. 그때 권철이 말했다.

"내 옆자리에 예쁜 아가씨 하나 앉혀주세요, 그럼 됐죠?"

그때 두 번 눈을 껌벅였던 사내가 피식 웃었다. 마침 뒤에는 사람이 없다.

"나, 참 별사람 다 보네."

"운을 돈으로 사려는 겁니다. 아저씨는 운을 나눠준 값을 받으시면 됩니다."

"그럼 난 금방 부자 되겠네."

"나같이 적극적인 놈이 많지 않을걸요?"

"그건 그래."

사내가 표하고 거스름돈 7,500원을 내주면서 웃었다.

"기다려봐, 운이 좋을지, 어떨지."

25분 후에 서울행 버스가 출발했다. 권철 옆에는 숏컷한 머리에 날씬한 몸매, 다소 차가운 표정의 미인이 앉아 있었는데 이쪽에다 시선도 주지 않았다. 옆자리에 앉은 이후로 단 한 번도 눈길을 주지 않은 것이다. 이것은 의도적이며 더 긴장하고 있다는 표시다. 이쪽을 의식하고 있다는 표시여서 절반은 진도가 나간 것이나 같다고 봐도 된다.

"내가 지금까지 수백 번 버스를 탔지만 옆자리에 미인이 앉은 건 이번이 처음입니다."

권철이 차분한 표정으로 말했다. 그러나 버스 탈 때마다 이랬다. 그래서 10번에서 9번은 미인이 옆에 앉았고 그중 절반은 작업이 성사되었다. 운(運)은 만들 수가 있는 것이다. 우연은 인연의 연장선상에 있다니까?

그래서 서울에 도착했을 때 권철과 정희진은 내려서 같이 택시를 탔다. 신촌으로 가서 밥 먹고 술 마시기로 합의를 한 것이다. 정희진은, 그렇다. 여자 이름이 정희진, 26세, 약사다. 정희진은 현역 육군 소령이며 법무관인 권철의 옆에 딱 붙어 앉아서 호흡까지 느껴질 정도였다. 차가운 표정은 가식이라고 했지?

카이로에 도착한 이광은 호텔 방 안에서 나영찬과 마주앉아 있다. 나영찬은 재작년에 인형 같은 딸을 낳았는데 다음 달에 다시 둘째가 태어날 예정이었다.

"형님, 한(韓)이가 보고 싶으시겠어요."

나영찬이 웃음 띤 얼굴로 말했다.

"저도 늦게 아이를 봐서 그런지 아이 생각만 납니다."

이광에게 이런 식으로 이야기하는 측근은 나영찬뿐이다. 대학 때의 추억이 그렇게 만든 것 같다.

"네 딸 이름이 뭐라고 했지?"

"아리사입니다."

"예쁜 이름이다."

"제 엄마를 닮아서 아랍 미인이 될 것 같아요, 그래서 제 엄마가 부르기 쉬운 이름을 지었습니다."

"그렇지, 한국식으로 지으면 부르기 어렵지. 구태여 고집할 것 없어."

의자에 등을 붙인 이광이 응접실을 둘러보았다. 나일강변에 위치한 리스타호텔이다. 이 호텔도 리스타 이집트법인 소유인 것이다. 나영찬은 이집트법인 사장으로 부임한 후에 회사를 비약적으로 성장시켰다. 리스타법인은 6개의 호텔, 12척의 여객선, 37대의 여객기, 350대의 관광버스, 48개의 매장에다 127개의 숙박업소, 243개의 식당, 유흥업소를 소유했고 3만5천여 명의 종업원을 고용한 이집트 대기업으로 성장했다. 그때 나영찬이 물었다.

"형님, 일본 일은 잘 되어갑니까?"

"어렵다."

머리를 저은 이광이 나영찬을 보았다.

"겨우 기반을 굳혀가지만 언제 뒤집힐지 알 수가 없어."

이광이 간단하게 상황 설명을 해주고 나서 쓴웃음을 지었다.

"나는 그 핵심이 다까노인 줄 알았다."

"경제인 연합회장 말입니까?"

"그래, 그래서 그놈을 없애려고 해결사를 보냈다가……."

"실패했나요?"

"아니, 다까노의 배후를 치는 것이 낫겠다고 마음을 바꿨지."

"누군데요?"

"총리 비서실장 오무라였어."

"쳤습니까?"

"오무라의 뿌리를 몇 개 잘랐지."

다시 이광이 사다케와 사다요시를 제거한 이야기를 했다. 그러자 나영찬이 길게 숨을 뱉었다.

"시간이 걸리겠네요, 일본은 멕시코, 미국과 달라서 야쿠자와 정치권이 긴밀하게 밀착되어 있는 것 같습니다. 둘이 혼동이 되어서 야쿠자가 정치인 같고 정치인이 야쿠자 같군요."

"잘 표현했다."

이광이 다시 쓴웃음을 지었다.

"서로 동업자 관계처럼 보이더구나."

"다까노를 놔두신 건 잘하신 겁니다."

"제거하는 것이 능사가 아니라는 생각도 들었어."

"그 일은 조 사장한테 맡기십니까?"

조 사장이란 조백진이다. 리스타 리비아법인 사장인 조백진은 카이로에 자주 들르기 때문에 둘이 친하다. 더구나 조백진은 이광의 군(軍) 시절 편의공작대 부하인 것이다. 둘이 친할 수밖에 없는 이유다.

"그래, 조 사장의 용병대 출신 하나를 고용하고 있어."

이광이 권철의 이야기를 해주는 동안 나영찬은 눈도 떼지 않고 들었다. 이윽고 이광이 말을 마쳤을 때 나영찬이 머리를 끄덕였다.

"그놈 이름을 기억해두지요, 형님."

이광은 문득 이런 이야기를 다 해줄 측근이 있다는 것에 편안감을 느꼈다. 그러고 보니 여럿이다. 나영찬, 조백진, 해밀턴, 오금동, 윤방철, 백갑상, 안학태, 린드버그까지, 비밀은 공유하는 인간이 적을수록 유리하고 어려움을 상의할 인간이 많을수록 편해진다. 이것이 이광이 겪은 또 하나의 인생철학이다.

다시 권철, 그 시간에 권철은 정희진과 신촌의 국제나이트 클럽으로 들어서는 중이다. 밤 9시 반, 정희진과 신촌 에메랄드호텔 한식당에서 한정식으로 저녁을 먹고 나온 길이다.

"아이구, 어서 오십시오."

클럽 현관에 서 있던 지배인 윤국필이 권철을 보더니 깜짝 놀라 허리를 90도로 꺾었고 뒤에 서 있던 종업원들이 일제히 몸뚱이가 기역 자로 굽혀졌다. 놀란 정희진이 권철의 옆으로 바짝 붙었기 때문에 허리가 닿았다. 권철이 정희진의 허리를 감아 안으면서 윤국필에게 말했다.

"응, 오늘 한잔 하러 왔어."

"예, 제가 모시지요."

윤국필이 서둘러 앞장을 섰고 그 앞을 종업원 둘이 길을 트고 들어갔다. 윤국철은 권철이 사강을 작살 내고 무시무시한 유통본부로 영전되어 간 것만 안다.

"여긴 처음 왔어요."

자리에 앉은 정희진이 굳어진 얼굴로 말했다. 그리고 이런 대우도 처음 받을 것이다. 이곳은 클럽의 VIP룸, 반질거리는 테이블, 가죽소파, 벽에는 모조품이지만 미켈란젤로의 그림이 벽 전체를 채우고 있다. 곧 지배인이 웨이터들과 함께 들어와 술과 안주를 테이블 위에 벌여놓더니 인사를 하고 나갔다.

"여기 자주 오세요?"

정희진이 물었을 때 권철은 풀썩 웃었다.

"아, 업무상, 자주 오는 편이지."

"무서워."

어깨를 움츠려 보인 정희진이 눈을 가늘게 뜨고 웃었다.

"권 소령님은 조폭 같아."

"맞아, 조폭이야."

정색한 권철이 정희진을 보았다.

"희진 씨는 예민하구나, 지금부터 날 그냥 오빠라고 불러."

"진도가 너무 빨리 나가는 거 아녜요?"

"왜? 싫어?"

잔에 위스키를 채우면서 권철이 웃었다.

"자연스럽게 진도 나가는 것이 이상해?"

"아뇨, 그게 아니라."

"시간이 지나야 가까워지는 게 정상이란 말야?"

"아유, 오빠는."

그때 술잔을 든 권철이 자리에서 일어서더니 정희진의 옆자리로 옮겨와 앉았다.

"난 네 향기가 좋더라."

정희진은 눈만 흘겼고 잔을 비운 권철이 말을 이었다.

"내 부모에 대해서 물어봤지? 지금 말해줄게, 아버지는 목포에서 대학교수로 계셔. 고리타분한 분이지. 어머니는 산부인과병원 원장이야, 병원이 커서 하루에 50명쯤 출산하고 있어, 인구증가에 대단한 공을 세우고 계시지. 곧 훈장을 받을 거야."

권철의 거짓말이 시작되었다. 기분이 나면 형이나 누나가 생길 수도 있다. 둘의 직업은 대개 의사나 화가, 또는 외국에서 박사 학위를 딴 경우도 있다. 이야기를 마쳤을 때쯤 해서 권철의 손이 정희진의 허리를 감아 안고 있었는데 방 안 분위기는 뜨겁게 달아올랐다.

이야기를 하는 동안 권철이 정희진의 볼에 여러 번 입을 맞췄기 때문이다. 정희진은 얼굴이 빨갛게 달아올라 있었는데 진도에 대해서는 잊은 것 같다.

이곳은 홍콩, 지엔사쥐 뒷골목의 허름한 식당에서 반우성과 위연, 용비가 국수를 먹고 있다. 식당 안에는 손님이 많았는데 모두 근처의 노동자들이다. 국수를 그야말로 게눈 감추듯이 먹고 난 용비가 먼저 젓가락을 내려놓았다. 사각형 얼굴에 코가 빈대 코여서 별명이 '밀전병'이다. 납작하게 누른 밀가루 떡이다.

"형님, 5만 불이면 산둥성에서 집을 10채를 삽니다."

트림을 하고 난 밀전병이 말을 이었다.

"더구나 저는 부모님 둘뿐이어서 이 돈을 보냈다가는 금방 난리가 날 겁니다."

반우성은 국수만 먹었고 다 먹은 위연은 외면하고 있다. 지금 밀전병 용비는 권철한테서 받은 상여금 문제를 이야기하는 중이다. 반우성에게도 상여금은 날벼락이나 마찬가지인 사건이었던 것이다.

반우성은 해외에 파견된 삼합회의 고급 간부급인데도 한 달 수당이 먹고 자는 걸 제외하고 3백 불 정도였기 때문이다. 위연과 용비는 1백 불쯤 되었으니 한꺼번에 50년분 월급을 받은 셈인 것이다.

그때 젓가락을 내려놓은 반우성이 둘을 번갈아 보았다.

"돈 관리 잘해."

둘은 눈만 껌벅였고 반우성이 말을 이었다.

"총사령께 보고를 했더니 알아서 하라고 하셨다. 다만 다른 회원들에게 소문이 나면 위화감이 조성될 테니까 절대로 노출이 되면 안 된다는 말씀이셨다."

"그렇지요."

위연이 머리를 끄덕였다.

"지금도 기본급만 받은 회원들이 많으니까요."

"그럼 어떻게 합니까? 갖고 다닙니까?"

다시 용비가 물었을 때 반우성이 혀를 차고 위연에게 말했다.

"위연, 네가 이 멍청한 놈한테 은행구좌 만드는 법을 알려줘라. 비밀구좌가 좋겠지."

"예, 형님."

"조원들한테 입단속 철저히 시키고, 말이 나갔을 때는 자금 몰수하고 퇴출시킨다고 해라."

"예, 형님."

둘은 제각기 5명씩 조원을 거느리고 있는 것이다. 이번에 권철이 준 보너스는 요원들에게 각각 2만 불씩 지급되었다. 모두 거금을 챙긴 것이다. 그때 위연이 조심스런 표정으로 반우성을 보았다.

"형님, 미국에 가면 거기서 사는 겁니까?"

"살기는, 일 마치면 또 어디로 가든지 하겠지, 우리는 용병대다."

반우성이 정의를 내렸다.

"형님 따라서 댕기는 거야."

"좋죠."

그중 단순한 용비가 머리를 끄덕이며 말했다.

"일본이 살기 좋았는데, 국수 맛도 괜찮았고 특히 오뎅국수."

"식충 같은 놈."

눈을 흘긴 위연이 반우성에게 다시 물었다.

"그럼 우린 리스타 회장님 직속의 용병대인 겁니까?"

"그런 셈이지, 형님이 회장님의 특명을 받은 분이니까."

반우성은 권철만 만나는 게 아니다. 수시로 삼합회 내부의 정보망을 이용하고 보고를 해온 것이다. 삼합회는 리스타에 고용된 상황이지만 리스타는 삼합회 내부 상황에 대해서 특별한 규제를 하지 않았다. 그래서 지금 LA에 가있는 삼합회의 총사령 곽기윤도 반우성의 상황을 알고 있는 것이다. 반우성이 말을 맺는다.

"하지만 명심해, 우린 권철 팀이다. 그것이 우리 삼합회와 리스타의 계약 조건이니까 너희들 머릿속에서 일단 삼합회는 지워야 돼, 알았나?"

"예, 형님."

위연은 금방 대답했지만 용비가 한마디 했다.

"그러니까 겉은 리스타이지만 속은 삼합회란 말씀이지요?"

맞는 말이기도 하다.

"시부야의 자위대 안가 습격은 문제를 삼아야 됩니다. 일본 자존심이 걸린 문제니까요."

오무라가 똑바로 마사에몬을 보았다. 오후 9시 반, 이곳은 시모노세키의 바닷가 식당 안, 오무라가 마사에몬을 찾아온 것이다. 둘은 밀실에 앉아 있었기 때문에 주위는 조용하다. 마사에몬은 검은 얼굴에 주름이 많고 머리는 반백이다. 그러나 어깨가 넓은 데다 앉은키도 컸다. 50대 중반쯤으로 보였지만 실제는 62세, 자위대 중장으로 기동군 사령관이다. 오무라가 긴 숨을 뱉고 나서 말을 이었다.

"그렇다고 공식적 대응을 하면 좀 복잡해집니다. 야마구치 구미의 조직원이 자위대 안가에 투숙하고 있었다는 것이 약점으로 잡힐 테니까요. 하지만 이것은 그냥 넘어갈 수가 없는 일이지요."

"오무라 씨."

마사에몬이 건조한 동굴에서 울리는 것 같은 목소리로 오무라를 불렸다. 물기가 많은 두 눈이 번들거리고 있다.

"난 정치인들이나 당신 같은 반(半) 정치인, 그리고 관료들은 믿지 않는 군인이오."

마사에몬이 한마디씩 분명하게 말을 잇는다.

"그런데 지금 당신들은 우리 일본국을 모욕하고 있어요, 그것을 알기나 합니까?"

"마사에몬 중장."

오무라가 쓴웃음을 띤 얼굴로 말을 이었다.

"내가 군인을 무시하는 건 아니지만 당신들은 일을 흑백 논리로만 보는 경향이 있어요, 적이냐 아군이냐, 또는 맞느냐 틀리느냐, 세상사가 그렇게 단순한 것이 아닙니다."

"오무라 씨, 당신의 우유부단한 처신이 일을 더 어렵게 만들고 있다는 생각을 해본 적이 없소?"

"마사에몬 씨, 당신이 내 일을 맡았다면 어떻게 되었을 것 같소?"

되물은 오무라의 얼굴에 웃음이 떠올랐다. 마사에몬의 시선을 받은 오무라가 말을 이었다.

"인간은 모두 제 역할이 있는 겁니다. 적성과 능력, 거기에다 직업관에다 국가관까지 갖춰야만 할 일이 있지요, 그런데 그것이 맞지 않거나 욕심을 부리는 인사가 맡게 되면 본인뿐만이 아니라, 조직, 나아가 국가까지 불행해지는 법이오."

"말이 길군."

마사에몬이 머리를 절레절레 흔들면서 웃었다.

"언제나 이런 미사여구로 나를 홀렸지만 이번은 못 참겠어, 오무라 씨."

"그래서 내가 당신을 찾아온 거요, 중장."

"내 조언이나 도움을 필요한 것이 아니라 엎질러진 물을 주워 담아 달라고 온 것이지."

"중장, 당신이 당분간 맡아달라고 온 것이오. 쓸데없는 비유는 맙시다."

"맡아달라고?"

마사에몬이 정색했다.

"군인인 내가? 기동대를 보내서 리스타 건물에다 포격을 할까?"

"당신 휘하에 특수군이 있지 않소?"

그 순간 마사에몬이 숨을 들이켰다. 눈이 치켜떠져 있다.

"특수군?"

"그렇소, 당신 명령으로 움직이는 제339부대."

마사에몬이 저도 모르게 주위를 둘러보았다. 그러고는 다시 갈라진 목소리로 물었다.

"그 정도로 심각한 거요?"

"그렇소."

오무라가 얼굴을 일그러뜨리며 웃었다.

"그놈들은 대놓고 테러를 했어요, 야마구치조 조장을 셋이나 처치한 데다 자위대 안가에 투숙한 야마구치조를 습격한 것도 잘 훈련된 놈들이었소."

"……."

"불에는 불이오, 당신 부대를 보내주시오, 이건 정치권의 내락을 받은 일이오."

"오빠, 벌써 일어났어?"

침대에서 정희진이 물었을 때 창가에 서 있던 권철이 머리를 돌렸다. 권철은 말끔하게 옷을 차려입은 상태, 오전 8시 10분, 햇살이 호텔 방 안으로 환하게 비치고 있다.

"어, 보다시피 일어나서 씻고 옷도 다 입은 상태다."

"가려고?"

겨우 상반신을 일으킨 정희진이 시트로 몸을 가리고는 권철을 보았다. 정희진은 아직 아무것도 걸치지 않았다. 당황한 표정이다.

"응, 여행사에 가봐야 돼, 티켓 받으러."

"참, 파리에 간다고 했지?"

"그래."

미국과는 반대쪽으로 말해주었다. 침대로 다가간 권철이 두 손으로 정희진의 양볼을 감싸 쥐고는 가볍게 입을 맞췄다.

"잘 지내."

"오빠, 연락해."

"그러지."

"춘천 국군감찰대 권철 소령을 찾으면 되지?"

"아, 그럼, 바로 바꿔줄 거다."

"내 전번 알지? 네브란스병원 제약실로 연락하면 돼."

"외우고 있어."

권철이 다시 정희진의 입술에 입을 맞추고는 허리를 폈다. 네브란스건 오브란스건 방을 나온 순간에 머리에서 지워질 것이다.

카이로의 마라다호텔은 나일강변에 위치해 있는데 유람선의 선착장은 호텔 로비에서 에스컬레이터로 갈 수가 있다. 마라다호텔과 유람선까지 모두 리스타관광 소속인 것이다. 오전 9시 반, 호텔 17층의 라운지 밀실에는 네 사내가 원탁에 둘러앉아 있다. 이광과 안학태 그리고 서양인 둘이다.

"마침내 만나게 되었군요."

악센트가 강한 영어를 한 초로의 사내는 소련 KGB의장 브레즈네프다. 잘 벗겨진 머리, 흰 얼굴, 그러나 비만 체질이어서 턱에 두꺼운 주름이 잡혔다. 브레즈네프가 비밀리에 날아온 것이다. 브레즈네프는 66세, 후버와 동갑이다.

"뵙게 되어서 반갑습니다."

이광이 다시 한 번 인사를 했더니 브레즈네프가 얼굴을 펴고 웃었다.

"리스타연합에 가입하려면 당연히 내가 찾아뵈어야지요."

"감사합니다."

"아마 CIA 놈들이 내 일거수일투족을 감시하고 있겠지만 할 수 없는 노릇이지."

주위를 둘러보는 시늉을 한 브레즈네프가 테이블 밑을 눈으로 가리켰다.

"테이블 밑에 녹음기를 설치해 놓았는지도 모르지."

"그럴 리가 있겠습니까?"

옆에 앉은 보좌관은 석상처럼 움직이지 않는다. 이렇게 소련의 KGB 의장 브레즈네프와의 회담이 시작되었다.

"리, 당신을 오랫동안 주목하고 있었소."

브레즈네프가 말했다.

"당신의 사업과 인간관계를 말이오."

이광의 긴장한 표정을 본 브레즈네프가 입술 끝을 올리며 웃었다.

"우리는 당신의 마약사업도 다 압니다. 리비아, 중국, 멕시코산 마약이 당신의 손을 통해 세계 시장으로 유통되더군요, 미국의 대리인 역할로 말입니다."

마침내 이광의 얼굴에도 쓴웃음이 번져졌다. 소련의 정보기관이 그것을 모를 리가 있겠는가? 세계는 현재 냉전시대다. 동서 냉전시대라고도 한다. 세계는 양강(兩强) 체제로 나누어져 있다. 미국과 소련이다. 양국(兩國)은 끝없는 패권 싸움으로 세계를 양분(兩分)시켜 놓았다.

"그렇다고 제가 미국의 하수인은 아닙니다, 의장님."

"압니다. 서로 이용하는 관계겠지요."

브레즈네프가 머리를 끄덕였다. 이제는 표정 없는 얼굴이다.

"리, 나도 당신이 필요해서 온 거요."

"압니다, 의장님. 저도 의장님이 필요해서 이렇게 만나고 있는 것이지요."

"후버도 내가 리스타연합에 가입하는 것이 바람직하다고 생각하고 있소."

이광이 머리를 끄덕였다. 그래야 균형이 맞는 것이다. 리스타연합은 어느 한쪽만을 위한 조직이 아니다. 브레즈네프가 말을 이었다.

"리스타연합의 소련 회원은 나하고 외무장관 톨스토이, 군정보국장 로스토프까지 셋으로 합시다."

"알겠습니다."

"그리고 앞으로 내 보좌관 카가린이 당신들에게 연락 역할을 맡을 거요."

브레즈네프가 옆에 앉은 사내를 그때야 소개했다. 브레즈네프는 전(前)의장 이반 이바노프를 숙청시키고 모스크바 당서기에서 KGB의장으로 옮겨왔다. 소련 권력서열 5위로 되어 있지만 최고 실세라는 소문이 났다. 군(軍)과 개혁세력의 지지를 받고 있기 때문이다.

"그리고 리, 내가 만난 기념으로 선물을 하나 드리지요."

브레즈네프가 생각났다는 얼굴로 이광을 보았다. 회색 눈동자가 번들거리고 있다.

"일본 자위대 기동군에 339부대가 있소, 우리 스페르나츠와는 비교가 안 되지만 미국의 그린베레 아류쯤 되는 부대인데."

브레즈네프의 얼굴에 희미한 웃음이 떠올랐다.

"그 339부대의 특수대 하나가 며칠 전에 새 임무를 받았어요."

이광은 시선만 주었고 브레즈네프가 말을 이었다.

"리스타와 관계된 임무요, 특수대는 1개조 10명인데 이또만 소좌라는 인물이 지휘하고 있소."

"감사합니다, 의장님."

이광이 머리를 숙였다.

"호의 잊지 않겠습니다."

"미국은 일본과 동맹국 사이지만 일본 내부 정보에 대해서는 우리보다 약해요."

"그렇습니까?"

"일본이 꼭꼭 숨겨놓기도 하지만 미국은 방심하고 있지, 그러다가 진주만 때처럼 또 당하는 거지."

"……."

"이건 우리가 분석한 건데 한국과 일본이 전쟁을 하면 미국은 일본

편에 붙게 될 거요, 일본은 태평양의 마지막 방어선이니까."

"그렇습니까?"

"한국은 중국, 러시아와 대륙으로 붙어 있어서 방어하려면 엄청난 피해를 각오해야 하거든, 한국전쟁이 그 예지."

"……."

"한국을 공산화시키지 않으려고 미국이 엄청난 인명과 자금을 날렸지, 하지만 지금은 그러지 않을 거요. 그냥 한국을 중국이나 러시아에 넘겨주고 일본으로 물러날 거요."

"……."

"1950년 1월에도 미국은 애치슨라인을 발표했었지, 그것은 미국의 극동 방위선을 일본과 오끼나와, 필리핀 선으로 긋는다는 내용인데 그것 때문에 북한이 마음 놓고 6월에 남침을 하지 않았소?"

물잔을 든 브레즈네프가 이제는 얼굴을 펴고 웃었다.

"역사는 돌고 도는 겁니다. 같은 경우가 반복되지만 같은 실수가 되풀이될 가능성은 적지요."

"많이 배웠습니다."

이광이 머리를 숙여 사례했다. 브레즈네프를 보자 미국의 후버가, 중국의 등소평이 떠올랐다. 이제 셋이 다 리스타연합의 회원이며 창립 멤버와 같다.

"브레즈네프가 또 이광을 상대로 연설을 늘어놓겠군."

후버가 해외작전국장 윌슨에게 말했다. 방금 윌슨이 브레즈네프와 이광과의 회동을 보고한 것이다.

"나이들수록 말이 많아지는 인간들이 있어, 한 말을 두 번, 세 번 되풀이하고, 바로 어제 한 이야기를 오늘 다시 하는 인간들이 많아."

윌슨의 콧구멍이 희미하게 실룩거렸다. 바로 후버가 그렇다. 이미 CIA 간부들 사이에서는 소문이 다 났다. 정색한 후버가 윌슨을 보았다.

"다음 주 중에 이광을 통해서 브레즈네프한테 콩고 이야기를 해."

"예, 부장님."

"이런 때 써 먹으려고 리스타연합에 그놈 새끼를 가입시킨 거야."

"그렇습니다."

"브레즈네프도 내가 말해주기를 기다리고 있을걸?"

"그렇지요."

공식, 비공식 채널은 다 알려진 상황인 데다 이미 약효까지 떨어져 있다. 리스타연합을 통하는 것은 그야말로 장사꾼 원리의 협상을 말한다. 이득을 위해서는 무슨 짓이든 한다는 장사꾼 원리, 그때 후버가 혼잣소리처럼 말했다.

"일본이 리스타한테 계속 당하기만 하던데, 그놈들이 가만있을까?"

5장
테러를 당하다

"우린 일본인이야, 명심해."

이또만이 웃음 띤 얼굴로 둘러앉은 사내들에게 말했다. 이곳은 시노모세키 교외의 2층 저택 안, 응접실에 둘러앉은 사내는 이또만까지 포함해서 10명, 소파와 의자에 제각기 앉아 있었지만 긴장하고 있다. 이또만이 말을 이었다.

"한국은 우리 조상이 태어난 곳이지만 우리한테는 인연이 먼 곳이다. 우리 조국은 일본이야, 무슨 말인지 알지?"

"옛!"

아홉 명이 일제히 대답했다. 모두 현역 자위대원으로 조선인이다. 근본이 조선인이지 국적은 일본인인 것이다. 이번 작전에 한국어를 아는 요원을 우선적으로 선발했기 때문이다. 이또만도 그렇다. 부모가 조선인으로 이또만의 본명은 강정규, 집안에서 한국어를 사용했기 때문에 한국어를 유창하게 사용할 뿐이지 나머지는 일본인이다. 일본국에 목숨을 바칠 각오도 되어 있다. 이또만이 말을 이었다.

"우리 임무는 단순해, 지금 도쿄에서 기반을 굳혀가는 리스타 조직을 박살내는 거다. 지금까지 리스타에 당하기만 했는데 앞으로는 뒤집힐 거다."

이또만의 옆에 앉은 사스케가 말을 받았다. 사스케는 부관 역할로 중위, 한국 이름은 박철상.

"오늘 밤에 도쿄로 들어간다. 우리가 일본국의 자존심을 세우는 역할을 한다는 것을 명심하도록."

회의가 끝나고 저택 마당으로 나왔을 때 중사 유리시마가 같은 중사인 오도리에게 말했다.

"야, 오도리, 실감이 안 난다. 우리가 일본국의 자존심을 세운다니."

"말 그대로야."

오도리가 대수롭지 않다는 표정으로 말을 이었다.

"지금까지 야마구치는 물론이고 다른 놈들도 소리 없이 당했으니까 우리가 만회시킨다는 거지."

"이제야 조센징 인정을 받는 건가?"

"인정은 무슨, 조선말 할 줄 아니까 이 작전에 뽑힌 거지, 헤엄 잘 치는 놈을 물속 작전에 투입시킨 것처럼."

"그럼 조선놈을 죽이는 건가?"

"조선놈이나 일본놈이나 죽이라면 죽이는 거지."

이번에 선발된 요원은 모두 살인 전문가인 것이다. 339부대는 경호, 공격, 암살, 침투, 정보까지 5개 전문부대로 나누어져 있다. 그런데 10명의 면면은 공격과 암살부대에서 차출되었다. 오도리가 말을 맺었다.

"조상은 무슨 개가 물어갈 소리냐? 난 일본인으로 자긍심을 갖고 살아왔어, 내 조국은 일본이야."

"맞다."

유리시마가 개운한 표정을 지었다.

"난 일본인으로 조선말을 할 줄 아는 것뿐이지."

LA에 도착한 권철이 투숙한 호텔은 코리안타운 안의 아리랑호텔이다. 한국인이 주인이고 한국인 손님이 많은 곳이어서 마치 한국에 온 것 같다. 오후 5시 반, 권철이 1층의 로비로 내려갔을 때 기다리고 있던 사내 둘이 일어섰다. 둘 다 한국인이다.

"잘 오셨습니다."

30대쯤의 사내가 손을 내밀며 말했다.

"제임스 김입니다."

"폴입니다."

머리를 노랗게 염색한 사내가 권철의 손을 잡으면서 웃었다.

"기다리고 있었습니다."

둘 다 현지 교포인데 여기서는 재미교포다. 자리에 앉았을 때 폴이라는 노란 머리가 먼저 입을 열었다.

"브란트 씨가 모시러 오라고 했습니다. 6시 반에 몬테카를로 식당을 예약해놓았다구요."

"……."

"여기서 차로 30분 거리니까 시간은 넉넉합니다."

"브란트가 누구요?"

권철이 묻자 둘은 서로의 얼굴을 보더니 이번에는 제임스 김이 대답했다.

"예, LA지역장이지요."

"미국인인가?"
"예, 여기서 상당한 영향력이 있는……."
"난 처음 듣는 이름인데."
"그렇습니까?"
다시 얼굴을 마주본 제임스 김이 쓴웃음을 지었다.
"브란트 씨가 우리들 보스지요."
"난 마르코 씨한테서 연락을 받았는데."
"마르코 씨가 우리 보스한테 권 선생을 모시라고 전달한 것 같습니다."
"……."
"권 선생께선 어차피 우리 지역에서 일을 하실 테니까요."
"마르코 씨는 지금 어디 있습니까?"
"린드버그 사장하고 같이 계십니다. 어제 라스베이거스에 계시다고 했는데……."
머리를 끄덕인 권철이 둘을 번갈아 보았다.
"LA지역 상황을 들읍시다."
"예, 제가 말씀 드리지요."
준비하고 온 모양인지 폴이 서류봉투에서 타자된 종이를 꺼내 권철에게 내밀었다. 폴이 먼저 입을 열었다.
"지금 LA에 27개 사업장이 설립된 상황인데 갑자기 사업장이 늘어나다 보니까 삼합회 용병을 충원시켰어도 관리가 잘 안 됩니다. 그래서……."
그때 제임스 김이 말을 잇는다.
"스트리트갱이라고 부르는 LA지역 조직들과 어쩔 수 없이 제휴를 했는데 그놈들 요구조건이 점점 커지고 2개 지역에서 타협이 안 되어서 영업장을 잠시 휴업한 상태지요, 6개 영업장이 휴업 중입니다."

"스트리트갱 이놈들은 막무가내고 난폭합니다. 마약을 먹고 날뛰는 터라 경찰들도 손을 놓은 놈들입니다. 이놈들이 처음에는 이익금의 10퍼센트를 보호료로 요구했다가 지금은 30퍼센트까지 올린 상태입니다."

"……."

"갱단 하나에 대개 50명 정도의 병사를 보유하고 있는데 기관총까지 갖고 다니지요, 나이는 20대 초반 정도, 지금 가장 애를 먹이는 갱단은 에디파와 톰슨파 2개입니다."

권철이 머리를 끄덕였을 때 제임스 김이 손목시계를 보면서 물었다.

"저녁식사 시간이 되었는데, 가실까요?"

"난 안 가."

권철이 바로 대답했다.

오후 7시반, 라스베이거스 시저스호텔에 머물고 있던 린드버그가 보좌관 마르코의 보고를 받는다.

"사장님, 권철이 브란트를 만나지 않겠다면서 저녁식사 초대를 거절했습니다."

응접실에서 TV를 보던 린드버그가 말없이 시선만 주었다. 마르코는 38세, 뉴욕대에서 경제학을 전공한 박사로 광고회사 매니저 출신이다. 리스타 경력은 1년 반, 린드버그가 공채로 채용한 경력사원이다. 리스타 미국법인 기조실에서 반년쯤 근무하다가 린드버그의 보좌관으로 영전된 것은 1년 전, 린드버그가 추구하는 세계기업 리스타에 어울리는 인물이다. 마르코가 말을 이었다.

"브란트가 보낸 부하들한테서 브리핑만 받고 돌려보냈다는 것입니다."

"……."

"그러고는 혼자 시내로 나갔는데 어디로 간다고 이야기도 하지 않았답니다."

"그놈한테 언제 연락했나?"

린드버그가 묻자 마르코의 검은 눈동자가 흐려졌다. 마르코는 스페인계다.

"예, 오늘 오후 2시쯤 됩니다. 공항에서 비서실로 연락이 왔길래 비서실의 료지가 호텔을 알려주었습니다."

"……."

"그리고 5시 반에 호텔에서 만나기로 했던 것이지요."

"누구를?"

"브란트에게 연락을 해서 권철을 만나라고 했거든요, 그래서 브란트가 부하 둘을 보낸 것입니다."

"……."

"브란트는 권철이 호텔로 돌아오면 다시 부하를 보낸다고 했습니다."

그때 응접실로 비서가 들어섰다. 조금 당황한 표정이다. 비서가 전화기를 든 채 마르코와 린드버그를 번갈아 보았다.

"유통의 오 사장이십니다."

비서는 미국인이다. 역시 공채 출신, UCLA를 졸업하고 의류회사 총무부에 근무하다가 경력사원으로 채용되었다. 리스타 미국법인 사장 비서실에 근무한 지 6개월째, 29세, 그때 린드버그가 전화기를 바라보면서 물었다.

"왜 전화기를 들고만 있나?"

"예?"

당황한 비서가 전화기를 마르코에게 내밀었다. 사장에게 걸려온 전화는 일단 보좌관 마르코를 통하도록 되어 있었기 때문이다. 힐끗 린드버그에게 시선을 준 마르코가 전화기를 귀에 붙였다.

"예, 린드버그 사장실입니다."

그때 수화구에서 목소리가 울렸다.

"너, 누구야?"

"예, 보좌관 마르코입니다."

"린드버그 씨는 없나?"

"예?"

"네 옆에 없느냐고 물었다."

"무슨 일로 그러시는지요?"

"야, 이 개새끼야!"

대뜸 욕을 한 오금봉이 다시 소리쳤다.

"네 옆에 있어? 없어?"

"계십니다."

"바꿔! 이 개새끼야!"

마르코가 심호흡을 하더니 전화기 송화구를 손바닥으로 가렸다. 그러고는 차분한 표정으로 린드버그를 보았다.

"사장님, 잠시 후에 전화 다시 하시겠다는데요."

그러고는 송수화기를 내려놓은 마르코가 전화기를 비서에게 건네주며 말했다.

"직통전화는 단절시켜."

"예, 보좌관님."

"무슨 일인데?"

린드버그가 묻자 마르코가 웃음 띤 목소리로 대답했다.

"예, 도청이 우려된다고 하셨습니다. 그래서 당분간 직통전화는 중지시키는 것이 낫다고 하셨습니다."

"신경 써주셔서 고맙군."

린드버그가 머리를 끄덕였다.

"전화를 끊어 버렸는데?"

오금봉이 전화기를 건네주면서 눈을 가늘게 떴다.

"이놈, 보좌관이란 놈, 누구야?"

"제가 알아보지요."

옆에 서 있던 하동일이 반쯤 몸을 돌렸을 때 오금봉이 말했다.

"린드버그가 옆에 있는 것 같은데도 전화를 끊어버렸어."

"권철이가 이상하게 생각할 만합니다."

"린드버그를 연결해."

오금봉이 옆쪽에 선 비서에게 지시했다.

"빨리, 어떤 수단을 쓰더라도."

방금 오금봉은 안학태한테서 연락을 받은 것이다. 권철의 역할은 극비이며 권철은 린드버그나 그 측근만을 통해 작전을 수행하도록 지시를 받았다. 비밀작전은 아는 사람이 적을수록 좋은 것이다. LA지역 일이라면 린드버그나 그 보좌관이란 마르코에 국한되어야만 한다. 그런데 권철을 LA지역 책임자인 브란트는 물론이고 측근들한테까지 노출시킨 것이다.

권철의 보고를 받은 안학태가 바로 오금봉한테 상황을 알려주었고 유통의 총책임자인 오금봉이 린드버그를 찾았지만 직통전화인데도 연결되지 못했다. 오금봉이 보기에 이것은 엄청난 사건이다.

리스타 미국법인이 습격을 받아 궤멸된 것보다 더 충격적인 사건이다. 리스타 법인사장과 직통전화를 할 수가 없다니.

"연결되었습니다."

하동일이 전화기를 오금봉에게 건네주면서 웃었다. 라스베이거스에 있는 유통의 간부를 린드버그에게 보내 옆에서 오금봉에게 전화를 하게 만든 것이다. 전화가 끊긴 지 30분만이었다.

"린드버그, 아까 왜 전화를 끊었지?"

대뜸 오금봉이 묻자 린드버그가 놀라서 더듬거렸다.

"오 사장님, 그게 무슨 말입니까? 마르코한테 전화를 다시 한다고 해서 기다리던 중이었는데요, 도청이 우려된다고 하셨다면서요?"

"그놈이 끊었어, 난 그런 말 한 적이 없어."

"그, 그럴 리가……."

"지금 그놈이 옆에 있나?"

"예, 오 사장님."

"그놈을 당장 옆방으로 보내, 린드버그."

"예?"

"그것도 못하겠다면 미국법인 사장 자리를 내놓고 물러가지."

"오, 오 사장님."

"당장 시행해!"

“예, 그러지요.”

그러더니 1분이나 시간을 끌었기 때문에 오금봉이 송화구를 손바닥으로 막고 한숨을 쉬었다. 옆에 선 하동일은 외면하고 있다. 회사가 망하려면 내부에서부터 망하는 법이다.

“린드버그는 정보수집, 분석, 거기에다 작전 수행능력이 뛰어난 간부였지요.”

해밀턴이 전화기에 대고 말했다. 오후 10시, 지금 해밀턴은 뉴욕에서 카이로에 머물고 있는 이광하고 통화를 하는 중이다. 카이로는 오전 5시, 이광이 해밀턴에게 연락을 한 것이다. 해밀턴이 말을 이었다.

“하지만 큰 조직을 관리할 능력은 안 되는 것 같습니다.”

“그런가?”

이광이 담담한 목소리로 대답했다. 해밀턴은 CIA 시절에 린드버그의 상사였다. 린드버그를 이런 식으로 평가할 사람은 해밀턴뿐일 것이다.

“적성에 맞고 안 맞은 일을 따지기 전에 크게 봐서 두 가지 용도로 인간형을 나눌 수가 있는 것 같아. 해밀턴 사장.”

이광이 말을 이었다.

“현장에 맞는 사람과 관리에 맞는 사람.”

“그렇습니다.”

해밀턴이 전화기를 귀에 붙인 채 머리까지 끄덕였다.

“공감이 갑니다, 회장님.”

이광이 잠깐 숨을 들이켰다. 머릿속에 한신과 범려의 고사(古事)가 떠올랐기 때문이다. 이광은 틈만 나면 역사서를 읽는 버릇이 있다. 그것은 재미도 있지만 역사에서 일어나는 무수한 사건과 그 결과를 보고 깨닫는 점이 많기 때문이다.

한신은 유방을 도와 한나라를 세우고 유방을 황제로 만들었다. 유방은 한신이 없었다면 농사꾼으로 굶어 죽었을 인물이다. 그러나 유방은 황제가 되고 나서 한신을 경계한 나머지 마침내 내쫓았다. 그러나 범려는 월왕 구천을 위해 나라를 반석에 올려놓고 나서 홀연히 사라졌다. 남아 있었다면 한신 짝이 되었을 것이다. 한신이 한 말이 곧 토사구팽이다. 토끼를 잡고 나면 필요 없어진 개를 삶아 먹게 된다는 말이다.

이광의 얼굴에 웃음이 떠올랐다. 린드버그는 미국 상황이 위급한데도 법인 비서실을 왕궁처럼 만들었다. 보좌관 마르코는 린드버그의 눈과 귀를 막는 환관 역할이다. 그것을 린드버그가 조장했다. 이윽고 이광이 입을 열었다.

"해밀턴, 충고 고맙소."

"외람됩니다만, 생각나는 대로 말씀드렸습니다."

해밀턴이 굳어진 목소리로 덧붙였다.

"저도 이 일을 계기로 저 자신을 돌아보도록 하겠습니다."

통화를 마친 이광이 앞에 앉아 있는 안학태를 보았다.

"권철을 미국으로 보냈더니 가자마자 대변혁이 일어났구만."

정색한 얼굴이다.

"그놈이 미국법인 자체의 문제점부터 들춰냈어, 이게 우연인가?"

"아닙니다."

안학태도 정색하고 대답했다.

"다른 놈 같았으면 LA지역 보스 브란트를 만나 현장 상황을 들었을 것입니다. 그런데 권철은 자신의 임무가 노출되어 있는 것부터 지적을 한 것입니다."

그랬다가 마르코가 오금봉의 전화를 받고 린드버그를 바꿔주지 않았던 것이다. 안학태의 지시를 어긴 것을 은폐시키려는 의도였다. 안학태가 말을 이었다.

"권철이는 우연히 일을 저지른 것이 아닙니다, 회장님."

"그놈이 상여금 50만 불에서 10만 불만 챙겼다면서?"

"예, 나머지 40만 불은 반우성과 그 부하들에게 나눠줬습니다."

"그놈이 나하고 닮았어."

안학태는 대답하지 않았다. 보너스에 대한 내막은 삼합회 총사령 곽기윤이 오금봉한테 말해줘서 알게 된 것이다. 곽기윤은 각 지역에 흩어져 있는 삼합회 용병들로부터 모든 정보를 받는다는 것을 암시한 것 같다. 그때 안학태가 이광을 보았다.

"미국법인을 어떻게 하시겠습니까?"

이곳은 LA 차이나타운의 마작방 밀실, 권철과 반우성, 위연, 용비 넷이 둘러앉아서 술을 마시고 있다. 밤 11시 반, 방에는 술 냄새가 진동을 했다. 술이 독한 고량주여서 넷이 숨을 쉴 때마다 악취가 펄펄 나온다.

"참, 술, 독하네."

입맛을 다신 권철이 술잔을 들면서 감탄했다.

"내가 70도짜리는 처음 먹어."

"80도짜리가 있지만 그걸 많이 마시면 목소리가 변합니다."

반우성이 정색하고 말을 이었다.

"그리고 나중에는 위장이 나빠집니다. 술맛은 좋지만 마실 것이 못 돼요.”

“그거, 여기 있나?”

“있을 겁니다, 큰형님.”

용비가 말을 받더니 엉거주춤 엉덩이를 들었다.

“가져올까요?”

“야, 인마.”

술기운이 오른 반우성이 눈을 부릅떴다.

“너는 이 자식아, 내가 이야기 하는 거 못 들었어?”

“무슨 이야기 말씀입니까?”

몸을 세운 채 용비가 묻자 권철이 입맛을 다셨다.

“놔둬라, 내가 맛이나 보려는 거다.”

그러자 어깨를 부풀렸던 반우성이 어쩔 줄 모르고 서 있는 용비에게 말했다.

“작은 거 한 병만 가져와, 돼지고기도 더 썰어오고, 기름기 많은 걸로.”

용비가 나갔을 때 반우성이 술기운으로 붉어진 얼굴로 물었다.

“아리랑호텔로 안 가실 겁니까?”

“안 가.”

“짐은 어떻게 하구요?”

“옷 몇 벌뿐이야, 놔둬도 돼.”

“그럼 여기에서 저희들하고 같이 계시죠.”

“좋지.”

마작방 위층은 여인숙이었기 때문에 반우성 일당은 이곳에서 투숙하고 있는 것이다. 5층 빌딩 안에 사우나, 식당, 술집, 마작방에다 여인숙, 색시집까지 있어서 손님들이 바글바글했다. 그때 반우성이 조심스럽게 말했다.

“형님, 이곳 차이나타운에도 이름만 삼합회인 놈들이 1백 명 가깝게 있는데요, 그놈들은 오히려 우리를 경계하고 있습니다.”

“코리아타운에도 한국식 조폭이 있어, 그놈들도 한국에서 원조 조폭이 오면 총으로 쏜다는군.”

권철이 이를 드러내고 웃었다. 삼합회나 리스타유통의 원조인 국제, 제일그룹도 이곳에서는 도움이 안 되는 이유다.

“빌어먹을 놈들, 별것도 아닌 것들이.”

마르코가 투덜거리고는 나이프를 내려놓았다. 오후 12시 40분, 식당 벽의 벽시계를 본 마르코가 클라라에게 말했다.

“사장님은 오후 3시에 LA로 떠나실 테니까 헬기 대기시켜.”

“예, 보좌관님.”

“그리고 오후 3시 이후의 약속도 모두 보류시키도록, 8시까지.”

“예, 보좌관님.”

비서 클라라가 돌아갔을 때 마르코가 앞에 앉은 윌리스에게 말했다.

“유통 사장하고 좀 오해가 있었지만 우리 사장이 알아서 수습한다고 했어.”

윌리스는 머리만 끄덕였다. 어제부터 사장실 분위기가 흉흉해져 있는 것이다. 원인은 비서실 간부들은 다 안다. 보좌관 마르코가 유통 사장의 전화를 사장에게 연결시켜주지 않았기 때문이다. 그래서 유통의 간부가 직접 이곳 라스베이거스 호텔 방까지 찾아오는 소동이 일어났지만 린드버그는 마르코에게 주의만 주었을 뿐이다.

린드버그는 리스타의 해외 26개 법인 중 가장 큰 미국법인의 사장이다. 법인은 미국 내의 상사, 유통, 금융 등 리스타 관련 사업을 총괄하는 터라 매출액도 리스타 전체 매출액의 3할 정도나 된다. 그만큼 미국법인의 위상이 높은 것이다.

린드버그는 서열상 유통 사장 오금봉의 아래였지만 이번 사건으로 자존심이 상했다. 마르코가 월권을 했다고도 생각하지 않았다. 본부에서 보낸 해결사는 LA지점 보스인 브란트하고 작업을 하면 되는 것이다. 해결사가 자신의 최측근인 마르코를 만난다는 것도 잘못된 일이다.

본부 비서실장 안학태가 미국법인을 가볍게 취급하고 있다고 믿어졌다. 이것이 린드버그의 입장이었고 그것이 마르코에게 그대로 전달된 상황인 것이다. 커피잔을 든 마르코가 윌리스를 보았다.

"유통 사장이 미국법인에 대해서 이래라 저래라 할 위치가 아냐, 미국 내에 있는 유통 소속 사업도 미국법인의 통제를 받게 되어 있는 거야."

"그렇습니다."

윌리스는 마르코의 보좌관이니 린드버그 입장에서 보면 보좌관의 보좌관인 셈이다. 윌리스가 말을 이었다.

"이번에 유통 간부가 사장실에 들어와 사장님과 대면한 것도 서열을 무시한 것입니다. 앞으로는 출입 절차를 더 엄격히 수정해야 합니다."

"그래야 돼."

머리를 끄덕인 마르코가 다시 벽시계를 보았다. 이곳은 시저스호텔 2층의 식당 안이다. 점심시간이어서 손님이 많았지만 안쪽 VIP석 주변은 조용하다. 그때 마르코가 자리에서 일어섰다.

"나, 화장실에."

화장실로 들어서던 마르코가 걸음을 멈추고는 피터를 보았다.

"피터, 옷차림이 그게 뭐냐?"

"예?"

"싸구려 옷이라도 색깔이나 사이즈가 잘 맞으면 괜찮게 보인단 말이다. 무슨 말인지 알아?"

"죄송합니다. 마르코 씨."

"식당에서 눈에 띄잖아? 네가?"

"죄송합니다."

"경호원이 눈에 띄면 되겠어?"

"죄송합니다."

입맛을 다신 마르코가 소변이 급했기 때문에 화장실로 들어섰다. 피터는 경찰이 된 지 1년 만에 사고를 일으키고 실직한 불운의 사내다. 3년 동안 직장을 잡지 못했다가 리스타에 취업이 되었는데 마르코의 경호원이 된 지 두 달째다.

마르코는 보좌관에 비서, 경호원까지 붙여진 리스타 미국법인의 실세인 것이다. 그만큼 사장 린드버그의 신임을 받고 있는 셈이다. VIP용 화장실은 비었다. 넓고 화려한 화장실은 은근한 향내까지 풍겨졌다. 만족한 마르코가 소변기 앞에 서서 지퍼를 내렸다.

오후 3시에 헬기편으로 린드버그와 함께 LA로 돌아가 오후 8시에는 시장과 저녁 약속이 있다. LA시장과 재무국장, 그리고 이쪽은 린드버그와 마르코까지 넷의 모임인 것이다.

시장 마이클 피터슨은 곧 재선을 앞두고 있어서 선거비용이 절실하다. 오늘 린드버그는 시장에게 리스타법인을 위한 3가지 요구사항을 제시할 예정이었다. 대신 후원금으로 1백만 불을 낼 것이다. 이것은 모두 마르코가 기획했다.

그때 화장실 문이 열리더니 피터가 들어섰다. 피터 뒤로 사내 셋이 더 따라 들어섰기 때문에 마르코는 이맛살을 찌푸렸다. 사내 셋은 모두 동양인이다. 그때 동양인 하나가 화장실 문을 안에서 잠갔다.

권철이 피터를 옆으로 밀고는 마르코 앞으로 다가가 섰다. 마르코는 마악 지퍼를 올리면서 권철을 향해 돌아선 참이었다. 권철이 물었다.

"네가 마르코야?"

"누구야?"

피터를 흘겨본 마르코가 권철에게 되물었다. 아직 마르코는 영문을 모르는 눈치다. 그냥 얼떨떨한 상태다. 권철이 물끄러미 마르코를 보았다.

"나, 권철이다."

"아아."

마르코의 심장박동이 빨라졌지만 얼굴에는 웃음이 떠올랐다.

"미스터 권, 여기는 웬일이오?"

"널 죽이려고."

권철이 말하자 마르코가 풀석 웃었다.

"해결사들은 농담을 그런 식으로 하시나?"

"넌 여기서 목뼈가 부러져 죽는다."

"가능할까?"

"그럼 피터는 모른 척하고 네가 화장실에서 미끄러져 목이 부러졌다고 할 거야."

"경찰이 믿어줄까?"

"과연 회사를 주물럭거리는 뱃심은 있는 놈이군."

권철이 감탄한 표정으로 머리를 끄덕이며 옆에 선 반우성을 보았다. 반우성이 따라서 머리를 끄덕이며 말했다.

"형님, 작별인사는 됐습니다."

"그러지."

그 순간 권철이 한 걸음 발을 내디디면서 마르코의 멱살을 움켜쥐었다. 마르코는 1미터 80 정도의 신장에 95킬로 정도의 체격이다. 마르코가 몸을 뒤로 젖혔을 때 권철의 한 손이 머리를 감싸안는 것 같더니 몸이 옆으로 돌았다. 마치 뱀장어가 꿈틀거리는 것 같은 유연한 동작이다.

다음 순간 권철의 두 손이 마르코의 머리를 감싸 쥐었고 몸이 뒤쪽으로 돌았다. 마르코는 두 손으로 권철의 옷을 움켜쥐었지만 막지는 못했다. 그 순간,

"뿌드득!"

나무가 부러지는 소리가 들리더니 권철의 팔이 마르코의 머리에서 떨어졌다. 반우성과 문을 등지고 선 용비가 숨을 들이켰다. 마르코의 얼굴이 등 쪽으로 돌려져 있다. 그런데 얼굴이 살았다. 두 눈이 끔벅거리고 있는 것이다. 그때 마르코의 몸통을 두 손으로 움켜쥔 권철이 피터에게 말했다.

"피터, 부탁한다."

린드버그가 피터의 보고를 듣는다.

"제가 화장실에 들어갔을 때는 보좌관님이 뒷머리를 세면대에 부딪히고 넘어져 있는 상황이었습니다."

오후 2시 반, 마르코의 시체는 LA 성베드로병원 시체실로 실려가 있다. 피터가 말을 이었다.

"화장실 바닥에 물이 많이 고여 있어서 저도 미끄러져 넘어질 뻔했습니다."

"……."

"제가 현장에서 바로 신고를 했고 경찰이 10분 만에 달려와 검시를 하고나서 제 증언을 듣고 병원으로 싣고 갔습니다."

"사인은 목뼈가 부러진 거야?"

"예, 세면대에 부딪혀서……."

"알았어."

린드버그가 머리를 끄덕이자 피터는 몸을 돌렸다. 문으로 다가가는 피터의 뒷모습을 보던 린드버그가 불렀다.

"피터."

"예, 사장님."

문 앞에서 몸을 돌린 피터가 린드버그를 보았다. 응접실 안에는 둘뿐이다. 창밖으로 라스베이거스의 전경이 내려다보인다. 시저스호텔의 특실은 37층인 것이다. 피터의 시선을 끌어들이듯이 받은 린드버그가 얼굴을 일그러뜨리면서 웃었다.

"아냐, 피터."

"예, 사장님."

머리를 숙여 보인 피터가 방을 나갔다. 피터와 엇갈려서 비서 클라라가 들어섰다. 마르코의 비서다. 클라라는 눈동자의 초점이 흐려져 있는 데다 다리가 휘청거렸다. 정신이 절반쯤 나간 것 같다.

"사장님, 손님이 오셨습니다. 본사 비서실에서 오셨다는데요."

린드버그는 시선만 보냈고 다가선 클라라가 말을 이었다.

"매니저 권이라고 했습니다."

"……."

"예약하지 않았으면 면담이 안 된다고 했더니 해밀턴 사장한테서 전화가 왔습니다. 해밀턴 사장이 보증할 테니까 들여보내라고 하시는군요."

"캔들러는?"

캔들러는 비서실장이다. 그러자 클라라가 한숨을 쉬었다.

"뉴욕 출장 중입니다."

그때 방문이 열리더니 동양인이 들어섰다. 머리를 든 린드버그가 어깨를 늘어뜨리면서 숨을 뱉었다. 처음 보는 얼굴이지만 누군지 짐작했기 때문이다.

권철은 린드버그의 시선을 받고는 저절로 쓴웃음을 지었다. 놀라는 표정이 아니었기 때문에 쓴웃음이 나온 것이다. 다 알고 있는 것이다. CIA 간부 출신이 아닌가? 다 짐작은 하면서도 관리가 이 따위라니, 그때 린드버그가 클라라에게 말했다.

"나가 있어, 클라라."

권철을 보고 당황하고 있던 클라라는 두말하지 않고 몸을 돌렸다. 다가간 권철이 눈인사도 하지 않고 앞쪽 소파에 앉았다. 눈인사는 눈을 깜박이든지 눈의 힘을 잠깐 푸는 것도 인사가 될 수도 있다. 그러나 권철은 이 상황에서 그런 허식도 싫어졌다. 린드버그에 대해서 혐오감을 느꼈기 때문이다.

무능, 위선, 또는 횡령 따위의 결점을 갖고 있는 리더라면 차라리 나을 것이다. 린드버그는 관리자가 되고 나서 허세, 과시에 중독되었다. 방금 나간 클라라가 마르코의 비서이니 보좌관의 비서라는 것도 린드버그는 알 것이다.

지금 마르코의 보좌관, 즉 보좌관의 보좌관인 윌리스란 놈은 도망을 가서 자취를 감췄다. 화장실에서 마르코가 목뼈가 부러진 시체로 나오자 그 자리에서 도망가버린 것이다. 그렇지만 지금 반우성의 부하 둘이 그놈을 지켜보고 있다. 그때 린드버그가 권철에게 물었다.

"자네가 마르코를 죽였나?"

"예, 사장님."

권철이 차분한 표정으로 린드버그를 보았다.

"마르코의 보좌관 윌리스도 곧 죽일 겁니다. 그놈도 거머리 부류여서요."

"피터는 매수했나?"

"아닙니다. 상황을 설명했더니 바로 납득을 했습니다."

"나에 대한 지시는 받았나?"

그때 권철의 얼굴에 웃음이 떠올랐다.

"사장님께선 어떻게 예상하십니까?"

"난 죽을 만큼 잘못한 일이 없어."

따라 웃은 린드버그가 말을 이었다.

"잘못이 있다면 관리지, 어쩌다 보니까 마르코 같은 부류에게 둘러싸여 있더라고."

"그것을 즐기셨지요."

"맞아."

"미국법인이 매출은 증가하고 있지만 내부는 엉망입니다."

"그런가?"
"매출 증가도 사장님이 기여하신 건 하나도 없더군요, 오히려 스트리트 갱단한테 약점만 잡히셨습니다."
"내가? 난 지역 보스들한테 다 맡겼어."
"그게 말이나 되는 소립니까?"
"자네가 뭘 안다고? 일개 과장 주제에 그러나?"
린드버그가 목소리를 높였을 때 권철이 앞에 놓인 전화기를 끌어당겼다.
"비서실장하고 연결시켜 드리지요."
전화기의 버튼을 누르면서 권철이 다시 웃었다.
"내가 이렇게 여기서 버튼을 눌러야만 그룹 비서실장한테도 연결이 되는군요."

"아, 린드버그 사장."
린드버그의 목소리를 들은 안학태가 말을 이었다.
"당신 업무는 해밀턴 사장이 겸임하기로 했으니까 인계인수를 해요, 이해하시지요?"
"알겠습니다."
"해밀턴 사장이 출발했으니까 3시간쯤 후에는 LA에 도착할 겁니다."
"그럼 나는 어떻게 되지요?"
"그룹 비서실로 와요, 정보 부분 부사장 자리로 만들어 줄 테니까."
"정보 부분 말입니까?"
"이건 회장님의 배려요, 린드버그 씨."
안학태의 목소리가 딱딱해졌다.

"받아들일 겁니까?"

"감사합니다."

"회장님께 감사드려야지."

"예, 회장님께……."

그때 전화가 끊겼다. 앞쪽에 앉은 권철은 외면하고 있었지만 다 들었을 것이다. 전화기를 내려놓은 린드버그의 손을 권철이 물끄러미 바라보고 있다.

"권, 네가 LA지사장을 맡아."

해밀턴이 말했다. 오후 6시 반, 이곳은 LA의 리스타 미국법인이 위치한 유니온 빌딩 안, 뉴욕에서 날아온 해밀턴이 사장실에서 권철과 앉아 있다.

"LA지사장 브란트는 린드버그가 CIA에서 근무할 때 정보원을 하던 놈이야. LA 양아치들이 브란트의 내역을 두르르 꿰고 있는 터라 무시하고 있었던 거다."

해밀턴의 얼굴에 한심하다는 표정이 덮여졌다.

"갱들은 갱들 마인드로 상대를 해야 돼, 협상할 때는 하더라도 힘을 보여줘야 했는데 브란트는 실패했다."

권철은 시선만 준 채 침묵했다. 문제는 실패했다는 사실조차 본인이나 간부들이 모르고 있다는 점이었다. 그러니 린드버그는 계속 헛발질을 할 수밖에 없었던 것이다. 브란트는 스트리트갱들을 상대로 나름대로 전력(戰力)을 갖춘다고 했지만 한물 간 건달에 길거리 양아치, 세력전쟁에서 밀린 하급 갱단들로 구성된 조직이었다.

그래서 결집력은커녕 한 번도 제대로 된 행동을 해본 적이 없다. 그 상황에서 린드버그를 흉내 낸 겉멋만 살아서 정치인, 관리들과 로비를 일삼았으니 리스타 배경이 없었다면 존재할 수도 없었을 것이다. 해밀턴이 물었다.

"권, 나한테 요구 사항은?"

"반우성을 제 측근에 두겠습니다."

"걔들이야 처음부터 네 팀이었으니까 아예 접착테이프로 붙여주마."

"린드버그나 브란트는 삼합회에 대해서 거부반응을 갖고 있는 것 같았습니다. LA지역에 전력보강이 절실한데도 삼합회 지원을 요청하지 않았습니다."

"린드버그 이야기를 들었더니 자체적으로 해결할 수 있다고 하더군, 그런데 이 꼴이 되었어."

"필요하면 지원 요청을 하겠습니다."

"내가 뉴욕에 있는 곽기윤 총사령한테 이야기를 해둘 테니까 네가 직접 연락해."

"그럼 됐습니다."

"맡기겠다."

해밀턴이 심호흡을 하고나서 말을 이었다.

"유통 오 사장은 말할 것도 없고 회장님도 너에 대한 기대가 크다."

빈말일지도 모르지만 효과가 있는 격려다. 특히 회장이 기대를 하고 있다니, 이 말에 감동하지 않는 사원은 직장인이 아니라 일용직이다.

로마로 이동한 지 사흘째 되는 날 오전, 이광이 숙소인 카슨호텔에서 손님을 맞는다. 카슨 호텔은 리스타유통이 매입한 호텔 중 하나다. 이곳은 17층 독채 특실의 응접실 안, 이광의 앞에 앉은 사내는 이스라엘 모사드의 부국장 하술라다. 하술라는 리스타연합의 회원인 것이다. 오늘은 하술라가 만나자는 요청을 해왔기 때문인데 응접실에는 안학태까지 셋이 둘러앉았다. 하술라가 입을 열었다.

"단도직입적으로 말씀드리지요."

정색한 하술라가 똑바로 이광을 보았다.

"이란이 핵 개발을 하고 있습니다. 앞으로 서너 달만 지나면 완성 단계인데……."

이광은 긴장했다. 이란의 핵 개발 이야기를 하는 순간 하술라의 의도를 짐작할 수 있었기 때문이다. 이란이 핵무기를 완성하면 이스라엘로서는 치명적이다. 핵을 가진 상대에게는 핵으로 대응을 해야만 하는데 이스라엘은 핵을 만들지 않았다. 핵확산금지조약에 가입한 터라 제조할 수가 없는 것이다. 하술라가 쓴 것을 씹은 표정을 짓더니 말을 이었다.

"미국 측도 알고 있습니다. 하지만 이란에 조사단을 파견할 수도 없고 또 규정대로 조사단을 보내려면 석 달 이상이 걸립니다. 그때는 핵 개발이 끝난 상태가 되겠지요."

"……."

"그렇게 시간을 끌다가 핵 보유국이 되는 것입니다. 그래서……."

침을 삼킨 하술라가 이광을 보았다.

"우리가 전폭기를 보내 핵 공장을 폭격할 계획을 세웠습니다. 그런데 고위층에서 검토한 결과 그렇게 했을 경우에는 여러 가지 복잡한 문제가 발생될 것이라는 결론을 냈습니다."

이광이 머리를 끄덕였다. 그때는 핵 공장을 은폐한 이란으로부터 엄청난 항의를 받게 될 것이다. 이란과 우호적인 소련에게 나설 빌미를 제공해주는 것은 물론, 지금 이스라엘을 에워싼 중동국가들이 또다시 중동전을 일으킬 가능성도 있다. 그때 하술라가 이광에게 말했다.

"이 회장님, 리스타연합의 회원국으로 부탁을 드립니다."

"말씀하시지요."

"우리들이 이란 핵 공장의 정확한 좌표를 갖고 있습니다."

"……."

"지금 이란과 전쟁 중인 이라크 동부군 소속 제205사단과 가장 가까운 위치에 있습니다."

하술라가 상기된 얼굴로 이광을 보았다.

"이스라엘 특수군 소속 1개 미사일 중대가 205사단 병력으로 위장하여 이란 영내로 침투하는 것이 가장 효율적인 방법이라는 결론이 났습니다."

"……."

"미사일 중대는 150명, 모두 정예이고 12대의 휴대용 미사일 발사관과 1백여 발의 지대지 미사일을 보유하고 있습니다. 그 화력이면 핵 공장을 구덩이로 만들 수가 있지요."

그때 이광이 입을 열었다.

"그것을 후세인 대통령에게 부탁해달라는 것인가요?"

"그렇습니다."

"만일……."

어깨를 늘어뜨린 이광이 흐려진 눈으로 하술라를 보았다.

"그 사실이 드러나면 후세인 대통령은 중동의 이슬람 국가들로부터 배신자라고 매도당하지 않겠습니까? 아무리 이란과 전쟁 중이라도 이스라엘의 손을 잡는다는 건……."

이쯤해서 말을 멈췄을 때 하술라가 천천히 머리를 끄덕였다.

“그렇습니다. 회장님.”

“그것까지도 생각하셨겠지요?”

“당연합니다.”

“그렇다면 다른 조건도 가져오셨을 텐데요.”

“네, 그렇습니다.”

하술라가 심호흡을 하고나서 말을 이었다.

“후세인 대통령께 이 말씀을 전해주시고 나서 저를 불러주시지요, 그때 제가 조건을 제시할 예정입니다.”

이광은 눈을 감았다. 차는 부드러운 진동음과 함께 달려가는 중이다. 오후 6시 반, 로마공항에서 8시 반에 출발하는 아리타리아를 타고 바그다드로 가려는 것이다. 후세인과는 2달에 한 번 정기 회동이 있고 특별한 일이 있는 경우에는 한 달에 한 번 만날 때도 있다. 후세인은 리스타 투자의 주주일 뿐만 아니라 여러 가지 업무가 얽혀져 있는 것이다. 그때 옆에 앉은 안학태가 낮게 말했다.

“이번 일은 미국 측에 비밀로 하는 것이 낫겠습니다, 회장님.”

이광은 눈을 감은 채 듣기만 했고 안학태가 말을 이었다.

“미국 입장에서는 통보받은 것이 오히려 부담이 될지도 모릅니다. 이스라엘과 이라크가 연합하는 것은 미국 측에 별 의미가 없을 것입니다. 이란 핵시설을 없애는 것이 중요하지요.”

“…….”

“이 작전은 아는 사람이 적을수록 유리합니다. 특히 소련 측이 알면 즉시 방해를 할 테니까요.”

그때 이광이 눈을 떴다.

"이번에는 중립이 힘들겠어."

"그렇습니다."

안학태가 입맛을 다셨다.

"호메이니 이후로 이란과 세계 대부분 국가가 단절 상태여서요, 어쩔 수가 없습니다."

그때다. 이광은 차가 번쩍 치켜들리는 느낌을 받고는 숨을 들이켰다. 다음 순간.

"꾸꽝!"

고막이 터질 것 같은 폭음이 울리더니 눈앞이 하얗게 되었다. 온몸이 자루 속에 담겨져 사방에서 사정없이 몽둥이로 두들기는 느낌이 잠깐 들었다가 떠서 부유하는 것 같기도 했다. 그러고는 다시 엄청난 충격을 받고는 의식이 끊겼다. 의식이 끊기는 순간까지 3초도 안 걸렸지만 이광에게는 긴 시간처럼 느껴졌다.

멕시코시티에서 오금봉이 전화를 받았을 때는 오후 1시 45분, 사건이 발생한 지 1시간 만이다. 연락한 사람은 이광의 경호실장 에릭센, 목소리는 차분했지만 말끝은 떨렸다.

"로켓포 공격을 받았습니다. 회장님과 안 실장이 탄 1번 차가 폭파되었지만 다행히 둘 다 목숨은 건졌습니다."

놀란 오금봉은 숨만 쉬었고 에릭센의 말이 이어졌다.

"회장님은 머리에 찰과상, 안 실장은 늑골이 3대 부러졌지만 오늘 중으로 퇴원할 예정입니다."

"누군가?"

오금봉이 겨우 물었을 때 에릭센이 주춤하다가 대답했다.
"경찰에서 조사 중입니다."
"내가 바로 갈 테니까."
"아닙니다."
"뭐야? 왜?"
그때서야 오금봉이 버럭 소리쳤다. 그러자 에릭센이 말을 이었다.
"회장님은 8시 반 출발할 예정이셨지만 3시간 늦은 11시 반 비행기로 떠나실 예정입니다."
"……."
"안 실장만 이곳 병원에 남았다가 내일 퇴원하기로 했습니다. 저도 회장님 모시고 갑니다."
"알았어, 에릭센 실장, 회장님을 부탁하네."
"걱정하실까 봐 연락부터 하라는 회장님 지시였습니다."
"회장님께 내 안부 전해주게."
"알겠습니다."
전화기를 내려놓은 오금봉이 옆에 선 전무 하동일을 보았다. 두 눈이 번들거리고 있다.
"누굽니까?"
통화 내용을 들은 하동일이 갈라진 목소리로 물었을 때 오금봉이 잇사이로 대답했다.
"339."
숫자다.

같은 시간에 LA에서 해밀턴이 안학태의 전화를 받는다. 안학태는 병원에서 전화를 한 것이다. 설명을 들은 해밀턴이 잠깐 침묵하다가 물었다.

"회장님은 어디 계십니까?"

"에릭센이 모시고 있어요, 잠깐 쉬었다가 출발하신다고 했습니다."

경찰의 조사까지 받은 것이다. 로켓포탄은 이광이 탄 링컨 리무진 정면에 명중해서 차는 반파되었다. 육중한 방탄 리무진이었지만 운전사와 앞자리에 탄 경호실 차장 브라운은 현장에서 사망했다. 경호실장 에릭센은 선두차인 위장용 리무진에 탔기 때문에 무사했다. 선두차도 똑같은 방탄 리무진이었으니 공격자는 내부 사정을 알고 있는 것이다.

해밀턴은 누구 소행이냐고 묻지 않았다. 그리고 안학태도 더 이상 말하지 않았다.

사건 발생 한 시간 반 후에 이 사건은 해외의 모든 방송에 조직 뉴스로 보도되었다. 미국의 주요 TV 방송국은,

"리스타의 이광 회장이 로마에서 로켓포를 쏜 테러단의 공격을 받았다."

라는 식으로 보도했으며 이태리를 포함한 유럽 방송은,

"리스타 회장, 피격, 아랍 테러단의 소행으로 보인다."

조금 더 구체적으로 보도했다. 미국이 사건을 축소시키려는 분위기가 드러난 것이다. 그런데 일본의 방송 보도가 독특했다.

"리스타 이광 회장, 로마에서 폭발물 사고."

대부분 이런 식이다. 사고를 강조했다. 사고는 사고다. 한국도 그와 비슷한 발표를 했는데 사망자가 둘 다 외국인이었기 때문인지 보도도 하지 않았다.

이광이 11시 반 출발인 바그다드행 에어프랑스를 타게 된 것은 모사드의 하술라가 적극 손을 썼기 때문이다. 로마 경찰은 이광이 피해자이지만 로켓포 공격을 받은 이유와 주변 상황을 알려고 했는데 그것이 정상이긴 했다.

적어도 몇 시간은 조사를 받고 해명이 될 때까지 자국(自國) 영내에 머물도록 해온 것이다. 그러나 하술라는 이태리 경찰 당국을 주물러 병원에서 20분간 조사를 받고 바로 출국시키도록 조처를 했다. 그래서 이광은 자정이 되었을 때 동쪽으로 날아가는 에어프랑스의 일등석에 누워 있었다.

찰과상을 입은 머리에 붕대를 동여맨 상태여서 주위의 시선이 모여졌다. 비행기가 땅에 주차된 것처럼 미동도 하지 않고 엔진음도 익숙해져서 침을 삼켜야 들렸을 때 이광이 옆자리의 에릭센에게 말했다.

"권철이라면 이 상황에서 스튜어디스를 유혹했을까?"

에릭센이 뻥한 표정만 지었을 때 이광이 제 말에 제가 대답했다.

"그놈은 유혹했을 거야."

그러나 이광은 불쑥 그런 생각이 떠오른 이유를 본인도 모르고 있다.

"조별로 흩어져."

이또만이 핏발 선 눈으로 사다케와 오기를 보았다. 밤 1시 반, 이곳은 로마 이스턴호텔의 방안, 이또만이 조장 사다케와 오기를 방으로 부른 것이다.

"작전은 실패다. 경찰이 수사망을 펴기 전에 떠나야 된다."

"오늘 오전 8시 반에 출발하는 파리행 에어프랑스에 타겠습니다."

사다케가 말했다. 미리 예약을 해놓은 터라 문제는 없다.

"그럼 저는 나폴리로 갔다가 거기서 귀국하겠습니다."

오기가 말하자 이또만이 머리를 끄덕였다.

"난 관광단에 끼어서 육로로 밀라노에 갔다가 스위스를 거쳐 귀국하겠다."

이또만은 4명, 오기와 사다케는 본인 포함 3명씩 조로 편성되어 있는 것이다. 사다케가 어깨를 부풀리며 말했다.

"분합니다. 2번 차를 제대로 맞췄는데 엔진에 맞는 바람에 앞좌석만 부서졌습니다."

"운이야."

가볍게 말을 자른 이또만의 얼굴에 일그러진 웃음이 떠올랐다.

"이광의 운이 강한 것이지, 작전은 계획대로 집행되었어."

"2차 작전은 합니까?"

"해야지."

바로 대답한 이또만이 이제는 정색했다.

"이광을 제거할 때까지 작전은 무기한 계속된다."

이또만이 조장 둘을 차례로 보았다.

"귀국할 때까지 방심하지 말도록."

"폭탄 테러를 당했다고?"

이광의 손을 쥔 후세인이 바로 물었다. 후세인의 집무실 안, 만나서 포옹하고 볼을 부딪쳐 인사를 한 다음에 후세인이 물은 것이다. 이광이 쓴웃음을 지었다.

"예, 각하."

후세인이 이광의 손을 끌어 옆자리에 앉히고는 물끄러미 바라보았다. 심각한 표정이다. 이광은 아직 이마에 감긴 붕대를 풀지 않았다. 지금도 움직이면 온몸이 쑤신다. 후세인이 물었다.

"어떠냐?"

"뭐가 말입니까?"

"미사일을 맞은 느낌이?"

"무슨 느낌말입니까?"

"미사일을 맞았을 때 상황을 그대로 말해봐라, 참고를 해야겠다."

후세인의 검은 눈동자가 20센티 거리에서 똑바로 응시하고 있다.

"각하, 그것은……."

"말해."

"예, 처음에 차가 덜컥 들리는 느낌이 들었습니다."

"옳지, 미사일에 맞았을 때구만."

"예, 다음 순간 엄청난 폭음과 함께 몸이 허공으로 솟았습니다."

"그렇지, 폭발했을 때야, 그때가."

"눈앞이 하얗게 되고 온몸을 몽둥이로 두들겨 맞는 느낌이 들었습니다."

"폭발 충격이야."

"그다음에 정신을 잃었기 때문에 그것으로 끝입니다, 각하."

"그렇구나."

"예?"

"앞으로 죽으려면 미사일에 맞아 죽는 것이 낫겠다."

"예?"

"될 수 있는 한 큰놈으로 맞아야겠다. 그렇지? 너처럼 간신히 목숨을 부지했다는 건 요행 아닌가?"

"예, 그것은……."
"나한테 그런 요행을 기대하는 것은 알라신께 너무 미안하고……."
"……."
"그건 그렇고 누구 짓이냐?"
"짐작 가는 놈들이 있습니다."
"언론에서는 아랍테러단이라고 떠들던데, 특히 유럽 언론에서."
"일본 자위대 특공대입니다."
"일본?"
되물은 후세인의 얼굴에 쓴웃음이 떠올랐다.
"그렇지, 네가 신일본회를 깨뜨렸고 그놈들 자존심에 계속 상처를 주었지."
"그런 것 같습니다."
"이제 전쟁인가?"
"아닙니다, 각하."
"내가 도와줄 일이 있나?"
"제가 하술라를 만났습니다, 각하."
그 순간 후세인의 눈동자가 흐려졌다. 먼 곳을 보는 것 같다. 후세인에게 모사드의 부국장 하술라란 이름은 몸에 붙은 전갈이나 거머리와 같을 것이었다. 이광이 말을 이었다.
"하술라가 각하께 이스라엘 정부의 입장을 전해달라고 했습니다."
후세인은 입을 다물었고 이광이 하술라의 제의를 말하는 동안 눈도 깜박이지 않았다. 이윽고 말을 마친 이광이 한숨을 쉬었을 때다. 후세인이 물었다.
"내 205사단에 그놈들 미사일부대 1개 중대를 편입시키라구?"

"이란 영내로 침투할 테니 205사단의 일부 부대가……."
"205사단 수색대가 이란 지리를 제집 마당처럼 잘 알지."
후세인의 얼굴에 희미하게 웃음이 떠올랐다.
"나한테 어떤 보상을 준다더냐?"
"직접 만나 뵙고 말씀드리겠다고 했습니다, 각하."
"그래야겠지."
"저한테서 연락이 오기를 기다리고 있습니다, 각하."
"급한 모양이군."
"이삼 개월이면 이란이 핵 개발을 완성한다고 했습니다."
"그럼 나도 큰일이지."
방 안에는 둘뿐이다. 후세인은 비서실장도 부르지 않고 혼자 기다리고 있었던 것이다. 후세인이 벨을 누르면서 이광에게 말했다.
"이 일은 아무한테도 발설하지 말도록, 네가 하술라를 만났다는 보고를 받고 이렇게 독대하는 거다."
로마에서 감시하고 있었단 말인가?

리스타연합의 필요성을 실감할 수 있었던 것이 이번 이란의 핵시설 제거 문제다. 그날 밤, 후세인과의 회동이 끝난 후에 이광은 호텔로 돌아와 로마에서 기다리고 있는 하술라에게 전화를 했다. 지금도 전시(戰時)상황이어서 호텔에서 외국으로의 직접 통화는 어림도 없는 일이었지만 이광은 즉시 연결이 되었다. 이광이 투숙할 때는 전속 교환이 대기하는 것이다.
"내일 밤에 오세요."
하술라가 응답했을 때 이광이 말했다.

"오늘 이라크 대사관에 가시면 입국 비자가 나올 겁니다."

"고맙습니다."

반색을 한 하술라가 말을 이었다.

"프랑스 여권으로 두 명입니다. 이름이 벨몽드하고 루카스입니다."

통화를 끝낸 이광이 바로 후세인의 비서실장 아메드에게 연락을 했다. 이제 벨몽드와 루카스는 비자를 신청한 즉시 입국 허가가 나올 것이고 바그다드공항에 착륙하자마자 대통령 벙커로 안내될 것이었다.

안학태가 수행하지 못했기 때문에 바그다드에는 기조실 조사부장 최국진이 비서진을 인솔했다. 최국진은 조직상 권철의 직속상관이기도 한데 안기부에 14년간 근무한 경력이 있다. 오금봉의 영향으로 리스타 간부급에는 안기부 출신들이 많다.

최국진이 들어섰을 때는 오전 2시경이다. 여기서는 오전 2시가 다른 곳의 오전 10시쯤 된다. 가장 활발하게 일하는 시간이다. 전쟁이 길어지면서 이곳 주민들의 생체 리듬이 그렇게 바뀐 것이다. 앞에 선 최국진이 입을 열었다.

"회장님, 하비브 대장이 오셨습니다."

"응? 하비브 대장이?"

눈을 크게 떴던 이광의 이맛살이 잠깐 좁혀졌다. 그러고 보니 하비브 대장을 만난 지도 반년이 넘는 것 같다. 후세인은 의심이 많은 한편으로 한 번 믿으면 어지간한 실수는 눈감아주는 경향이 있다. 그러나 성격이 냉혹해서 한계를 벗어났을 경우에는 가차 없이 처단한다. 그래서 가끔 보이지 않는 측근들이 있다. 이광이 머리를 끄덕였다.

"모시고 와."

"저도 같이 들어올까요?"

눈치 빠른 최국진이 묻자 이광이 잠깐 생각하다가 정색하고 말했다.

"아니, 혼자만 들여보내."

하비브는 양복 차림으로 들어섰는데 그동안 몸이 여윈 것 같다. 웃음 띤 얼굴로 다가온 하비브가 이광을 안더니 볼에 세 번이나 얼굴을 붙였다가 떼었다.

자리에 앉았을 때 비서가 들어와 차를 내려놓고는 재빠르게 물러갔다. 이광은 웃음 띤 얼굴로 하비브가 입을 열기를 기다렸다. 이곳은 바그다드호텔의 특실이다. 방이 6개에 응접실은 2개, 대기실과 회의실까지 딸린 대저택이나 같다. 18층 전체를 사용하고 있어서 왼쪽은 풀장과 헬스클럽이 만들어져 있다. 그때 하비브가 입을 열었다.

"알고 계시겠지만 내가 그동안 프랑스 무기를 구입해 왔지요."

이광은 머리만 끄덕였고 하비브가 말을 이었다.

"리베이트 때문에 문제가 생긴 겁니다."

문제는 무기 품질 때문에 발생하지 않는다. 그 경우에는 재공급받으면 된다. 무기 구입 업무에서 발생되는 문제 대부분이 리베이트 때문이다. 하비브가 서두르듯 말을 이었다.

"대통령 각하의 특별감찰 때 프랑스 제조업체가 리베이트 비율을 30퍼센트라고 말했는데 계산을 잘못했던 것입니다. 리베이트는 원가의 30퍼센트였는데 감찰 때는 총액의 30퍼센트로 보고를 해서 1억 불 가깝게 차액이 났습니다."

하비브가 쓴웃음을 짓더니 손수건을 꺼내어 얼굴의 땀을 닦았다.

"더구나 내가 그동안 대통령 각하께서 주신 금일봉을 꼬박꼬박 모아

놓은 구좌가 적발되었는데 그것이 리베이트를 챙긴 구좌로 오해를 받았습니다."

이것 때문이다. 이광이 물끄러미 하비브를 보았다. 하비브는 60대 초반으로 특전사령관 출신이다. 후세인의 최측근 중 하나로 절대적인 신임을 받았고 무기 수입을 주도했다가 나중에 이광과 경쟁을 했다. 후세인이 한 사람한테 전권을 주지 않기 때문이다. 하비브가 말을 이었다.

"난 석 달간 직위가 해제된 상태에서 가택연금 중입니다."

"……."

"각하께서 총살 집행을 하시려다가 보류시켰다고 들었습니다."

머리를 든 하비브가 이광을 향해 얼굴을 일그러뜨리며 웃었다.

"각하께서 가장 신임하시는 사람이 누군지 아십니까?"

"모르겠는데요."

"바로 이 회장이십니다."

"그럴 리가요."

"아니, 정말입니다."

하비브가 땀으로 번질거리는 얼굴로 이광을 보았다.

"각하 측근 모두가 알고 있는 사실입니다."

"오해하고 계시네요."

"이 회장님, 각하께 제 사연을 부탁드립니다. 제 목숨을 살려주십시오."

하비브가 앉은 채로 두 손을 모아 비는 시늉을 했다. 얼굴에서 땀인지 눈물인지가 덮여져 있다. 이광이 숨을 들이켰다. 문득 오래전 일이 떠올랐다. 5, 6년쯤 전이다. 하비브는 자신의 거래선인 프랑스 무기상과 경쟁 관계인 미국 무기상의 사장, 부사장을 암살했다. 그 미국 무기상은 이광의 거래선이었다. 하비브가 말을 잇는다.

"제가 힘을 잃게 되니까 모함하는 인간들이 늘어납니다. 사방에서 저를 물어뜯고 있습니다. 따라서 각하의 마음이 흔들리고 있다고 합니다. 이러다가는……."

그렇다. 이러다가 사형집행이 되는 것이다. 그것이 사회다. 직장생활도 마찬가지다. 그것을 60대인 하비브가 몰랐단 말인가? 아니다. 알고 있었을 것이다.

"제가 1억 불을 드리지요."

눈을 부릅뜬 하비브가 말하는 바람에 이광이 생각에서 깨어났다. 하비브가 가쁜 숨을 몰아쉬었다.

"당신이 말하면 각하께선 들으실 겁니다. 내가 찾아와서 구명 부탁을 하더라고 그대로 말씀 해주십시오, 각하께 충성을 바치다가 죽고 싶다고 하더라고 전해주시면 됩니다."

"……."

"아무도 내 부탁을 들어주지 않습니다. 그동안 각하를 만나지 못했고 전화도 할 수 없었습니다. 오늘도 결혼식장에 갔다가 여기에 온 것입니다."

"……."

"지금도 문밖에는 감시원들이 기다리고 있지요."

"……."

"집에서 연금 상태로 있다가 감시자들과 함께 외출을 하지만 날 만나주는 사람은 없었습니다. 당신뿐이었지요."

"……."

"나도 군인입니다. 각하께서 저를 직접 쏴 죽여주시면 감사하겠다고 전해주십시오."

그때 이광이 물었다.

"내가 그 돈을 받으리라고 생각했습니까?"

"난 3억 불이 있습니다. 압류당한 1억5천만 불 외에요."

"그중에서 나한테 1억 불을 낸다는 겁니까?"

"1억5천만 불까지 내겠습니다."

"이 방 안에 도청장치가 되어 있다는 생각은 안 합니까?"

"당신의 숙소에는 도청장치를 안 합니다. 각하의 지시지요."

"왜요?"

"믿는 사람한테는 그것이 예의에 벗어나는 행동이라고 생각하시기 때문이죠, 그것이 각하의 성격입니다."

이광이 숨을 들이켰다. 갑자기 후세인을 만나고 싶다는 생각이 솟구쳤다.

오전 6시, 이때는 바깥 다른 세상 시간으로 오후 9시쯤 되었을 것이다. 이라크의 밤 시간은 다른 세상보다 2배쯤 빨리 간다.

"어, 무슨 일이냐?"

후세인이 웃음 띤 얼굴로 이광을 맞았다.

"드릴 말씀이 있어서요."

쑥스러운 웃음을 띠면서 이광이 후세인의 앞자리에 앉았다. 이번에는 후세인이 비서실장 아메드와 함께 있다. 현(現) 세상에서 하룻밤 안에 후세인과 2번 독대하는 인간은 이광뿐일 것이다.

"너, 이마의 붕대, 다시 감아야겠다."

후세인이 눈으로 이광의 이마를 가리키며 말했다. 로마병원에서 감고 온 붕대가 느슨해져 있었기 때문이다.

"예, 각하, 갈아 감겠습니다."

"여기서 감고 가라, 복도 끝에 의무실이 있어."

"감사합니다, 각하."

"제가 미리 연락을 해놓지요."

아메드가 말했을 때 후세인이 물었다.

"그래, 무슨 일이냐?"

후세인은 이광이 최국진을 통해 아메드에게 면회 신청을 했을 때 10분 안에 OK했다. 내일 밤, 그러니까 오늘 밤은 이스라엘 하술라를 만나야 할 것이기 때문에 오늘 밤 안에 만나기를 원했더니 6시로 정해주었다. 이광이 입을 열었다.

"각하, 하비브 대장이 저를 찾아 왔습니다."

"그놈은 대장이 아냐, 중위다. 내가 강등시켰거든."

바로 후세인이 말하고는 웃었다.

"그 말은 안 한 모양이구나."

"각하께 마지막 충성을 바치고 죽고 싶다는군요."

"그냥 목을 매든지 총을 쏘든지 해서 죽으라고 해."

"진심으로 뉘우치고 있는 것 같았습니다."

"그놈이 이놈 저놈을 찾아갔다가 거절당하고 마지막으로 너에게 갔군."

웃음 띤 얼굴로 후세인이 아메드를 보더니 이광에게로 머리를 돌렸다.

"다른 놈들은 모두 그놈을 피했거든, 누가 그놈을 변호하겠나? 같은 무리로 몰려서 죽을지도 모르는데."

"각하의 오랜 측근 아닙니까?"

"그렇지, 15년쯤 되었나? 가장 오래된 측근 중 하나지."

"저한테 1억 불을 제의했습니다."

"더 있을걸?"

"1억5천까지 낸다고 하더군요, 3억 불 있다고 했습니다."

"그게 메시지야."

"예?"

"나한테 전하는 메시지라고."

눈만 껌벅이는 이광을 향해 후세인이 빙그레 웃었다.

"그 메시지를 전해줄 상대를 기다렸다가 결국 네가 전하는구나."

"무슨 말씀이신지요?"

"나한테 3억 불을 내겠다는 말이야."

후세인이 다시 웃었다.

"감찰대가 그놈이 횡령한 돈 1억5천만 불을 찾아냈지만 나머지는 못 찾았어. 그놈 돈 숨기는 재주가 뛰어나거든."

"……."

"내가 잘 알지, 나만큼 그놈을 아는 사람도 없어."

"……."

"그놈 특전사령관 출신이야, 겁쟁이처럼 보이지만 오기가 있고 고집이 세, 고문을 한다면 그냥 죽을 놈이야."

"……."

"그놈은 전달자를 기다렸던 거야, 네 앞에서는 질질 짜도 되었지, 자존심 세울 필요도 없지, 전달자니까."

이광은 숨을 들이켰다. 인간은 얼마나 단순하고도 복잡한 존재인가? 하비브의 땀과 눈물로 범벅이 되었던 얼굴이 떠올랐다. 그것도 진심이었을 것이다. 후세인이 말하는 고집과 오기 덩어리 하비브도 사실일 것이다.

그리고 인간은 얼마나 연약하고도 강한 존재인가? 고문을 해도 자백하지 않을 것이라는 말도 믿어졌다. 그리고 살려달라고 애걸하는 하비브도 또 다른 면의 하비브다. 그때 후세인이 말했다.

"그놈이 네 방은 도청장치가 안 되어 있다고 했지? 아냐, 네 방에 도청장치가 되어 있는 것을 가장 잘 아는 놈이야, 그놈이 책임자였으니까."

그러고는 후세인이 허탈하게 웃었다.

"이제 하비브 사건도 네가 마무리를 해주었구나."

6장
한국인의 기개

바그다드에서 쿠웨이트까지는 1시간 비행이다. 밤중에 떠오른 쿠웨이트에어는 오후 11시에 쿠웨이트공항에 도착했다. 공항에는 리스타금융의 사장인 하사드가 마중을 나왔다. 하사드는 리스타그룹 전체의 금융 부분을 총괄하는 사람이다.

하사드가 아직도 직접 운영하는 쿠웨이트에 본사를 둔 리스타투자는 뉴욕 증시에 상장된 자본금 5백억 불의 대형 금융사다. 리스타투자를 모체로 134개의 은행과 증권사, 보험사, 투자사가 세계 각 지역에 분포되어 있는 것이다. 시내로 들어가는 차 안에서 하사드가 말했다.

"형님, 마라트 그룹에서 프랑스 레옹사와 합작으로 쿠웨이트에 65층짜리 빌딩을 짓는다고 합디다. 우리도 70층짜리쯤 하나 세우는 것이 어떻습니까?"

마라트 그룹은 쿠웨이트 왕자가 대주주인 재벌그룹이다. 마라트도 투자회사를 운영 중인데 리스타와 경쟁 관계다. 이광이 머리를 저었다.

"술라웨시해에 리스타 아일랜드를 건설할 거야. 쿠웨이트에 투자할 생각은 없어."

"건물에 투자하는 것이지 쿠웨이트에 투자합니까?"

"결국은 쿠웨이트 재산이 되지."

하사드의 시선을 받은 이광이 빙그레 웃었다.

"내 땅에다 짓는 건물이 제대로 된 내 재산이 되는 거다."

"그렇군요, 이해가 갑니다."

머리를 끄덕였던 하사드가 이광을 보았다.

"형님, 마르카도 지난달에 아이를 낳았습니다, 딸입니다."

"들었다."

이광이 웃음 띤 얼굴로 말을 이었다.

"마르카도 행복한 것 같더라, 잘됐다."

"마르카한테서 이야기 들었습니다."

하사드가 시선을 내렸다.

"남자를 만났던 일 말입니다."

"마르카가 쓸데없는 이야기를 했구만."

"다 이야기해주더군요, 지난달에 파리로 찾아가 만났습니다."

마르카의 얼굴을 떠올린 이광이 머리만 끄덕였다. 하사드의 누나 마르카는 한때 이광의 애인이었던 것이다. 그러다 파리에서 다른 남자를 만나 잠깐 동거하다가 헤어지기도 했다. 그리고 이번에는 착실한 시리아의 명문가 남자를 만나 결혼을 해서 딸까지 낳은 것이다. 이광이 말을 이었다.

"내가 안정되지 못한 생활을 했고 여자 관계가 복잡했어, 마르카한테 상처만 준 것 같다."

"아닙니다, 형님."

하사드는 둘이 있을 때 옛날처럼 형님이라고 부른다. 하사드가 머리까지 저으면서 말을 이었다.

"저희들 가족한테는 형님이 생명의 은인이나 같지요, 저를 이렇게 만들어주신 것도 형님이고 마르카가 이집트에서 학위를 따고 파리에서 대학교수가 된 것도 형님 덕분입니다."

하사드의 목소리가 떨렸고 얼굴은 상기되었다.

"저는 형님을 배신하지 않아요, 리스타금융을 세계 최대, 최고의 금융회사로 만들어 드리는 것으로 보답할 겁니다."

"너는 지금도 충분히 했어."

"아녜요, 저한테 돈, 재산은 의미가 없습니다. 리스타를 최고로 만든다는 성취감으로 살 겁니다."

이광은 하사드에게 리스타그룹의 지주회사인 리스타투자의 지분 2%를 주었지만 받지 않았다. 무려 10억 불 가치의 주식이었고 보유하고 있을 경우에 몇 년 사이에 주식가치는 몇 배로 뛸 것이었다. 그래서 이광은 보너스 명목으로 하사드에게 10억 불을 주었다. 하사드는 돈 욕심이 없었기 때문에 몇십 년 후에 퇴직하면 고향에서 목장을 세우고 사는데 충분한 자본이 될 것이다.

전(前)에는 쿠웨이트가 중동 시장의 중심이며 리스타그룹도 쿠웨이트의 리스타상사가 중동 전(全) 시장을 관리했다. 그러나 지금은 중동의 주(主)시장이 두바이, 바레인, 젯다 등으로 분산되었다.

두바이, 바레인, 젯다는 쿠웨이트와 마찬가지로 엄청난 석유 매장량을 가진 석유 부국(富國)이다. 시장 진흥을 위해 막대한 오일머니를 쏟아 부었기 때문에 상인들이 쏟아지듯 몰려왔다. 관세 혜택, 은행의 저이자 대출, 싼 임대료, 편리한 교통편에 주위의 인프라까지 빈틈없이 조성해놓고 상인들을 꼬이는 것이다.

쿠웨이트에 도착한 다음 날 오전, 리스타 쿠웨이트법인 사장인 권기수가 이광의 숙소로 찾아왔다. 권기수는 그룹 기조실 부장으로 이광의 수행 비서를 하다가 쿠웨이트 법인 사장으로 영전되었다. 어젯밤에 늦게까지 업무 보고를 마친 후여서 오늘은 저녁에 만나기로 했는데 찾아왔다. 비서실장 안학태는 아직도 로마에서 정양 중이어서 최국진이 권기수를 안내하고 들어왔다.

"응, 무슨 일 있는 거야?"

이라크에 갔다 왔을 때는 낮이 밤같이 느껴진다. 오래 있다 보면 그 증세가 심해져서 한낮에 계속 하품을 한다. 오전 11시, 이광은 조금 전에 일어나 커피 한 잔을 마신 참이다. 인사를 마친 권기수가 앞자리에 조심스럽게 앉았다. 최국진은 그 맞은편에 앉았고 이광은 위쪽이다. 그때 권기수가 입을 열었다.

"어제 망설이다가 보고를 못 드렸습니다."

권기수의 표정은 어둡다. 긴장한 최국진이 자리를 고쳐 앉았고 이광의 시선을 받은 권기수가 말을 이었다.

"두 달쯤 전에 중국 무역공사 직원이라는 사람이 찾아왔습니다. 중국대사관의 소개가 있었기 때문에 만났는데요."

권기수가 굳어진 얼굴로 이광을 보았다.

"화진행이라고 했습니다. 자기가 화오방 총서기의 조카라고 하더군요, 화오방 총서기가 큰아버지가 된다는 것입니다."

"……."

"이런 이야기 저런 이야기를 하다가 그 사람이 오더를 줄 수 없느냐고 묻더군요, 산둥성에 50여 개의 소규모 의류공장을 관리하고 있는데 오더만 주면 생산을 하겠답니다. 그러고는 샘플을 보여주는데 상사의 의류담당 부장을 불러 보였더니 조잡해서 아프리카 시장에도 못 팔 상품이었습니다."

권기수의 얼굴에 일그러진 웃음이 떠올랐다.

"그런데 그 화진행이란 사람, 화오방 총서기의 조카가 맞습니다. 지금도 자주 연락을 해오는데요. 이거, 거절하기도……."

이광의 얼굴에 쓴웃음이 번져졌다. 만일 내가 권기수의 입장이었다면 어떻게 처신했을까? 윗선에 보고한 것은 맞다. 당연히 해야 옳다. 이광의 시선이 권기수에게로 옮겨졌다.

"지금 그 사람 어디 있나?"

이광이 묻자 권기수가 얼른 대답했다.

"예, 지금도 쿠웨이트에 있습니다. '엠퍼러 호텔'에 투숙하고 있는데요, 중국 무역공사 산둥성지점 부대표 명함을 갖고 있는데 쿠웨이트 중국 주재관이 거의 매일 찾아갑니다."

쓴웃음을 짓는 이광을 보자 권기수의 목소리에 열기가 띠어졌다.

"비서를 두 명이나 데리고 다니면서 돈을 펑펑 쓰는데 중국 주재관 차를 타고 다닙니다."

이광이 머리를 끄덕였다. 벽시계가 오전 11시20분을 가리키고 있다.

"오늘 저녁에 만나기로 하지, 7시쯤 권 사장이 데리고 와."

"회장님께서 만나 보시겠습니까?"

숨을 들이켰던 권기수의 눈동자가 흔들렸다가 고정되었다. 그러더니 얼굴이 금방 상기되었다.

"심려를 끼쳐드려서 죄송합니다."

그러나 '이제 살았다'라는 표정을 감추지는 못했다.

권기수가 방을 나갔을 때 이광이 최국진에게 물었다.

"최 부장, 어떻게 생각하나?"

"총서기의 조카가 확실하다면 오더를 주는 것이 낫다고 생각합니다."

최국진이 망설이지 않고 대답했다.

"총서기도 알고 있다고 봐야 합니다. 그쯤은 놔두고 있는 것 같습니다."

"그렇군, 다 그러는데 자신만 깨끗한 척하면 공격 목표가 되지."

이광이 머리를 끄덕이고는 물었다.

"하지만 이놈 기를 세워주면서 오더를 퍼줄 수는 없는 노릇 아닌가?"

"그렇습니다, 회장님."

"우선 이놈에 대해서 조사를 해보도록, 오후에 만날 때까지 말이야."

"알겠습니다."

예상하고 있던 최국진이 바로 몸을 돌렸다. 이런 경우는 조심해야 된다. 당사자에게 주의를 주면 백발백중 거부반응을 일으킨다. 겉으로는 알아들은 척하지만 돌아서면 악감정을 품게 되는 것이다. 그렇다고 그 배경인 화오방에게 조카의 행태를 말하면 더 심각해진다. 화오방은 당연히 조카를 처벌하든지 그 짓을 못하게 하든지 할 것이다.

그러나 그 후에 이광과의 관계가 예전처럼 되겠는가? 화오방은 현재 중국의 최고 통치자인 총서기인 것이다. 등소평이 최고 실력자라 해도 공식서열 1위인 총서기다.

리스타연합은 생산, 판매 조직이 아니다. 국제연합 같은 사회조직, 엄밀히 말하면 비밀사회조직이다. 리스타연합은 각국(各國)의 필요에 의해서 조직되었으며 현재 가동 중이다. 그리고 리스타연합의 기능 중 가장 큰 비중을 차지하는 것이 정보 부분이다.

해밀턴은 리스타연합 사장이 되고 나서 유통과 상사, 금융 부분에서까지 정보 분야 전문가를 선발했고 CIA는 물론이고 각국 정보기관에서도 경력자를 영입했다. 리스타연합은 리스타그룹의 CIA 역할도 하고 있는 셈이다.

오후 3시 반, 최국진이 응접실로 들어섰는데 손에 서류를 들고 있다. 뉴욕에서 해밀턴이 보낸 화진행에 대한 조사자료다. 최국진이 이광에게 서류를 내밀면서 말했다.

"총서기의 조카는 맞습니다."

최국진이 서류 복사본을 보면서 말을 이었다.

"하지만 중국무역공사 산둥성 지점 부대표는 아닙니다. 명함에 찍힌 전번은 개인 사무실인데 전화 받는 직원이 산둥성 지점 부대표실이라고 하는군요."

"……."

"산둥성 지점 부대표는 유광이란 사람으로 전번도 다릅니다."

"……."

"사기꾼이지요. 나이는 35세, 고등학교를 졸업하고 제대로 된 직장을 가져본 적이 없습니다. 총서기의 유일한 동생 화기성 씨의 아들인데요, 여긴 자식을 하나밖에 낳지 않아서 외아들이지요."

"……."

"총서기는 자식이 없어서 가문의 유일한 후계자인데 화기성 씨는 10

년 전에 죽었습니다."

"……."

"그동안 화진행은 6번이나 감옥에 갔는데 사기, 절도, 공문서 위조, 공갈, 공금횡령 등이었습니다. 모두 합의가 잘되어서 형을 몇 개월씩만 살다가 나왔지요."

"화근 덩어리구만."

마침내 이광이 정색하고 말했다.

"총서기 입장에서는 이놈을 어떻게 생각할 것 같나?"

"여기 있습니다. 8페이지입니다."

최국진이 페이지를 넘기면서 말했다. 이광도 8페이지를 보았다. 3년 전, 화오방이 경제담당 서기일 때 화진행이 홍콩의 중국계 회사에 사기를 쳐서 미화로 10만 불을 받고 도망쳤다가 홍콩 경찰에 잡혔다. 그때 홍콩 신문사 기자가 화오방에게 물었던 기사와 대답이 적혀져 있다.

"조카를 어떻게 생각하십니까?"

"중형을 받아야 하는데 나를 의식했기 때문인지 바로 합의가 되고 석방이 됩니다. 왜 이러는지 모르겠습니다. 이러니까 그놈이 계속 범죄를 저지르는 것입니다."

"화진행 씨를 꾸짖으셨습니까?"

"친척이라는 인연을 끊었습니다. 연락을 안 한 지 10년도 넘습니다."

"계속 서기님을 팔고 다니는데 앞으로 어떻게 처리하실 겁니까?"

"그놈이 사고로 죽기를 기다릴 겁니다."

그렇게 기사가 끝났다. 머리를 든 이광의 얼굴에 웃음이 떠올랐다.

"진심은 아니겠지?"

"물론입니다, 회장님."

"이것을 등 위원장은 알고 있겠지?"
"알고 계실 것입니다."
"그런데 왜 놔두었지?"
"무슨 말씀입니까?"
"등 위원장이 대신 처리해 줄 수도 있었을 텐데 말야."
"……."
"이쯤은 봐준다는 뜻인가?"
최국진은 입을 다물었고 이광이 말을 이었다.
"지금 등 위원장이 내가 어떻게 할 것인지를 바라보고 있는지 모르겠군."
그 순간 숨을 들이켠 최국진이 이광을 보았다. 굳어진 얼굴이다. 그때 이광이 천천히 머리를 끄덕였다.
"좋아, 이광식(式) 처리방법을 보여 드리지."

"화진행입니다."
환하게 웃으며 다가온 사내가 이광을 향해 먼저 손을 내밀었다. 그러더니 이광의 손을 힘껏 쥐고 흔들었다.
"백부님한테서 회장님 말씀 많이 들었습니다. 이제야 뵙게 되는군요."
"반갑네, 아우."
이광이 대뜸 그렇게 말하자 옆에 서 있던 최국진, 따라온 권기수도 일제히 숨을 들이켰다. 화진행도 주춤했다가 얼굴을 활짝 폈다. 둥글고 살찐 얼굴, 호빵에 점을 꾹꾹 찍은 것 같은 얼굴이다.
170 정도의 키에 비만 체형이었고 젊은 나이인데도 이마가 많이 벗겨졌다. 자리 잡고 앉았을 때 이광이 지그시 화진행을 보았다. 화진행

은 아우라는 말에 활짝 웃었지만 곧 얼굴에 경계하는 기색이 드러났다.

이광의 중국어는 능숙하다. 지금도 매주 두 시간씩 중국어를 공부하고 있다. 역사 공부도 함께해서 어제는 수(隨)나라가 3대(代) 37년 만에 멸망한 내용을 읽었다.

“아우, 내가 총서기님을 자주 만나는 사이인 것 잘 알고 있지?”

이광이 묻자 화진행의 얼굴이 더 굳어졌다. 그러다 얼굴을 들고 호탕한 웃음소리를 내면서 웃었다.

“앗핫핫, 잘 알고 있습니다.”

여기까지는 지금까지의 행태였을 것이다. 머리를 끄덕인 이광이 말을 이었다.

“지금 여기 시간이 오후 7시야, 베이징은 자정이 되었군.”

이광이 웃음 띤 얼굴로 화진행을 보았다.

“아우, 내가 백부님뿐만 아니라 등 위원장님하고도 어느 시간에도 전화를 할 수 있는 사람이란 것을 알고 있지?”

이제 화진행이 눈만 껌벅였고 이광이 최국진에게 지시했다.

“총서기님은 아직 주무시지 않을 거야, 지금 연락해.”

“예, 회장님.”

최국진이 전화기를 잡았을 때 손을 들어 움직임을 멈추게 한 이광이 화진행에게 물었다.

“아우, 자네도 백부님께 할 이야기 있지? 내가 이야기하고 바꿔주겠네.”

그러고는 최국진에게 눈짓을 했다. 그러자 최국진이 전화기를 귀에 붙이고는 버튼을 눌렀다.

“직통전화야.”

버튼을 누르는 최국진을 보면서 이광이 말을 이었다.

"난 자주 총서기께 연락을 한다네."

"잠, 잠깐만요."

그때 소리치듯 말한 화진행이 벌떡 일어서더니 전화기로 달려가 손바닥으로 눌러 통신을 끊었다. 그 상태에서 화진행이 머리를 돌려 이광을 보았다. 호빵이 땀을 흘리고 있다. 이광, 최국진, 권기수는 호빵에서 땀이 흘러내리는 꼴을 처음 보았다. 희고 부푼 호빵의 땀, 그때 화진행이 가쁜 숨을 뱉으면서 말했다.

"저, 백부님께 말씀하시지는 말아주십시오."

"왜?"

"외국에 나가지 말라는 백부님의 지시를 어겼기 때문입니다."

"너는 11년 동안 백부님과 전화통화도 한 적이 없어, 아우야."

이광이 엄격한 표정으로 말하자 호빵이 1년쯤 지난 굳어진 빵이 되었다. 썩은 것처럼 푸르딩딩해졌다. 이광의 말이 응접실을 울렸다.

"나한테 거짓말을 하지 마라, 난 네 사기에 넘어가는 사람들하고는 다르다."

어깨를 늘어뜨린 화진행이 제자리로 돌아가더니 의자에 엉덩이의 3분지 1만 걸치고 앉았다. 눈동자가 어지럽게 흔들렸고 모아 쥔 두 손이 쉴 새 없이 꿈틀거리고 있다. 이광이 말을 이었다.

"이런 식으로 며칠을 버틸 수 있을 것 같으냐? 넌 이곳에서도 중국 주재관을 괴롭히고 있는데 그것이 언론에 노출되면 총서기님이 어떻게 나오실지 알고 있을 거다. 그때는 어쩔 수 없이 총서기님이 직접 너를 처벌하시게 돼."

"……."

"넌 지금 대단히 위험한 상태야, 주재관의 일일보고에 네 행적이 들어갈 수밖에 없고 외교부는 은폐할 수가 없을 것이다. 그것을 등 위원장께서 알게 되신다면 어떻게 될 것 같으냐?"

"귀국하겠습니다."

찬 호빵 같은 얼굴로 화진행이 겨우 그렇게 말했을 때 이광이 머리를 저었다.

"이미 늦었어."

"……."

"넌 귀국해도 며칠 되지 않아서 체포된다. 아마 총서기님이 손가락을 자르는 심정으로 직접 지시를 하실 것이고 넌 중형을 받는다."

"……."

"총서기님의 65년 인생이, 45년 공직이, 중국 서열 1위의 위상이 너 같은 놈 하나 때문에 똥통 속으로 처박히게 될 것 같으냐?"

이광이 머리를 저었다.

"아니야, 그렇게는 안 될 것이다."

"그럼 저는 어디로든 사라지겠습니다. 그리고 영영 나타나지 않겠습니다."

"내가 너한테 이곳에다 회사를 하나 차려주겠다."

불쑥 이광이 말하자 화진행은 물론 최국진과 권기수도 숨을 삼켰다. 그때 이광이 말을 이었다.

"넌 산둥성 무역 부대표라는 가짜 명함을 갖고 다니지만 그건 찢어버리도록 해라, 여기서 리스타상사 중국연락사무소를 만들어줄 테니까 네가 소장을 맡아."

이광이 눈으로 권기수를 가리켰다.

"리스타법인 권 사장이 네 사무실을 차려줄 테니까 거기서 소장으로 일해."

이광의 얼굴에 웃음이 떠올랐다.

"네 측근에 중국 업무에 밝은 직원들을 붙여줄 테니까 넌 일하는 데 지장이 없을 거다."

"……."

"주재관 차도 돌려주고 네가 데리고 다니는 그 두 놈은 오늘 당장 중국으로 돌려보내, 내가 알아서 처리해주마."

"예, 회장님."

화진행이 모기 소리만 하게 대답을 했다.

"감사합니다, 회장님."

"여기서는 새 인생을 살아, 아우야."

"예, 회장님."

"너, 월급 얼마 받는 것이 꿈이었냐?"

"예?"

눈동자가 흔들리던 화진행이 더듬거렸다.

"이, 이천 불입니다."

엉겁결에 말했지만 올렸을 것이다. 이광이 머리를 끄덕였다.

"여기서는 5천 불을 주마."

"상사의 중국부(部)를 분리시켜."

화진행을 보내고 나서 이광이 권기수에게 말했다.

"분리된 중국부를 '중국연락사무소'로 독립시키고 화진행을 소장으로 임명해."

법인 사장인 권기수가 임명하라는 말이다. 이광이 물었다.

"현재 상사에서 중국에 오더를 얼마나 주고 있지?"

"예, 1년에 3천만 불 정도인데 대부분이 저가품 의류입니다."

"중국 전체가 쿠웨이트 시장을 통해서 수출하는 물량은?"

"요즘은 늘어나서 작년에 3억 불, 올해에는 5억 불 정도입니다."

이광의 얼굴에 웃음이 떠올랐다.

"화진행이 리스타 중국연락사무소 소장으로 일하게 되면 중국의 무역담당들이 오더를 리스타를 통해 중국으로 보내겠지?"

"화진행이 요청하면 거부하지 못할 것입니다."

권기수가 커다랗게 머리를 끄덕였다. 이광이 말을 이었다.

"화진행도 제 역할을 할 것이고, 총서기도 화진행이 제대로 된 일을 하게 되었으니 만족하겠지."

이광이 길게 숨을 뱉었다.

"오더가 화진행한테 몰리는 것까지 시비를 걸려면 20년쯤 지나야 될 거야."

이제는 권기수와 최국진이 동시에 머리를 끄덕였다. 그렇다. 너무 깨끗한 물에서는 물고기가 못 산다. 바로 중국의 최고 실권자인 등소평이 한 말이다.

"브란트, 당분간 내 자문역으로 일해주면 고맙겠어."

자리에 앉자마자 권철이 말했다. 회전의자는 머리 받침대까지 있는 데다 푹신해서 마치 침대를 세워 놓은 것 같다. 지금 권철은 브란트가 10분 전까지 앉아 있던 사장 의자에 앉은 것이다. 이곳은 LA 코리아타운의 서울 빌딩 5층 리스타법인 LA지사 사장실 안이다.

사장실에는 사람들이 꽉 찼다. 그것은 브란트가 측근들을 모아놓고 있었는 데다 권철이 반우성과 부하들을 데리고 들어왔기 때문이다. 브란트가 세(勢) 과시를 하려다가 권철에게 되치기를 당한 셈이다. 브란트는 43세, 대학을 졸업하고 10여 개 직장을 옮겨 다닌 덕분에 온갖 경험은 많이 쌓았다.

그 경험 중에 CIA 정보원 생활을 한 것이 지사장으로 임명된 계기가 되었다. 물론 린드버그와의 인연 덕분이다. 브란트가 앞쪽 소파에 앉으면서 말했다.

"난 그만두겠어, 린드버그 씨한테도 이야기했어."

"네 마음대로 안 돼."

상체를 세우고 앉은 권철이 똑바로 브란트를 보았다.

"내가 지시하면 들어, 이 개자식아, 다 너를 위해서 한 말이니까."

"뭐라구?"

브란트가 눈을 치켜떴지만 눈동자가 흔들렸다. 브란트는 붉은 머리의 백인으로 중키에 배가 나왔다. 주근깨가 많은 얼굴은 붉고 푸른 눈동자에 박힌 흰창은 흐리다. 권철이 손가락을 권총처럼 만들고 브란트를 겨누었다.

"오늘부터 LA 거지새끼들을 소탕할 작정이야, 네가 제의했던 조건을 싹 뒤집어엎을 텐데 그놈들이 널 그냥 내버려 둘까?"

"뭐라구?"

"존댓말을 붙여, 이 개자식아. 말끝에 보스라던가 써(sir)를 붙이란 말야."

권철의 시선이 소파에 앉아 있는 폴에게 멈췄다. 노랗게 염색한 미국산 한국인이다.

"네 이름이 뭐였지?"

"폴."

폴이 대답하자 권철이 뒤쪽에 서 있는 용비에게 말했다.

"용비, 저 개자식, 아구통을 쳐서 이빨 3개만 빼라."

그 순간 한 걸음 다가간 용비가 무지막지한 동작으로 폴의 볼을 주먹으로 쳤다.

"퍽!"

맞는 소리가 그렇게 났다.

"아이고!"

이것은 한국어 비명이다. 미국산 비명은 오! 억! 그렇게 나온다. 볼을 두 손으로 감싸 쥔 폴이 엎드렸다가 한 움큼의 피를 뱉었다. 핏속에 누런 이가 4대가 섞여져 있다. 그때 브란트와 부하들이 엉겁결에 일어났고 반우성과 부하들이 그들을 둘러쌌다. 브란트 일당은 5명, 반우성은 8명이다.

"병신들."

권철이 방 안을 둘러보며 웃더니 허리춤에서 권총을 뽑아 쥐었다. 소음기가 낀 총신이 길쭉했다.

"자리에 앉아라, 병신들아."

권철이 총구를 흔들면서 말했다.

"둘 셀 때까지 앉지 않는 놈은 죽인다. 하나……."

그 순간 브란트를 포함한 다섯이 일제히 자리에 앉았다. 둘은 소파 빈자리가 없었기 때문에 방바닥에 앉았다.

"퍽!"

그때 권철이 권총을 발사했고 벽에 걸린 액자가 떨어졌다. 브란트가

LA시장하고 만나 악수하는 사진이다. 권철이 총을 휘두르며 말했다.

"자, 이제 회의를 시작해볼까?"

"이또만의 거처는 요코하마에 있다는 것만 확인이 되었습니다."

고한중이 보고했다. 이곳은 도쿄 신주쿠, 리스타 일본법인의 사장실 안, 고한중이 말을 이었다.

"집은 도쿄지만 들어오지 않고 전화만 해왔습니다."

"그놈이 쉽게 잡히리라고 생각하지는 않았어."

김필성이 쓴웃음을 지었다.

"일본이 몸을 숨기기에는 외국보다 낫다고 생각한 것 같군."

"그렇겠지요, 하지만 신분이 밝혀진 것은 아직 모르고 있을 겁니다."

고한중은 법인의 기조실장이다. 오후 1시 반, 점심시간이 지났지만 김필성은 아직 사무실에 남아 있다. 고한중의 말이 이어졌다.

"이또만의 부하 팀장 중에 유리시마 중사라는 놈이 있습니다. 이놈의 여자 친구가 오늘 밤에 친구들하고 생일파티를 합니다. 그때 유리시마가 나타날 가능성이 있습니다."

"그래?"

"이또만은 재일동포지만 유리시마도 재일동포입니다. 시부야의 한국식당에서 6시에 파티가 시작됩니다."

김필성이 머리를 끄덕였다. 이또만의 팀은 아직 다 밝혀내지 못했다. 하지만 어떻게든 찾아내야 한다.

이광이 홍콩에 도착했을 때는 오후 4시가 넘어갈 무렵이다. 공항에는 로마에서 곧장 홍콩으로 날아간 안학태가 기다리고 있었다. 안학태는 테러를 당하고 나서 로마병원에 머물다가 홍콩으로 온 것이다.

"괜찮으세요?"

아직도 머리에 붕대를 감은 이광을 보고 안학태가 걱정스런 표정으로 물었다. 안학태는 갈비뼈가 부러져서 겉으로는 표시가 안 난다. 이광이 머리에 썼던 중절모를 벗으며 웃었다.

"오늘 중으로 붕대를 풀 거야, 6바늘 정도 꿰맨 흔적만 남는데 그것도 곧 지워진다는군."

둘은 리무진의 뒷좌석에 앉아 숙소로 가는 중이다. 이광이 안학태에게 물었다.

"안 실장은 어때?"

"저는 오전에 붕대 풀었습니다."

공격을 받은 것은 닷새 전이다. 안학태가 말을 이었다.

"운전사 요크와 경호실 차장 브라운 가족에게 각각 50만 불과 1백만 불을 보냈습니다."

"잘했어."

"가족들에게 어려운 일이 있으면 언제든지 경호실장한테 이야기하라고 전했습니다."

이광이 머리를 끄덕였다. 로마에서 테러로 숨진 직원이다. 머리를 든 안학태가 이광을 보았다.

"총서기님한테서 전화해달라는 연락이 왔습니다. 제가 오전 11시쯤에 홍콩법인으로 온 총서기 비서실장의 전화를 받았습니다."

화진행의 얼굴이 떠올랐다. 화진행은 어제 리스타 쿠웨이트 중국연락사무소 소장 임명장을 받고 정식으로 리스타 사원이 되었다. 화진행으로서는 꿈도 꾸지 못했던 감투일 것이다.

오후 5시 반, 이광의 전화를 화오방이 받았다. 홍콩의 안가에서 베이징의 총서기 비서실장한테 연락을 했더니 3분도 안 되어서 화오방의 목소리가 울린 것이다. 특급이다. 절차가 까다롭기로 소문이 난 중국 정부와의 통신이다.

국가 간 연락에서도 장관급은 하루, 그 이상은 이틀, 총서기는 아마 예약을 하고 일주일쯤 기다려야 하는데 그것도 상대방이 공산주의 국가 원수급이어야 됐다. 미국 대통령도 요즘은 관계가 좋아졌지만 최소한 사흘은 걸릴 것이다.

"리, 몸은 어떤가?"

대뜸 화오방이 물었기 때문에 이광이 이제는 반창고만 붙인 이마를 조심스럽게 만졌다.

"예, 이제 머리 붕대도 풀었습니다."

"그게 누구 소행인지 알지?"

"예, 총서기님."

"나쁜 놈들이야, 지금이 어떤 세상이라고."

혀를 찬 화오방이 말을 이었다.

"걱정이 되어서 연락했어. 위원장께서도 깜짝 놀라셨네, 안부 전하라고 하셨어."

"죄송합니다. 그리고 감사합니다."

"위원장님도 곧 연락하실 거야."

"예, 총서기님."

"다행이네, 리는 한국의 보물일 뿐만 아니라 우리 중국에게는 소중한 존재네."

"영광입니다."

"그럼 다시 연락하겠네."

"예, 총서기님."

"고맙네."

그러고는 통화가 끊겼기 때문에 이광은 전화기를 내려놓았다. 옆에 앉아 있던 안학태는 다 들었는데도 입을 열지 않는다. 이광의 얼굴에 웃음이 떠올랐다. 화오방이 마지막에 한 '고맙네'라는 말이 화진행에 대한 인사였던 것이다. 그 한마디를 하려고 테러사건에 대한 이야기를 늘어놓았다고 해도 될 것 같다.

"왔어?"

유리시마를 본 마사코가 활짝 웃었다.

"고마워, 진호 씨."

지금 마사코는 한국말을 한다. 오후 5시 50분, 시부야의 한국식당 '대동강식당'의 대기실 안, 화사한 분홍색 원피스 차림의 마사코는 막 피어나는 꽃 같다. 다가간 유리시마가 저절로 숨을 들이켰다. 가슴이 벅차올랐기 때문이다. 로마에서 방콕을 거쳐 날아오는 동안 마사코의 생일파티에 늦으면 안 된다는 생각뿐이었다.

이광이 탄 차를 정확히 맞췄지만 엔진이 폭발하는 바람에 뒷좌석의 목표 제거는 실패했다. 1인용 지대지 미사일을 쏜 사수가 바로 유리시마 중사인 것이다. 339부대 제3특수대 소속 유리시마 중사, 정예 중의 정예다.

"축하해."

한국어로 말한 유리시마가 바지 주머니에서 작은 보석함을 꺼내 내밀었다.

"선물."

"어머, 고마워."

"어머, 어머, 부럽다."

마침 대기실에 같이 있던 친구 둘이 탄성을 터뜨렸다. 둘 다 재일동포 친구들이다. 마사코가 친구들이 보는 데서 자랑스럽게 보석함 뚜껑을 열었다.

"꺅!"

마사코의 입에서 놀란 외침이 그렇게 터졌다.

"어머나, 어머나, 어머나."

친구들의 입에서 이구동성 터지는 탄성은 누가 터뜨리는지 분간이 안 갔다. 보라, 보석함 안에서 반짝이는 다이아 반지, 크다. 성냥 알맹이만 했다.

"진호 씨."

시선을 든 마사코의 두 눈에 금방 눈물이 고이는 것을 본 유리시마가 어깨를 부풀렸을 때다. 대기실 안으로 사내 둘이 들어섰다. 유리시마를 향해 다가온 사내 하나가 낮게 말했다.

"밖에서 이또만 소령이 기다리고 계셔."

"소령님이?"

깜짝 놀란 유리시마가 마사코를 보았을 때 다른 사내가 말했다.

"잠깐이면 돼, 중사."

유리시마는 사복 차림이다. 두 사내도 단정한 양복 차림이었는데 군인 분위기가 풍겼다. 유리시마는 자신이 이곳에 간다고는 아무한테도 말 안 했지만 상관인 이또만이 밖에서 기다린다는 말에 앞뒤 생각할 여유가 없어졌다. 사내들과 함께 문밖으로 나간 순간이다.

“윽.”

유리시마가 신음을 뱉더니 뒤로 벌떡 넘어졌다. 그러더니 누운 채로 솟구치듯이 몸뚱이가 들썩였다. 몸 전체로 경련을 일으킨 것이다.

“이런, 간질병인가?”

사내 하나의 목소리를 들으면서 유리시마의 의식이 끊어졌다.

문이 열리더니 사내 둘이 들어섰다. 식당에서 본 사내들이 아니다. 유리시마는 숨을 들이켜고 나서 어금니를 물었다. 가슴이 차분해진 느낌이 들더니 머릿속에 339부대의 구호가 떠올랐다.

‘싸우다가 죽는다.’

대동아전쟁 때 일본군 특수부대의 구호가 그대로 전해진 것이다. 그렇다. 싸우다가 죽는다. 죽음 따위는 겁나지 않는다. 눈에 힘을 준 유리시마가 사내들을 보았다. 339부대는 최정예 부대다. 1년 동안 온갖 살인기술, 폭발물기술, 신체 단련과 고문에 견디는 방법까지 배워왔다.

그때 앞쪽 의자에 앉은 둘이 유리시마를 보았다. 둘한테서 술 냄새가 맡아졌다. 평범한 인상, 체격도 별로다. 한 놈은 배까지 나왔다. 30대 중반쯤, 가게 주인이나 택시운전사 분위기의 놈들이다. 그때 택시운전사 분위기의 사내가 말했다.

“어이, 김진호.”

한국말이다. 순간 유리시마의 심장 박동이 빨라졌다. 자신의 한국 이름인 것이다. 사내가 턱으로 옆쪽을 가리켰다.

“저기, 옆방에 마사코, 그러니까 박영숙이가 와 있다.”

술 냄새를 펄펄 풍기면서 사내가 말을 이었다.

“그리고 후쿠오카에 있는 네 부모 집 옆에 우에노식당이 있지? 거기에서 우리 식구들이 술을 마시고 있어."

"……."

"왜 거기 갔느냐고?"

사내가 두 손을 까불면서 열심히 말을 이었다.

"줘여버릴라고, 니 대답이 맘에 안 들면 토막을 내버리려고."

"……."

"옆방에 잡아놓은 마사코는 천천히 없애야지, 금방 없애기는 아깝지."

"……."

"너, 고문을 이겨내는 훈련 받았지? 339부대는 최정예부대니까. 그럼, 받았겠지, 넌 고문을 충분히 버텨 나갈 거다."

사내가 머리까지 끄덕였다. 유리시마는 조금 전부터 어깨를 늘어뜨린 채 듣기만 했다. 자신의 몸은 철제 의자에 빈틈없이 묶여져서 머리만 움직일 수 있을 뿐이다. 놈들한테 전기충격기로 당했다. 강력한 전류를 받은 터라 당해낼 수가 없었던 것이다. 그리고 깨어나 보니 이 시멘트 방에 온몸이 묶인 채 앉아 있었던 것이다. 그때 사내의 말이 이어졌다.

"우린 너한테 큰 기대 안 해, 너 말고도 또 있으니까. 오도리 중사, 그 놈도 아까 잡았어."

"……."

"5분 안에 다 털어놓아라."

사내가 손가락을 쫙 펴더니 유리시마의 얼굴 앞에서 흔들었다.

"싫으면 말고, 싫다고 한마디만 해. 그럼 네 부모부터 토막 내고 그다음 마사코, 그다음에 널 죽여줄 테니까."

사내가 누런 이를 드러내며 웃었다. 술기운이 오른 눈의 흰창이 붉어진 채 번들거리고 있다.

"우리가 누구냐고? 한국 조폭이야. 우린 너 같은 개새끼들을 가장 싫어해, 일본놈한테 충성하는 조센징 개새끼들."

그러더니 사내가 벌떡 일어섰다.

"어이, 지금 말해. 다 불래? 싫어?"

서울에 도착했을 때는 오후 8시다. 입국장으로 나온 이광을 리스타 본사 사장 곽영훈이 맞았다. 입국장은 한산했고 보도진도 보이지 않았다. 어느덧 리스타 사건은 잊혀지고 있는 것이다. 공항을 나온 차가 시내로 달려갈 때 옆자리에 앉은 곽영훈이 말했다.

"우리 리스타그룹은 한국 내 재벌그룹 명단에는 포함되지 않았습니다. 기업체가 유통과 상사 두 군데뿐인 데다 매출액도 1백 위권이어서요."

이광이 머리만 끄덕였다. 리스타금융만 해도 본사가 쿠웨이트에 있는 법인회사인 것이다. 자본금이 500억 불이고 전 세계에 137개의 금융업체를 소유하고 있지만 한국 대기업 명단에는 포함되지 않는다. 곽영훈이 말을 이었다.

"이름만 번지르르하고 내용은 허술한 대기업이 많습니다. 그래야 은행 대출을 많이 받는 것 같은데 아직도 그런 면에 있어서는 시대에 뒤진 점이 많습니다."

"이러다간 중국에 금방 따라잡혀요."

정색한 이광이 말하자 곽영훈은 머리를 끄덕였다.

"그렇습니다. 한국인의 창의력, 집중력, 순발력을 모으면 세계 제1이 되는 것은 분명합니다. 하지만……."

어깨를 늘어뜨린 곽영훈이 입을 다물었다. 곽영훈은 본래 대기업인 대성의 기조실 출신 엘리트다. 지금은 중동총괄본부장 겸 사우디 법인장으로 젯다에 있는 진남철과 함께 유성상사로 이직한 정예다. 유성상사의 전(前) 사주였던 황학수 회장의 딸 백영주가 이광을 견제, 감시하려고 대성에서 영입해왔던 것이다. 그런 둘이 지금은 이광의 핵심측근이 되어 있다. 이광이 입을 열었다.

"곽 사장, 그건 우리들 몫이야."

곽영훈이 숨을 죽였고 이광의 말이 이어졌다.

"난 내 재산을 사회에 환원한다는 자세로 일하고 있어, 실제로 내 재산은 모두 재투자할 작정이야."

곽영훈의 시선을 받은 이광이 빙그레 웃었다.

"곽 사장도 이해하리라고 믿어."

"알고 있습니다, 회장님."

"사원들이 긍지를 갖고 창의력, 집중력을 발휘하도록 만드는 것이 경영자의 책임이야."

"예, 회장님."

"나아가서 회사에, 국가에, 민족에 자긍심을 느끼도록 분위기를 만들어 주는 것도 우리들의 몫이지."

말은 그렇게 했지만 이광은 그것이 힘들고 먼 일이라는 것을 느끼고 있다. 그러나 목표 없이 일할 수가 있는가? 그것이 국가 통치자만의 몫이 아닌 것이다. 기업가, 경영자의 솔선수범, 의지가 국가 지도자의 일익이 되어주지 않겠는가?

"누구라고?"

매킨지가 묻자 존이 대답했다.

"권이야."

"이름이?"

"아니, 성, 패밀리 네임."

"그런 성도 있나?"

"있어."

둘은 한국인이다. 정확하게 말하면 한국인 2세, 이곳에서 한국인 부모로부터 태어났으니 미국 시민이다. 그러나 한국어는 서툴고 영어만 쓴다. 한국어는 집에 있을 때 부모와 대화할 때만 썼는데 지금은 집을 나왔기 때문에 잊어먹는 중이다.

"그 새끼 없애버리도록 하자."

매킨지가 결정했다.

"당장 오늘 밤에."

"잠깐."

존이 손을 들어 보이면서 말했다.

"그렇게 쉽게 생각 마, 맥."

"어렵게 생각해야만 하냐?"

"그놈은 브란트하고는 좀 다르다는 소문이 났어."

"아, 그놈은 한국놈이라면서? 그러니까 다르겠지."

"아니, 그게 아니라."

존이 이맛살을 찌푸렸다. 오후 2시 반, 둘은 아지트인 코리안타운의 아리랑 부동산 건물 3층의 사무실에서 새로 부임한 리스타 LA지사장에 대해서 이야기를 하는 중이다. 매킨지가 콜라병을 쥔 채 존을 보았다. 비대한 체격의 매킨지는 코리아타운을 장악한 서울파의 보스다. 존은 부두목 겸 보좌관으로 매킨지의 측근이다. 존이 말을 이었다.

"내가 들은 말이 있어서 그래, 맥."

"무슨 말을 들었다는 거냐?"

"체이스라고 알지? 뉴욕에서 물건 가져온 놈."

"봤지, 그때 샤론바에서."

"그놈 이야기 들었는데 이번에 온 권가 놈은 삼합회 놈들을 데리고 다닌다는 거야. 뉴욕 삼합회에서 들었다는군."

"삼합회 놈들을?"

"그리고 그 권가 놈이 용병 출신이라는 거야."

"용병?"

"그래, 용병으로 리비아에 있다가 온 놈이래."

매킨지의 눈이 가늘어졌다. 체격은 비대했지만 머리 회전이 빠른 편인 매킨지다. 존이 말을 이었다.

"맥, 기다려봐. 서둘 것 없어, 카잔스키파 놈들도 권가를 죽인다고 벼르는 중이니까."

카잔스키는 코리아타운 건너편의 상가를 본거지로 뛰고 있는 러시아갱단을 말한다. 러시아갱단도 말만 러시아를 붙였지 제 부모 중 하나가 러시아 이민자거나 아예 러시아 구경도 못 한 터키, 그리스계 잡동사니들이다.

모두 러시아어는 한마디도 못했지만 영화나 드라마에서 무지막지한 러시아갱이 뜨니까 입에다 러시아갱을 붙이고 산다. 그러나 '선무당이 사람 잡는다'고 잔인하고 무식하기는 영화 속 러시아갱보다 더 심하다. 그 갱단의 두목이 카잔스키인 것이다.

"그러지 뭐, 시계가 좀 먹냐?"

매킨지가 선선히 물러났다. 한국어는 5살 아이 수준이지만 한국 드라마를 자막으로 보면서 한국 속어를 외우고 다닌다. 방금 '세월이 좀 먹냐?'를 엉터리로 번역한 '시계가 좀 먹냐?'로 외웠다가 써먹은 것이다.

"카잔스키파는 대략 120명, 그중 행동대로 나설 만한 놈들은 50명 정도이고 나머지는 마약 소매상, 정보원 바람잡이들입니다."

조직세계를 가장 잘 아는 기관이 있다면 바로 경찰이다. 피터 김은 LA경찰에서 20년을 근무하다가 작년에 무릎에 총을 맞고 명퇴를 했다. 지금은 의족을 달고 연금 생활을 하지만 아직 45세, 한창 일할 나이이다. 그래서 경비회사에 취업을 했다가 6개월 만에 그만두고 열흘 전에 권철의 보좌관이 되었다.

지금 뉴욕에 있는 해밀턴이 CIA의 인맥을 동원해서 피터 김을 찾아낸 것이다. 물론 권철이 직접 해밀턴에게 부탁을 한 것인데 린드버그는 CIA 출신이었지만 이런 자세를 보이지 않았다. 피터 김은 지금 한국어를 한다.

"하지만 모두 총기를 소유하고 있는 데다 걸핏하면 총질을 하는 터라 위력적입니다. 더구나 카잔스키는 별명이 하이에나인 잔인한 놈입니다. 브란트한테 가게 이익금의 30퍼센트를 내라고 협박을 한 놈이 이 놈이죠."

권철이 피터 김이 작성해온 자료를 보았다. 서울 빌딩의 사무실 안이다. 오후 3시 반, 권철은 지금 사흘째 사무실에 박혀 피터 김으로부터 시장 상황에 대한 공부를 하는 중이다. 카잔스키는 36세, 그동안 4번 체포되어 8년간 교도소 생활을 했다. 죄명은 폭력, 살인미수, 마약거래, 갈취 등이다.

다음 페이지를 넘긴 권철이 매킨지의 사진을 보았다. 한국인이다. 이름이 매킨지 김, 35세, 고등학교를 졸업하고 마약거래로 체포, 2년 형을 살면서부터 인생이 비틀려졌다. 매킨지의 전과를 훑어보던 권철의 얼굴에 쓴웃음이 번져졌다.

"이놈은 코리아타운에서 한국인들만 상대로 범행을 저질렀군."

권철을 따라 페이지를 넘겼던 피터 김이 머리를 끄덕였다.

"저도 이름을 압니다. 코리아타운에서는 이놈이 가장 무서운 갱이죠."

피터 김이 말을 이었다.

"한국인 모습이지만 전혀 한국인이 아닙니다. 철저한 외국인, 오히려 한국인을 경멸하는 놈입니다. 이런 부류가 서울갱 안에 많습니다."

"왜 그런 거요?"

"다루기 쉬운 경우도 있지만 이런 놈한테 아부하고 이용하는 한국인들도 있기 때문이죠."

피터 김의 얼굴에 다시 쓴웃음이 번져졌다.

"코리아타운 안에서도 한국인들이 단합되지 못하고 있거든요, 그것을 이런 갱단들이 이용하는 겁니다."

권철의 눈동자가 흐려졌다. 뭔가를 생각하는 표정이다. 그때 피터 김의 목소리가 이어졌다.

"브란트라는 CIA 정보원 출신한테 이런 중요한 업무를 맡기는 것이 아니었습니다."

권철이 눈동자의 초점을 잡았다. 그렇다. 내가 이곳에 온 것은 한국인으로서의 위상을 만들어 보라는 신(神)의 뜻이다. 그것이 우연으로 이루어졌더라도 나는 이곳에서 한국인의 가치를 증명해 보이겠다. 그래서 세계인이 되어갈 대한민국의 위상을 만들어 보겠다.

권철이 숨을 들이켰다. 목표를 세우고 일하는 것이 권철의 습성이다.

"저 여자가 누구야?"

권철이 묻자 용비가 자리에서 일어섰다.

"제가 알아보고 올까요?"

"잠깐."

말린 것은 반우성이다. 엉거주춤한 자세의 용비에게 반우성이 물었다.

"뭘 어쩌겠다는 거냐?"

"물어보려구요."

"뭘?"

"큰 형님이 누구냐고 알아보라고 하셨지 않습니까? 가서 누구냐고 물어보려구요."

"이런 병신."

"놔둬라."

권철이 쓴웃음을 지었다.

"내가 그냥 궁금해서 한 말이다."

"형님."

반우성이 권철을 불렀다.

"왜?"

"형님 한마디면 애들이 움직입니다. 그러니까 그런 말은 속으로 하시지요."

"속으로?"

"예, 마음으로만 '저 여자 괜찮다' 하고 생각하시란 말씀입니다."

"이런 병신."

이번에는 권철이 반우성에게 욕했다.

“얀마, 내가 저 여자가 괜찮아서 그렇게 물은 것 같냐?”

반우성과 용비가 숨을 죽였고 권철의 말이 이어졌다.

“저 여자를 서울 빌딩 1층 로비에서 보았어, 커피숍에서 일본인하고 같이 있더구만. 그것이 한 시간 전이다.”

권철이 손목시계를 보았다. 오후 3시 반이다. 권철이 말을 이었다.

“그런데 사거리 한 개 건너서 이곳 이스턴 호텔 커피숍에서 저 여자를 다시 만났단 말이다. 이것이 우연이냐?”

반우성은 가만있었지만 참지 못한 용비가 여자를 보았다. 긴 바지에 반팔 셔츠 차림의 동양 여자다. 미인이다. 짧게 자른 머리, 희고 갸름한 얼굴, 날씬한 몸매가 드러났고 또렷한 이목구비, 키도 커서 운동화 차림인데도 170이 넘는 것 같다. 어깨를 부풀린 용비가 반우성을 보았다.

“제가 데리고 나가서 조사할까요?”

지금은 전시(戰時) 상황이나 마찬가지다. 브란트는 LA의 양아치갱 5개 조직과 어설픈 제휴 관계를 형성했는데 그중 3개는 수익금의 10퍼센트를 주기로 한 상태에서 인상 협의 중이었다. 그동안 리스타유통이 투자한 업체는 27개, 지금도 지사의 투자팀은 활발하게 투자계획을 진행 중이다. 용비가 묻자 반우성이 권철을 보았다. 황당한 표정이다.

“형님, 그러는 게 낫지 않겠습니까? 서울 빌딩에서부터 따라왔다면 잡아서 불게 해야지요.”

그때 권철이 말했다.

“데려와.”

“예?”

놀란 반우성과 용비를 향해 권철이 쓴웃음을 지어 보였다.

“일부러 내 눈에 띄려는 것 같다. 가서 내가 보잔다고 해.”

용비가 다시 자리에서 일어섰고 반우성이 어깨를 늘어뜨렸다.

“저는 눈치 채지 못했습니다, 형님.”

“네가 여자한테 관심이 없어서 그래, 앞으로는 여자도 좀 만나라.”

반우성이 입맛을 다셨고 권철은 시치미를 떼었다. 그동안 권철과 삼합회의 반우성 일당과는 허물없는 사이가 되었다. 허물없이 대하는 권철의 성격 때문일 것이다. 용비나 위연 등은 물론이고 반우성까지도 이런 성격의 형님을 만나는 건 처음이었다.

‘권위를 내세우지 않아도 저절로 따르게 되는’ 스타일의 보스, 거기에다 살인기술이 훌륭한 보스로 그들에게 깊은 인상을 심어준 것 같다.

용비가 곧 여자를 데려왔는데 얼굴에 황당한 표정이 떠 있었다. 너무 쉽게 따라왔기 때문일 것이다. 여자가 다가오자 반우성은 자리에서 일어섰지만 권철은 쳐다보기만 했다. 권철과 시선이 마주치자 여자는 희미하게 웃음을 띠었다가 곧 지웠다. 옅게 루즈를 칠한 입술의 선이 뚜렷했다.

“앉아요.”

권철이 옆쪽 자리를 가리키며 영어로 말했다.

“감사합니다.”

영어로 대답한 여자가 앉았을 때 공기가 움직이면서 향내가 맡아졌다. 달콤하고 강한 향내다. 권철의 얼굴에 웃음이 떠올랐다. 커피숍은 한산했다. 코리아타운 안이어서 드문드문 앉은 손님들은 모두 동양인이다. 대부분이 한국인일 것이다. 권철이 옆에 앉은 여자에게 물었다.

“날 따라온 이유는?”

"지사장께 부탁드릴 일이 있어서요."

여자가 대뜸 대답했고 반우성과 용비가 서로의 얼굴을 보았다. 권철이 머리를 끄덕이자 여자가 말을 이었다.

"전 12번가에 있는 럭키클럽의 마담 쥬리라고 합니다."

"아."

권철의 입에서 탄성이 터졌고 반우성과 용비가 어깨를 늘어뜨렸다. 럭키클럽은 리스타유통이 투자한 업체 중의 하나였기 때문이다. 권철은 업체 대표들은 만났지만 가게 마담은 만날 기회가 없었던 것이다. 여자가 말을 이었다.

"럭키클럽에는 종업원이 33명이 있는데 나흘 전부터 영업을 못 하고 있어요, 그것은 에디파가 가게 앞에서 손님들을 들어오지 못하게 하는데다 주차장까지 점거하고 있거든요."

여자의 영어는 유창했다. 미국계 같다. 권철은 홀린 듯한 표정으로 쳐다봤기 때문에 여자의 얼굴이 붉어졌다. 그때 힐끗 권철에게 시선을 주었던 반우성이 물었다.

"그런데 왜 가게 대표가 보고를 안 하는 거요?"

그렇다. 당장에 보고를 해야 제대로 된 회사다. 그런데 나흘이나 영업을 못 했다는데 지금까지도 보고가 없다니, 그때 여자가 대답했다.

"전에는 그런 일이 있으면 가게에서 때웠거든요, 보고를 해도 해결이 안 되고 시간만 끌었기 때문에……."

"그래서?"

"가게에서 에디파한테 상납을 했지요."

"브란트가 뭐라고 안 하고?"

"말해도 소용이 없었으니까요, 그렇지만 이번에 새로 지사장이 오셨다고 해서 제가 혼자 나선 겁니다."

어깨를 부풀렸다가 내린 권철이 여자를 노려보았다.

"당신 국적이 뭐야?"

7장
LA 상륙

“한국인입니다.”

쥬리라는 여자가 대답했다. 시선을 권철에게 향한 채로 여자가 여전히 영어로 대답했다.

“미국에서 태어난 한국인이죠.”

“럭키클럽이라고 했지?”

“네, 지사장님.”

“날 만나려면 사무실로 찾아오지, 왜 1층 커피숍에서부터 이곳까지 따라온 거야?”

“사무실 건물 안에 에디파, 톰슨파, 서울파, 카잔스키파 정보원들이 우글거리고 있었으니까요, 금방 다 알게 됩니다.”

권철의 표정을 본 여자가 희미하게 웃었다.

“커피숍에서 일본인 부동산 업자를 만나기로 해놓고 지사장님이 외출하시기를 기다렸지요, 정보원들이 이상하게 생각하지는 않았습니다.”

“여기는 정보원이 없어?”

"왜 없어요."

여자가 권철에게서 시선을 떼지 않은 채 말을 이었다.

"오른쪽 창가에 앉아서 신문 보는 양복 입은 백인이 에디파 정보원 루타이고 카운터 옆자리에 선글라스를 낀 흑인이 톰슨파 정보원, 그리고 안쪽에 마주 보고 앉은 동양인 둘은 서울파 정보원이죠."

"정보원 소굴이구만."

"저를 지사장님이 불러왔으니까 궁금하겠지요, 부하 시켜서 유혹을 한 것처럼 보일 수도 있겠네요."

"너, 럭키클럽 마담은 언제부터야?"

"반년쯤 되었어요, 그전에는 파라다이스클럽에서 일했습니다."

파라다이스클럽도 코리아타운에 있는 룸살롱이다. 그때 반우성이 권철에게 물었다.

"럭키클럽 사장을 부를까요?"

권철이 쥬리를 보았다. 럭키클럽은 리스타유통의 소유지만 전(前)주인으로부터 인수하고 나서 사장과 종업원 대부분을 그대로 두었던 것이다. 한국에서는 바지사장을 그대로 두더라도 영업부장 등 실무 책임자를 조직원으로 심어놓아서 감시를 했다. 전(前) 지사장 브란트도 각 업소에 관리자를 파견했을 것이었다.

"거기 지사에서 파견한 관리자는 누구야?"

"관리부장이 있었지만 브란트가 그만두니까 어디론가 사라졌죠, 남아 있었다고 해도 전혀 도움이 안 되는 위인이었죠. 여자나 치근거리고 지냈지, 에디파가 나타나면 도망치는 놈이었으니까요."

기가 막힌 권철이 눈만 껌벅였고 쥬리의 말이 이어졌다.

"우리는 리스타유통이란 회사가 돈이 남아서 쓰레기통에 붓는다고 생각했어요, 엄청난 자금으로 LA의 업체들을 인수하고는 쓸모없는 인간들에게 돈을 퍼주거나 갱단 놈들한테 왕창 뜯기면서도 지사장이나 간부들은 롤스로이스나 타고 다니면서 로비나 해대더군요. 근데 그 돈이 모두 제 돈이 아니라는 거죠."

권철의 입에서 신음이 터졌다. 이것이 회사가 커지면 일어나는 현상 아닌가? 권철이 주머니에 넣어둔 녹음기의 버튼을 껐다. 아까부터 쥬리의 말을 녹음하고 있었던 것이다.

에디파는 말 그대로 스트리트갱이다. 보스인 에디도 스트리트갱이란 말을 좋아해서 명함에다 그렇게 찍고 다닐 정도다. 에디는 28세, 갱 보스치고는 젊지만 경력은 누구 못지 않는다.

17살 때부터 총을 들고 다닌 에디의 별명은 머신건 에디다. 지금까지 쏴 죽인 사람이 20명도 더 된다는 소문이지만 증거가 없어서 다 풀려났다. 그래서 가진 또 하나의 별명이 증거불충분이다.

미끈한 용모에 항상 웃음 띤 얼굴이지만 냉혹하고 걸핏하면 총을 빼들어서 주변 분위기는 항상 살벌하다. 조직원 수는 55명, 모두 총잡이들이나 LA스트리트갱 중에서 작은 세력이지만 상위 그룹에 든다.

부두목은 흑인인 포먼, 비대한 체격이지만 UCLA를 중퇴한 수재(?)다. 에디의 뒷바라지를 다 해줄 뿐만 아니라 변호사를 부리는 솜씨가 뛰어나서 에디가 지금까지 한 번도 교도소에 안 간 것은 포먼 덕분이다. 에디의 총질을 겁내지 않는 유일한 인물이기도 하다.

에디파의 3인자는 에디의 애인 케이트, 24세, 가슴이 서늘해질 정도의 금발미녀지만 입이 한번 열리면 분위기가 산산이 부서진다. 두 마디 중 한마디가 욕이고 그 욕이 끝없이 이어지기 때문이다. 에디를 딱 휘

어잡고 있는 이유는 미모뿐만 아니라 밤 기술(?)에 있다고 본인이 자랑할 정도, 케이트 또한 총 마니아로 걸핏하면 총질을 하는 바람에 에디까지 질색을 할 때도 있다.

오후 6시 반, 에디가 정보원 루타의 보고를 받는다.

"오후 3시 반쯤 이스턴 호텔에서 리스타 새 지사장 놈이 럭키클럽의 마담 쥬리란 년을 만났어, 그놈이 쥬리를 부르더구만."

에디는 시선만 주었고 옆에 서 있던 케이트가 다가와 섰다. 포먼은 소파에 앉아서 푸딩을 먹고 있다. 루타가 말을 이었다.

"한참 동안 이야기를 했는데 30분쯤 지나서 방으로 데리고 들어가던데."

"쥬리가 그놈한테 보고한 거구만."

에디가 말했을 때 케이트가 나섰다.

"갓댐, 그 병신년을 오늘 밤 죽여야 돼, 염병할 년, 개 같은 년."

"가만."

케이트의 입을 막은 에디가 눈을 가늘게 떴다.

"방으로 데리고 갔다고?"

"응, 방까지는 확인 못 했어, 그놈이 부하들을 데리고 다니는 바람에……."

"병신 새끼……."

케이트가 나섰을 때 에디가 또 물었다.

"그놈하고 쥬리 그년이 아는 사이데?"

"그런 것 같지는 않던데, 그놈이 부하 시켜서 쥬리를 불렀거든, 쥬리가 놀란 것 같았어."

"그 개자식이 그 쌍년을……."

"가만."

다시 케이트의 말을 막은 에디가 천천히 머리를 끄덕였다.

"어쨌든 럭키클럽 문제로 리스타 지사장 놈이 위대하신 에디파의 존재를 실감하게 되셨겠다."

"에디."

그때 포먼이 푸딩 그릇을 밀어놓고 불렀다.

"왜 그래? 돼지."

"준비를 해야 될 것 같다."

"얼마든지."

"이번에 온 한국놈은 지난번의 정보원 출신 병신하고는 달라, 에디."

"김치 냄새가 나는 노랭이니까 다르겠지."

그때 포먼이 머리를 저었다.

"애들 비상 대기시켜야 돼, 에디."

피터 김이 웃음 띤 얼굴로 권철을 보았다. 밤 10시, 권철과 피터 김, 반우성은 코리아타운 칠성클럽의 방에서 술을 마시는 중이다.

"지금 에디파, 서울파가 잔뜩 긴장하고 있습니다. 하지만 두 파 모두 금방 일은 일으키지 않을 겁니다."

피터 김이 말을 이었다.

"새로운 지사장이 전임하고 다르다는 건 알고 있으니까요, 우리가 여기서 술을 마시고 있다는 것도 아마 5, 6개의 갱단 수뇌부는 알고 있을 겁니다."

영어로 했기 때문에 반우성도 들었다. 이곳은 코리아타운의 중심부다. 칠성클럽은 주인이 재미교포로 현재 에디파에 경비금을 내고 있다.

여기서는 뜯어가는 돈을 경비금이라고 하는 것이다. 반우성이 피터 김에게 물었다.

"김 선생, 여기 경찰도 갱들하고 결탁한 놈들이 많겠지요?"

"당연히."

피터 김이 머리를 끄덕였다.

"아주 융통성이 많아요, 갱들을 다 없앨 수는 없으니까 적당한 선에서 조종을 하지요."

"그건 홍콩도 비슷한데."

"홍콩보다 여기가 더 심할 겁니다."

"구체적으로 말씀해주시죠."

반우성이 말을 이었다.

"LA 경찰은 어떻게 돈을 뜯어갑니까?"

"갱들한테서."

"업체에서는?"

"손을 안 대지요, 그랬다가는 변호사들한테 당하니까."

"과연."

반우성이 머리를 돌려 권철을 보았다.

"홍콩보다 더 진보했군요."

권철의 얼굴에 쓴웃음이 번져졌다. 한국은 홍콩보다도 더 후진국이 될 것이다. 다르게 말하면 덜 썩었다는 말이 된다. 피터 김이 말을 이었다.

"뒤를 봐주는 경찰이 있으니까 갱단 놈들이 무법천지를 만들지는 못하는 겁니다. 갱단끼리 전쟁을 할 때도 경찰이 뒤에서 개입을 하지요, 그래서 큰 전쟁은 일어나지 않습니다."

"썩었군."

반우성이 말했을 때 권철이 피터 김에게 물었다.

"지금 당장 우리하고 걸린 갱이 에디파인데 어떻게 처리하는 것이 낫겠소?"

"협상을 하시지요."

피터 김이 바로 대답했다.

"제가 에디파를 봐주는 경찰놈들을 압니다. 그놈들 통해서 하는 것이 빠르고 안전합니다."

권철은 입을 다물었고 반우성이 물었다.

"협상은 어떤 식으로 합니까?"

"이런 경우는 경비금을 더 내라는 것이니까 금액을 조정해야지요."

"그 조정을 경찰이 합니까?"

"그렇지요."

"경찰이 다시 그 돈에서 수고비를 떼겠군요."

"당연히."

반우성이 머리를 돌려 권철을 보았다.

"형님, 어떻게 할까요?"

"럭키클럽에서 나흘 동안 가만있었을 리가 없어, 사장이 쥬리 모르게 경찰과 협상을 했을지도 모르지 않나?"

권철의 말에 피터 김이 머리를 끄덕였다.

"예, 그랬을지도 모릅니다."

피터 김의 얼굴에 쓴웃음이 떠올랐다.

"그런데 사장놈이 도망가서 알 수가 없군요."

럭키클럽 사장 윤성규는 40대 초반의 재미교포다. 미국에서 태어난 미국 시민권자, 부동산 사업을 하다가 폭망한 후에 악기 판매를 했다. 그러다가 전(前) 지사장 브란트에게 피아노를 판 인연으로 럭키클럽 바지사장이 된 것이다. 이번 에디파와의 사건이 터졌을 때 윤성규는 이틀째 되는 날부터 잠적, 연락이 끊겼다.

“빌어먹을 브란트 놈.”

다시 반우성이 브란트 욕을 했다.

“어떻게 그런 놈이 이곳을 관리했지?”

결국은 린드버그 욕을 한 것이나 같다. 경영자를 잘못 쓰면 그 밑의 관리자까지 줄줄이 잘못되는 것은 당연하다.

“사이몬, 네가 럭키클럽에 들어가.”

마침내 에디가 결정했다.

“두 놈만 데리고 들어가서 그 지사장이란 놈한테 최후통첩을 해라.”

“뭐라고 하지?”

사이몬은 흑인이다. 장발을 늘어뜨린 사이몬이 거구를 숙여 에디를 보았다. 붉은 핏줄이 깔린 눈이 번들거렸고 입술은 보통 사람의 2배는 된다. 그때 옆에 앉은 포먼이 말했다.

“점잖게 말해, 럭키에서 월 1만 불은 받아야 된다고.”

“1만 불? 8천 불이 아니고?”

사이몬이 이맛살을 찌푸리며 물었다. 지금까지는 월 5천 불을 받았다가 8천 불을 내야 한다고 영업방해를 했던 것이다. 럭키클럽 사장 윤성규는 이틀째 되는 날부터 잠적을 해버리는 바람에 이쪽은 협상 상대를 찾고 있던 참이다. 그런데 쥬리란 년이 리스타유통의 LA지사장이며 사업체의 총책임자인 권 아무개 놈을 만난 것이 드러났으니

잘된 셈이다.

포먼이 비대한 몸을 흔들며 소리 없이 웃었다.

"오늘까지 닷새 동안 성의를 보이지 않은 대가야."

"알았어, 그렇게만 말하고 나와?"

"지금이 10시 20분이니까 11시 반에 가라."

"11시 반?"

"그래, 그사이에 그놈들이 생각할 시간이 필요할 테니까."

그러자 에디가 웃음 띤 얼굴로 머리를 끄덕였다. 웃는 얼굴이 톰 크루즈 같다.

"과연 에디슨이야."

에디는 머리 좋은 사람은 다 에디슨이라고 부른다.

용비가 방으로 들어섰을 때는 오후 10시 40분이다.

"형님, 밖에서 LA 경찰이 와 있는데요, 경찰 신분증도 확인했습니다."

용비의 시선이 권철과 피터 김까지를 스치고 지나갔다.

"리스타유통 LA지사장을 찾습니다."

"영장 있느냐고 물어봐."

반우성이 말했을 때 피터 김이 물었다.

"이름이 뭐라고 해? 신분을 밝혔어?"

"예, 호손이라고 합니다. 둘이 왔어요."

"호손? 백인이고 배가 나온 놈이지?"

"맞습니다."

그러자 피터 김이 눈을 가늘게 뜨면서 말했다.

"개자식, 에디파 뒤를 봐주는 놈이죠. 더럽기로 소문난 놈인데 내사과에 증거는 잡히지 않습니다."

피터 김이 권철을 보았다.

"에디파 심부름을 온 것 같습니다."

방으로 들어선 경찰은 둘, 하나는 비대한 체격의 백인이었고 또 하나는 흑인, 둘 다 웃음을 띠고 있었는데 피터 김을 보더니 백인이 먼저 손을 내밀었다.

"피터, 반갑습니다."

"호손, 내가 내사과에 있었다면 널 틀림없이 재판정에 세웠는데."

사내의 손을 쥔 피터 김이 따라 웃으며 말했다. 그러자 사내가 머리를 끄덕였다.

"그러면 난 증거 불충분으로 나오고 당신은 옷을 벗었을걸?"

"하지만 이렇게 에디 심부름은 못 하게 되겠지."

사내의 손을 뗀 피터 김이 뒤에 선 흑인의 손을 쥐었다.

"로빈슨, 요즘 집을 옮겼다면서?"

"당신들 덕분이야, 피터 김."

"그렇지, 우린 악어고 너희들은 악어새지."

그때 털썩 자리에 앉은 호손이 권철과 반우성을 번갈아 보면서 물었다.

"누가 권철이야?"

권철은 희미한 웃음만 띠었고 반우성이 대답했다.

"맞춰봐."

"넌 아닌 것 같구만."

호손의 시선이 권철에게로 옮겨졌다.

"네가 권철인가?"

"건방지군, 형사 나부랭이가."

반우성이 다시 나섰다. 권철은 여전히 입술 끝만 올린 표정으로 호손을 본다. 호손의 시선이 반우성에게로 다시 옮겨졌다.

"네가 권철이 끌고 다닌다는 삼합회 나부랭이인가?"

"더러운 놈, 양아치갱 심부름이나 하면서 사는 게 부끄럽지도 않으냐? 홍콩 경찰은 너 같은 놈하고 비교하면 백조다. 넌 똥통에 빠져 있는 까마귀고."

"너 당장에 죽고 싶어?"

먼저 열을 받은 것이 로빈슨이다. 어깨를 부풀린 로빈슨이 씩씩거렸다.

"이 원숭이 새끼, 당장에 추방시킬 수 있어, 주둥이 조심해."

"이 검둥이는 아메리카에서 3백 년이 넘도록 노예로 사는구만."

이제는 반우성이 로빈슨을 흘겨보면서 혀를 찼다.

"가엾은 새끼, 솔직히 넌 원숭이가 던져주는 돈으로 집도 옮기고 네 검둥이 마누라 검정팬티도 사다 주는 거 아니냐?"

"아니, 이……."

로빈슨이 가슴의 권총 홀더에 끼워놓은 권총 손잡이를 잡았을 때 반우성이 풀썩 웃었다.

"검둥이, 조심해라. 들어오면서 보았겠지만 내가 여기 벨을 누르자마자 부하들이 들어온다."

반우성이 테이블 위의 벨을 검지 손끝으로 가볍게 두드렸다.

"네가 권총 손잡이를 쥐고 있는 걸 보면 즉시로 네 몸뚱이가 벌집이 될 거다."

그때 로빈슨이 손을 내렸다.

"좋아, 용건을 말하지."

호손이 짜증 난 표정으로 말했다.

"럭키클럽 문제인데, 그쪽 사장이 요즘 보이지 않아서 말야."

"……."

"그쪽 사장이 이스트만이란 사람한테 돈을 빌렸다는군, 그래서 월 1만 불씩 갚기로 했다는 거야."

"……."

"이번 달 말부터 갚아달라고 했어, 월 1만 불씩."

"……."

"우리 경찰은 이런 심부름도 해준다고, 더구나 오늘은 우리 둘이 비번이거든."

그때 로빈슨이 말했다.

"다음에 날 만날 때는 조심해, 난 원숭이 조련사거든."

로빈슨이 누런 이를 드러내며 웃었다.

"병신, 저런 것도 농담이라고."

자리에서 일어서는 로빈슨을 향해 반우성이 비웃었다.

"노예 상인들이 원숭이를 검둥이보다 비싼 값에 사들였다는 것을 모르는 모양이군."

둘이 방을 나갔을 때 피터 김이 권철을 보았다. 쓴웃음을 지은 얼굴이다.

"중개자하고 인사를 제대로 한 것 같습니다."

그러더니 손목시계를 보았다. 밤 11시가 조금 넘었다. 권철이 소파에 등을 붙였다. 둘한테는 한마디도 말을 안 했다.

"이스트만은 가명이겠지요?"

권철이 비로소 묻자 피터김이 웃었다.

"녹음하고 있을까 봐 그냥 만든 이름입니다. 이스트만이 에디라고 보면 됩니다."

"내가 직접 저놈들을 쏴 죽일 겁니다."

반우성이 말했다.

"머리에다 세 발만 쏘지요, 45구경으로."

"여기선 경찰 살해범이 최고형을 받아요, 반 형."

피터 김이 정색하고 보았다.

"경찰은 놔두는 것이 이롭습니다. 조금 전에는 아슬아슬했어요."

"내가 말은 그렇게 했지만 형님 지시 없으면 안 쏩니다."

그때 문에서 노크 소리가 들리더니 다시 용비가 들어섰다. 이맛살이 찌푸려져 있다.

"이번에는 에디파라면서 지사장께 전갈이 있다고 합니다. 에디가 보냈다는데요."

권철이 머리를 끄덕이자 반우성이 지시했다.

"들어오라고 하고 요원을 대기시켜."

용비가 나간 후에 곧 두 사내가 들어섰는데 앞장선 흑인은 장발의 거구다. 조금 전에 다녀간 로빈슨도 컸지만 이놈은 농구선수 수준이다. 사내가 번들거리는 눈으로 방안의 셋을 둘러보았다.

"저기, 에디의 말을 전하겠습니다."

셋은 시선만 주었고 사내의 말이 이어졌다.

"난 사이몬입니다. 이달 말부터 월 1만 불씩 빌린 돈을 갚으라네요, 그렇게만 전하면 아신다고 했습니다."

"알았어, 조금 전 너희들의 심부름꾼인 경찰놈 호손하고 로빈슨이 다녀갔어."

피터 김이 대답하자 사이몬이 손바닥으로 장발을 쓸어내렸다.

"그렇습니까? 어쨌든 이달 말부터 1만 불씩 갚아주시기 바랍니다."

그때 권철이 불쑥 말했다.

"그러니까 너희들한테 7천 불만 주면 되는 거지?"

사이몬의 큰 입이 조금 더 벌어졌고 눈이 끔벅였다. 영문을 모르는 것은 피터 김과 반우성도 마찬가지다. 그때 권철이 말을 이었다.

"조금 전에 다녀간 호손한테서 들었어, 월 1만 불인데 7천 불은 에디 몫이라고."

권철이 소파에 등을 붙이더니 심호흡부터 했다.

"3천 불?"

에디가 묻더니 쓴웃음을 지었다.

"그 새끼, 거짓말이다."

"거짓말이야, 우리 사이를 이간질시키려는 아주 유치한 수작이지."

포먼이 배를 들썩이며 웃었다.

"우리가 호손한테 확인까지 못 할 줄 알고 장난을 친 거야."

"확인을 해야 될 것 아냐?"

케이트가 묻자 포먼이 머리를 저었다.

"그럴 필요 없어, 가만있으면 돼."

"왜?"

"우리는 놈들한테 1만 불만 받으면 된다구, 그놈들이 호손한테 3천 불을 주든지 말든지."

포먼의 얼굴에 웃음이 떠올랐다.

“우린 모르는 일이니까.”

“그렇지.”

에디가 머리를 끄덕이며 사이몬을 보았다. 방금 보고를 마친 사이몬도 눈만 디룩거리고 있다.

“사이몬, 수고했다.”

밤 12시 반, 다운타운의 바에서 술을 마시던 호손에게 웨이터가 다가와 말했다.

“형사님, 전화 왔습니다. 피터 김이라는데요.”

“응, 고마워.”

벌떡 일어선 호손에게 로빈슨이 쓴웃음을 짓고 말했다.

“그 노랭이도 요즘 바쁘구만.”

칠성클럽에서 나온 후에 에디파의 전달자가 다시 권철 일행을 만나고 간 것도 아는 것이다. 카운터로 다가간 호손이 전화기를 귀에 붙였다.

“헬로우.”

“호손?”

“그래.”

“나, 피터 김이야.”

“아, 내사과원이 되려다 만 친구.”

“조금 전에 에디가 보낸 검둥이가 다녀갔어.”

“그래서? 결정했어?”

“그래.”

"잘했어."

호손의 얼굴에 웃음이 떠올랐다. 바 안의 소음이 커서 호손이 전화기를 바짝 귀에 붙이고 말했다.

"서로 돕고 사는 거야, 피터."

"너희들한테 월 3천 불씩은 어떻게 줄까? 너희들이 받으러 올 거냐?"

"무슨 소리야?"

"너희들 몫 3천 불 말야, 에디는 월 7천 불이고."

"누가 그래?"

"조금 전에 에디가 보낸 놈이 그러던데?"

"이봐, 그건……."

"직접 받아가기로 했다면서 에디는 7천 불만 받아간다고 했어."

"나는 못 들었는데……."

"그럼 에디한테 물어보든지."

"젠장."

꺼림칙해진 호손이 전화기를 내려놓고는 이맛살을 찌푸렸다.

"무슨 일이야?"

자리로 돌아온 호손에게 로빈슨이 물었다. 로빈슨은 거구에 맥주 귀신이다. 앞에 빈 맥주병이 20여 개나 쌓여져 있다. 세 시간 전에 원숭이하고 다툰 열기가 아직 식지 않았다. 호손이 어깨를 부풀렸다가 내리면서 말했다.

"피터 김 그 자식이 함정을 파는 것 같어."

"왜?"

"글쎄, 에디한테 7천 불, 우리한테 3천 불씩 주기로 합의를 했다는군."

"누가?"

"누군 누구야? 럭키클럽이지."

"럭키에서 그러니까……."

로빈슨의 두 눈이 어둑한 실내에서 희번덕거렸다.

"매월 우리한테 3천 불씩 준다고?"

"그래, 직접."

"합의를 했다고?"

"그렇다니까."

"그게 무슨 함정이야?"

"이것 봐, 지금까지 그런 일 없었잖아?"

"없었지만 뭐가 어때서?"

"꺼림칙하단 말야."

"그럼 에디한테 물어보면 될 거 아냐?"

둘의 시선이 마주쳤다. 지금까지 에디파와 호손조는 월 5천 불 규모에서 거래관계를 맺어왔다. 그 5천 불은 1천 불, 때로는 5백 불 등 일정한 시간, 금액을 정하지 않았지만 월 5천 불은 지켜왔던 것이다. 그런데 이번에는 럭키클럽에서 월 3천 불로 고정시켰는지도 모른다. 맥주병을 내려놓은 로빈슨이 재촉하듯 말했다.

"확인해봐, 이 새끼들이 월 3천으로 끝낼 작정인 거 아냐? 그럼 안 되지."

호손이 로빈슨을 응시했다. 일단 로빈슨의 의문이 현실적이다. 그때 호손이 말했다.

"네가 해."

다시 에디, 이쪽도 술을 마시던 에디, 포먼, 케이트, 포먼의 애인 마리사가 탁자 위에 놓인 전화벨 소리를 듣는다. 에디는 취한 상태, 케이트는 마리사에게 시비를 걸었다가 방금 에디가 던진 술 벼락을 맞았다. 술병을 던졌지만 병에 맞지는 않고 술만 쏟아진 것이다. 전화벨이 울렸을 때 포먼이 가장 가까운 위치였지만 비대한 몸이 움직이지 않았고 에디는 들은 척도 안 했다.

마리사는 조직과는 관계가 없는 정육점 점원이어서 받을 입장이 아니다. 그래서 케이트가 소파로 돌아와 전화를 받았다.

"여보세요."

"아, 나, 로빈슨인데, 누구야?"

케이트가 돼지 3형제 중 하나인 로빈슨을 모를 리가 없다. 돼지 3형제란 포먼, 사이몬, 로빈슨이다. 세 놈이 막상막하다.

"나, 케이트인데, 왜요?"

"아, 거기 에디 바꿔, 포먼을 바꾸든지?"

심통이 난 케이트가 전화기를 귀에 붙였다.

"없는데, 왜요?"

"어디 갔어? 내가 물어볼 말이 있어?"

"나한테 말해."

케이트가 욕쟁이인 줄은 알았지만 거지를 대하는 것 같은 말투에 로빈슨이 화가 났다.

"에디한테 나머지 2천 불은 어떻게 처리할 것인가를 말하라고 해."

"나머지 2천 불?"

"럭키클럽 3천 불 빼고 말야."

"개새꺄, 난 몰라, 도둑놈아."

그러고는 게이트가 전화기를 부서져라 내려놓았다. 그 서슬에 에디가 눈을 떴다. 포먼도 상반신을 세웠고,

"뭔 지랄이야?"

에디가 묻자 케이트가 눈을 치켜뜨고 독살스럽게 말했다.

"글쎄, 로빈슨 이 새끼가 럭키클럽 3천 불은 됐고 나머지 2천 불은 어떻게 줄 것이냐고 묻잖어?"

"뭐라구?"

되물었던 에디가 눈을 껌벅였다가 머리까지 흔들었다. 그때 포먼이 말했다.

"개새끼들."

"죽여야 돼."

케이트가 말을 이었다.

"말 전하라고 했더니 제멋대로 저희들 몫 3천 불을 떼었어."

에디가 눈동자를 고정시킨 채 숨만 쉬었다. 얼굴이 창백해져 있다.

"한국인의 머리가 좋다더니 과연 그렇군요."

용비가 감탄했다.

"지금쯤 저희들끼리 머리를 맞대고 공론을 하고 있겠습니다."

"아마 확인한답시고 서로 연락을 했다가 말이 어긋날 수도 있겠지요."

이번에는 머리가 많이 좋은 위연이 말했다.

"이런 경우는 말이 조금만 비틀게 나가도 오해하게 되거든요."

"이제 거긴 놔두고."

반우성이 말을 잘랐다. 오전 1시 10분, 셋은 숙소로 삼고 있는 빌라

의 1층 응접실에 둘러앉아 있다. 2층은 권철의 숙소였고 아래층에 방이 6개나 있어서 삼합회 특공대는 모두 이곳에서 숙식하고 있다. 반우성이 말을 이었다.

"여긴 얽힌 실타래처럼 몽땅 얽혀 있어, 전(前) 지사장 놈이 더 엉클어놓고 사라진 거야, 차라리 업체를 세우지 않았던 것이 나았다."

"그러니까 그룹 기조실에서 실패사례 연구팀을 보낸다고 하지 않습니까?"

위연이 말을 받았다.

"그룹 기조실 정보 부사장으로 옮겨간 전(前) 미국법인장도 실패 CEO의 사례로 연구되어야 합니다."

"네가 그것까지 상관할 입장은 아니니까 입 닥치고."

얼굴을 굳힌 반우성이 말을 이었다.

"엉킨 실을 한 가닥씩 풀 수는 없다는 게 형님 말씀이고 나도 동감이다."

"그러믄요."

위연이 맞장구를 쳤다.

"피터 김도 동감한다는구나."

"그 사람은 동감하거나 말거나 무슨……."

용비가 나섰을 때 반우성이 손을 들어 말을 막았다.

"주제넘게 나서지 말고."

"예, 형님."

"형님이 피터 김을 존중해주시니까 너희들도 건방지게 나서지 말란 말이다."

"예, 형님."

대답은 용비가 했지만 반우성이 위연까지를 흘겨보았다.
“이 자식들이 바깥세상 물을 먹더니 갈수록 건방져지는 것 같아.”
“그럴 리가요.”
또 용비가 나섰을 때 반우성이 눈을 치켜떴다.
“이 새끼 봐라? 말끝마다 대답을 하네?”
“죄송합니다, 형님.”
“닥치고 들어.”
“예, 형님.”
“입 다물라니까, 이 개 같은 놈아.”
그때부터 용비와 위연이 입을 다물었고 반우성의 말만 이어졌다.
“형님 말씀이니까 잘 들어.”
반우성의 목소리가 낮아졌다.
“에디파는 당장 우리 업체에 압박을 가해온 놈들이라 이놈들도 처리해야지만 더 시급한 일이 있다.”
한숨을 쉬고 난 반우성이 말을 잇는다.
“지금 우리가 머물고 있는 이 빌라도 코리아타운 안에 있어, 우리 업체 절반은 코리아타운에 있고, 근데 이곳이 어떤 곳이냐?”
용비와 위연이 동시에 한숨을 쉬었다. 서울파와 카잔스키파가 장악하고 있는 것이다. 에디파는 그 둘에 비교하면 1할 비중밖에 안 된다. 둘이 7할 정도를 장악했고 나머지 2할이 톰슨파 등 서너 개의 갱이다. 반우성이 말을 이었다.
“내일부터 서울파를 잡는다.”
둘이 머리를 들었고 반우성의 목소리에 열기가 띠어졌다.
“피터 김이 서울파 뒤를 봐주는 놈들을 조사해 놓았어, 여기서는 그놈들 문제를 처리하고 시작해야 돼."

그 시간에 권철이 응접실 소파 옆에 부동자세로 선 채 전화기를 귀에 붙이고 있다. 그룹 비서실장 안학태의 전화를 받고 있는 것이다. 안학태가 말했다.

"미국 시장을 우리가 처음부터 만만하게 본 것이다. 수출입 물량으로만 계획하고 계산했지 미국 시장에 대한 연구는 거의 하지 않았다는 증거가 이번 사건으로 드러났다."

"예, 사장님."

권철은 대답만 했다. 안학태는 리스타그룹 비서실장, 사장인 인물이다. 회장 이광의 수족 같은 존재이며 최측근이다. 그룹의 5인방으로는 리스타상사의 사장 곽영훈, 리스타 해외법인 연합사장 진남철, 리스타투자 사장 하사드, 리스타유통 사장 오금봉, 리스타연합 사장 해밀턴이다. 그러나 그룹 비서실장 사장 안학태는 이광의 대리인인 것이다.

권력은 권력자와 가까운 곳에 있을수록 강하다는 것이 만고의 진리다. 안학태가 말을 이었다.

"잠깐 기다려라, 회장님께서 너한테 말씀하시겠단다."

"예?"

놀란 권철이 몸을 굳혔을 때 안학태가 다시 말했다.

"기다리고 있어."

권철은 숨을 죽였다. 오전 1시 반, 서울은 지금 오후 6시 반이다. 그때 수화구에서 이광의 목소리가 울렸다.

"어, 권 과장?"

"예, 회장님."

긴장한 권철의 목소리가 갈라져 있다. 이광이 웃음 띤 목소리로 말을 잇는다.

"참, 지금은 LA지사장이구나."

"예, 회장님."

"미국은 세계 제1의 시장이다. 그 시장에 상품을 내다 팔고 수입해오는 것에만 신경을 썼지, 미국 내수시장에 대해서 거의 공부를 하지 않았던 것이 이번 사건에서 얻은 교훈이다."

권철은 숨을 죽였고 이광의 말이 이어졌다.

"넌 지금 유통의 지사장일을 맡고 있지만 전체적인 시장 공부를 해라, 폭넓게, 미국인이 되어서, 미국 내수시장에 기반을 굳힌다는 각오로."

이광의 목소리에 열기가 띠어졌다.

"네 위치는 네가 만드는 거야, 현실에 안주하는 사람이 되지 말아라, 적극적인 인간만이 기회를 잡는다. 알았느냐?"

"예, 회장님."

추상적인 말이었지만 권철의 가슴이 미어졌다. 기회는 기다리면 안 된다. 그때 이광이 말을 맺었다.

"LA를 네 시장으로 만들어라."

LA 경찰청 강력팀장 오도넬은 오늘도 코리아타운 비버리힐스클럽으로 출근했다. 오전 9시 반, 이곳 헬스클럽에서 러닝머신 40분을 뛰고 수영을 30분 하고 나서 지금 1층 커피숍으로 나온 참이다. 이곳에서 경찰청까지는 20분, 10시 10분에 부서장 회의, 11시에 서장이 주재한 회의를 마치고 뉴월드마사지에서 오후에 서울파의 존 강을 만나기로 했다. 이것이 오늘의 주요 스케줄이다.

물론 존 강한테서 이번 달 기부금 1만 불을 받는 것이 오늘의 가장 중요한 일이다. 오도넬이 항상 앉는 자리인 창가의 기둥 옆 소파에 앉았을 때 마주 보는 테이블에 있던 사내가 빙그레 웃었다. 오도넬이 잠깐 이맛살을 찌푸렸다가 곧 눈을 크게 떴다.

"아, 피터, 당신, 여기 웬일이야?"

피터 김이다. 피터 김과는 비슷한 경력의 오도넬이다. 6년쯤 전에는 서부청에서 1년쯤 같이 근무한 적도 있다. 오도넬은 강력팀이었고 피터 김은 정보팀으로 내부근무여서 같은 사무실에서 일한 적은 없다.

"아, 누구 만나려고 왔어, 그런데 당신은 여전하구만."

피터가 웃음 띤 얼굴로 오도넬을 보았다. 오도넬은 독일계 이민자의 집안으로 잿빛 머리, 회색 눈동자의 거인이다. 성품이 난폭하지만 교활해서 거구에 어울리지 않게 아부의 선수다. 오도넬이 웃음 띤 얼굴로 물었다.

"뭐가 여전하다는 거야?"

"옷을 쁘렝땅 가게에서 사는 거 말야? 그 슈트가 한 벌에 1천 불은 되지?"

피터 김이 오도넬의 위아래를 훑어보는 시늉을 했다.

"어이구, 손에 2만 불짜리 피아제를 찼군, 경찰청 촌놈들은 그 시계가 몇백 불짜리로 알겠지? 참 불쌍한 놈들이야."

"너, 왜 그래?"

오도넬이 커피잔을 들면서 물었다.

"듣자하니 너 무슨 경비회사에서 일한다던데, 잘린 거냐?"

"진즉 잘렸지, 그래서 여기 있잖아?"

정색한 피터 김이 말을 이었다.

"오도넬, 오늘 11시에 서장실에서 팀장회의지?"

"그래서?"

"그때 내사과장 마크하고 지방검사 프린스가 참석할 거야, 알고 있지?"

"……."

"그런데 오늘은 좀 다를 거야, 오도넬."

"너, 미친 거 아니냐?"

참을 수가 없어진 오도넬이 어깨를 부풀렸다. 아까부터 이쪽을 힐끗거리던 종업원이 아예 몸을 돌렸다. 그때 피터 김이 말을 이었다.

"오늘은 네 이야기를 할 거야, 오도넬. 서울파 이야기니까 네 이야기나 같지."

"아니, 이 자식이……."

"실은 오늘 아침 8시경에 지방검사 프린스가 익명의 고발전화를 받았거든. 매월 서울파로부터 1만 불씩 상납 받는 본청 간부가 있다는 제보를 받았거든."

"……."

"그날이 오늘이고 간부 이름에 오 자가 들어간다고 했어."

"……."

"내가 우연히 그 정보를 받게 되어서 여기 온 거야, 네가 걱정이 되어서 말야."

피터 김이 긴 숨을 뱉었다.

"우리 선조, 그러니까 한국 선조들 속담에 '꽃이 열흘 후에는 시든다'는 말이 있어. 너, 오도넬이란 꽃은 20일쯤 핀 것 같다. 너무 오래 피어서 악취가 진동해."

"이 개자식이."

"너, 날 욕했어?"

피터 김이 눈을 부릅떴다.

"이 독일 돼지 같은 놈이, 절 살려주려고 찾아왔는데 날 욕해?"

기세가 사나웠기 때문인지 오도넬이 숨만 쉬었다.

술이 덜 깬 로빈슨이 골목에 주차된 차로 다가갔다. 두 달 전에 새로 산 크라이슬러는 진홍색이다. 색깔이 너무 눈에 띄어서 매일 호손한테 놀림을 받지만 로빈슨은 전부터 갖고 싶었던 색깔이고 차다.

오늘은 조금 늦었지만 외부 출근을 한다고 호손하고 말을 맞췄다. 그래서 10시 반까지만 경찰서에 들어가면 된다. 차에 다가간 로빈슨이 차 키를 꽂고 문을 열었을 때 뒤에서 인기척이 났다. 이쪽 골목은 로빈슨의 주차장으로만 사용하고 있는 곳으로 앞쪽은 막혔다.

머리를 돌린 로빈슨이 앞에 선 동양인을 보았다. 처음 보는 원숭이다. 원숭이는 다 비슷비슷한 얼굴이었기 때문에 잠깐 로빈슨의 눈동자가 흔들렸다. 에디파에 노랭이는 없다. 요즘 에디파가 잡고 있는 럭키클럽이 원숭이 천지였기 때문에 그쪽에서 온 것인가?"

"너, 누구야?"

로빈슨이 조금 바보같이 보이는 원숭이한테 물었다. 원숭이가 로빈슨을 멀뚱한 표정으로 올려다보고만 있었기 때문이다. 후줄근한 양복, 가르마를 딱 가운데에 탄 머리 때문에 머리통이 양배추처럼 보였다. 그때 원숭이가 제법 유창한 영어로 말했다.

"나, 위대한 삼합회 회원이야."

"뭐?"

못 알아들은 로빈슨이 눈살을 찌푸리고 거구를 조금 숙였다. 원숭이 머리끝이 턱밑에 닿을락 말락 했기 때문이다.

"뭐라구?"

"삼합회 회원이라고 했다."

"그래서?"

"이름이 용비야."

"원숭이 이름이군."

"삼합회는 꼭 살인하기 전에 성명을 밝힌다. 이것이 전통이지."

"병신."

했지만 살기를 느낀 로빈슨이 손을 뻗쳐 원숭이의 멱살을 쥔 순간이다.

"퍽!"

바로 턱밑에서 발사음이 울리면서 같은 순간 턱이 위로 덜컥 들려졌다. 턱밑에 총구가 닿으면서 발사된 것이다. 총탄은 턱을 뚫고 입안을 통과해서 뇌를 부수고 머리 꼭대기를 뚫고 나갔다. 그래서 로빈슨의 거구는 진홍색 크라이슬러 옆으로 반듯이 쓰러지면서 숨이 끊어졌다.

"차가 딱 내 취향인데."

베레타를 바지 허리띠에 끼워 넣은 용비가 저고리로 잘 감춘 다음에 몸을 돌리면서 내뱉은 말이다.

"차를 가져가면 안 되겠지?"

골목을 나온 용비가 도로로 휘적이며 걸었다. 맑은 날씨다. 지나는 행인들의 표정은 밝다.

"그 미친놈들 짓이야."

눈을 치켜뜬 호손이 말했다. 오전 11시, 이곳은 LA 경찰병원 영안실 앞, 복도에는 7, 8명의 사복 차림들이 둘러서 있었는데 강력부, 살인부 형사들이다. 호손의 얼굴은 일그러졌고 머리는 누가 집어 뜯은 것처럼 어수선했다. 호손이 충혈된 눈으로 형사들을 보았다.

"에디, 그놈이 정신병자거든. 그 애인 되는 년, 그년도 마찬가지야."

"이봐, 호손, 진정해, 정신 똑바로 차려."

호손의 직속상관인 마이클이 말했다. 복도에는 지금도 하나둘씩 형사와 제복차림의 경찰이 들어와서 기웃거리다가 나간다. 어수선한 상황이다. 영안실 안에는 로빈슨이 누워 있었는데 곧 부검을 할 예정이다. 로빈슨의 부인 메지가 오는 중이어서 기다리고 있는 것이다. 구석 쪽에는 동부서 부서장 젠킨스와 형사부장 군터, 법률자문역 캔싱턴까지 와 있다.

복도 밖은 언론사 기자들이 도착했지만 출입은 금지시켰다. 경찰 외에는 출입금지다. 마이클이 말을 이었다.

"에디파가 로빈슨을 살해했다는 증거가 없잖아? 더구나……."

마이클이 멈춘 뒷말은 둘러선 모두가 이을 수 있었다. 더구나 로빈슨과 호손은 지금까지 에디파의 뒤를 봐주는 대부 역할을 해주고 있었기 때문이다. 그것을 구석 쪽에 있는 젠킨스, 군터, 캔싱턴까지 아는 것이다. 갱이 경찰 대부를 죽이는 경우는 극히 드물다. 그때 호손이 핏발 선 눈으로 마이클을 보았다.

"어젯밤, 로빈슨이 에디 놈들하고 다퉜어."

에디 놈들이란 에디파를 말한다.

"다퉈?"

둘러선 형사들이 긴장했다. 팔은 안으로 굽는 터라 모두 바짝 붙어서 둥글게 뭉쳤다. 말이 밖으로 새나가지 않게 만들려는 자연스런 행동이다. 이중에서 갱단 돈을 안 먹은 놈이 없는 것이다. 호손이 말을 이었다.

"에디 놈들이 코리아타운의 럭키클럽을 물 먹이고 있었거든, 그래서 로빈슨이 자제하라고 경고를 했더니 이놈들이 열 받은 거야."

"개새끼들."

형사 하나가 잇사이로 말했다.

"그 새끼들 이제 죽여야 되겠구만."

다른 형사가 말했다.

"그런다고 경찰을 죽여?"

모두 다른 이유가 있다는 것을 안다. 그런 이유로 살인이 일어날 수 없다는 것도 아는 것이다. 모두 돈이 개입되어 있다는 것도 안다. 그러나 그것까지 알 필요는 없는 것이다. 마이클이 결론을 냈다.

"개새끼들, 없애야겠구만."

"큰일 났구만."

매킨지가 배를 들썩이며 웃었다.

"에디 그 자식, 어디로 잠수해야 되겠다."

"글쎄 말야."

존이 머리를 기울였다.

"포먼이 이번에는 골치 아프겠는데, 수습하려면……."

"도대체 누가 쏜 거야?"

"에디파에 미친놈들 많아, 그 입 더러운 년 케이트도 그렇고."

"그런다고 대부 머리통을 날려버리다니."

오전 11시 50분, 서울파 보스 매킨지 김과 부두목 존 강은 아침 겸 점심식사를 하는 중이다. 코리아타운의 한식당인 한강의 밀실 안, 둥근 식탁에는 콩나물 해장국과 낙지볶음, 새우젓까지 놓여져 있다. 둘은 영어로 대화를 하는 미국인이지만 식성은 철저한 한국식이다. 매킨지가 말을 이었다.

"존, 이 기회에 에디파 구역을 먹어야겠다. 그놈이 코리아타운에 발을 붙이지 못하게 해야 돼."

"그놈들이 이번에 럭키클럽을 물 먹이고 있었는데 오늘부터 풀리겠구만."

"에디파 대신으로 우리가 접수하는 거지."

"가능해."

존 강의 말에 매킨지가 배를 들썩이며 웃었다.

"그 리스타 놈들, 고양이가 물러가고 타이거가 온 느낌이 들 거야."

"그런가?"

따라 웃은 존 강이 말을 이었다.

"오늘 오후에 오도넬한테 세금 주기로 했어, 그때 경찰청 상황을 들어야겠어."

"그렇군."

"이런 사건이 일어나면 한바탕 청소작업을 하니까 말야."

그때 방문이 열리더니 제임스가 들어섰다.

"매킨지, 오도넬 전화야."

제임스는 매킨지의 경호대장이다.

"카운터로 전화가 왔어."

"이런 젠장, 그 새끼는 내가 있는 곳은 귀신같이 알거든."

투덜거린 매킨지가 비대한 몸을 일으키고는 벽시계를 보았다. 12시가 되어가고 있다.

"세금 때문에 전화하는 거야."

매킨지의 등에 대고 존이 웃음 띤 목소리로 말했다.

"그 자식은 꼭 전화로 확인을 하잖아?"

"더러운 독일놈."

어깨를 부풀린 매킨지가 육중한 몸을 흔들면서 방을 나갔다. 홀은 비었다. 아직 점심 손님이 들어오지 않았다. 카운터에는 한강의 사장인 오택수가 앉아 있었는데 손에 송화구를 손바닥으로 막은 전화기를 쥐고 있다. 다가간 매킨지가 전화기를 받아 귀에 붙였다.

"헬로우."

"아, 매킨지."

오도넬의 목소리다.

"응, 무슨 일이야?"

"거기 있을 것 같아서 전화했어."

"오후 5시에 존을 보내지, 뉴월드마사지서 봅시다."

"아, 그런데 경찰 살해사건 이야기 들었지?"

"에디 놈들 짓이라면서?"

"그런 모양이야."

"당신도 조심해야겠어, 오도넬."

매킨지의 얼굴에 웃음이 떠올랐다.

"누가 당신한테 총질할지도 모르지 않아?"

"글쎄 말야."

그때 옆쪽에 서 있던 경호원 제임스와 버트가 문 쪽으로 다가갔다. 머리를 그쪽으로 돌린 매킨지는 식당으로 들어서는 두 사내를 보았다. 동양인, 처음 보는 얼굴인데 잘 차려입었다. 그때 사내 하나의 시선이 매킨지와 부딪혔다. 그 순간 사내의 얼굴에 웃음이 떠오르는 것을 본 매킨지가 온몸에 찬 기운이 덮여지는 느낌이 들었다. 다음 순간 사내가 가슴에서 권총을 꺼내 들고 이쪽을 겨누었는데 여전히 웃는 얼굴이다.

LA 경찰청장 칼 모리스는 점심 약속을 한 캘리포니아 주지사 커크 챔버린을 만나려고 사무실을 나오다가 매킨지의 피살 보고를 받았다. 오후 12시 20분, 사건 발생 20분 만이다. 보고자는 보좌관 파울러, 파울러가 옆을 따라 걸으면서 말을 이었다.

"피살자는 셋입니다. 매킨지와 경호원 둘이 현장에서 사망했습니다. 동양인 둘이 권총 3발을 발사해서 셋의 머리를 맞혔습니다."

지나던 간부들이 경례를 했기 때문에 모리스가 인사를 했다. 계단을 내려가면서 파울러가 계속했다.

"살해범은 그 자리에서 유유히 사라졌는데 식당 종업원들은 처음 보는 얼굴이라고 합니다."

걸음을 멈춘 모리스가 파울러를 보았다.

"매킨지는 전화를 하다가 총에 맞았어?"

"예, 청장님."

"전화가 말썽이야."

"예?"

"비비안은 전화질을 하다가 음식을 태우는 게 한두 번이 아니었다구."

비비안은 모리스의 두 번째 부인이다. 다시 발을 뗀 모리스가 말을 이었다.

"지금은 마리가 음식을 하니까 그런 일이 없지만 이제는 전화를 하느라고 약속시간에 늦어."

"아, 예."

"지난번 모금행사에 늦게 온 것도 제 친구하고 전화로 옷 이야기를 하다가 늦은 거야."

"……."

"빌어먹을 전화, 매킨지 그놈도 전화질을 하다가 잘 죽었군."

"……."

"갱단 하나가 줄어든 셈인가? 그럼?"

"부두목이 있으니까요."

현관 앞에 대기시킨 차에 오르면서 모리스가 투덜거렸다.

"철저하게 수사해서 이 기회에 경찰 위상을 높여야겠어, 모두 비상대기 시켜."

그러나 점심식사 장소에서 만난 주지사 커크 챔버린은 다른 생각이었다. 원탁에 자리 잡고 앉았을 때 메뉴판을 펴지도 않고 챔버린이 말했다.

"칼, 아침에는 경찰이 총에 맞아 죽고 점심때는 갱단 두목이 살해되었어, 이건 언론에서 떠들어댈 만한 일이야."

긴장한 모리스가 챔버린을 보았다. 챔버린과는 3년 전부터 상부상조하는 관계다. 그러나 챔버린은 선출직 주지사고 모리스는 임명직 경찰청장인 것이다. 모리스를 임명한 임명권자가 챔버린이다. 그때 챔버린이 주문을 기다리는 종업원을 돌려보내고 나서 말을 이었다.

"칼, 어떻게 생각하나?"

"범인을 잡아야지요."

모리스가 자신보다 10년 연상인 챔버린의 넥타이에 시선을 준 채로 기다렸다. 이 여우 대가리에 뱀의 몸통을 가진 인간은 지금 어떤 꿍꿍이 속셈을 갖고 있나? 정치인의 말은 앞쪽만 들으면 큰일 난다. 뒤에서 다 뒤집히기 때문이다.

한 자리에서 앞말과 뒷말이 틀리니 떠나고 나면 오죽하겠는가? 뒤집히고 뒤집혀서 나중에 제자리로 돌아올 때도 있지만 문제는 당사자가 제가 뭔 말을 했는지도 모른다는 것이다. 그때 정치인의 입이 열렸다.

"칼, 요즘 LA에서 살인사건이 몇 건이나 일어나지? 평균 말이네."

"예, 대략 25건입니다. 커크."

"거기에다 교통사고, 실족사, 익사, 그런 것까지 합쳐봐, 몇 건이야?"

"한 2백 명쯤 될 겁니다."

"그럼 오늘 넷이 죽었구만. 아침에 경찰 하나, 조금 전에 갱 셋."

"예."

"그런데 언론이 떠들어대려고 개지랄을 하고 있지?"

"그렇습니다."

"막아."

"예?"

"그놈들은 사회불안을 조성시키려는 놈들이야, 석 달 후로 다가온 선거에서 민주당 놈들을 당선시키려는 간계를 부리고 있어."

챔버린의 주름진 얼굴이 상기되었다.

"가능한 한 사건을 조속히 해결하고 갱에 관련된 사건은 노출시키지마, 무슨 말인지 알겠나?"

"예, 커크."

"저희들끼리 죽고 죽이라고 해, 그럼 자연히 청소가 될 테니까."

"예, 커크."

"언론이 떠들 빌미를 주지 말란 말야. 이건 솔직히 나하고 자네 인생이 걸린 문제야, 칼."

그러고는 챔버린이 손짓으로 종업원을 불렀다. 말이 끝났다는 표시다.

지방검사 아담 프린스는 40대 중반으로 조지 마샬이 연방의원일 때 법률보좌관을 지냈다. 조지 마샬이 지금 하원의 법사위원장이니 프린스는 캘리포니아 주정부 법무장관이 된다는 소문이 났다.

그 아담 프린스가 점심시간이 지났는데도 집무실에서 앉아 있다. 앞에 앉은 사내는 바로 말콤 오도넬이다. 프린스는 검은 머리의 백인이다. 용모가 멕시코계 비슷해서 조상이 그쪽이라는 소문이 났지만 본인은 영국계라고 주장한다. 프린스가 지그시 오도넬을 보았다.

"형사, 내가 오늘 서장실에서 이야기 안 했는데……."

오도넬은 시선만 주었고 프린스가 말을 이었다.

"당신이 두 시간 전에 죽은 서울파의 부두목 존 강한테서 돈을 받는다는 제보를 받았거든, 1만 불이라고 액수까지 말했어."

프린스의 검은 눈동자가 번들거렸다.

“제보자는 내 직통전화로 전화를 했어, 검찰 내부사정을 잘 아는 사람 같아. 그렇지만 증거가 없으니 당신을 당장 부를 수는 없었는데……”

“……”

“조금 전에 서울파 두목이 피살되니까 그것이 걸리는군, 그래서 당신을 보자고 한 거야.”

그때 오도넬이 긴 숨을 뱉고 나서 프린스를 보았다. 안타깝다는 표정이다.

“저도 제보자의 전화를 받았습니다. 아마 같은 인간인 것 같습니다.”

눈만 깜박이는 프린스를 향해 오도넬이 말을 이었다.

“그놈은 지방검사께서 6개월에 한 번씩 존 강한테 10만 불씩을 받는다고 하더군요. 그런 제보는 무시해야지 어떻게 합니까?”

오도넬이 다시 한숨을 쉬었다.

“이제는 존 강을 죽이면 좋아하는 사람이 많을 겁니다.”

피터 김이 웃음 띤 얼굴로 말했다.

“지방검사하고 오도넬이 지금쯤 이야기를 끝냈겠군요.”

오후 2시 반, 권철과 피터 김은 코리아타운의 필리스호텔 특실에서 이야기를 나누는 중이다. 피터 김이 말을 이었다.

“경찰청장 모리스하고 주지사 챔버린도 사건의 결론을 냈을 겁니다. 물론 정치적으로 말입니다.”

권철이 머리를 끄덕였다. 이번 작전은 피터 김이 주도했다. 권철은 해밀턴에게 부탁해서 주지사 챔버린이 경찰청장 모리스에게 압력을 넣도록 했을 정도다. 현지 사정을 잘 아는 피터 김이 직접 지방검사 프린스에게 제보를 했고 오도넬에게는 프린스와 존 강과의 관계도 알려주었던 것이다.

모든 것은 정보를 바탕으로 치밀하게 계획이 입안되었다. 로빈슨을 살해한 것은 물론 반우성의 특공대다. 로빈슨과 오도넬, 매킨지의 일정을 꿰고 있어야 작전이 가능한 것이다. 피터 김이 손목시계를 내려다보면서 말했다.

"오후 3시쯤 영장 담당판사 해리슨이 에디와 포먼, 케이트의 체포영장에 사인할 겁니다."

피터 김의 얼굴에 다시 웃음이 떠올랐다.

"셋은 일단 체포되면 어떤 변호사도 손을 못 쓸 겁니다. 보석금을 받아들이지 않을 테니까요."

이로써 에디의 전성시대는 끝난 셈이다.

그리고 3시간쯤이 지난 오후 6시경, 권철은 응접실에서 두 사내와 마주보고 앉아 있었다. 둘은 20대쯤의 백인이다. 뒤쪽에는 반우성과 용비, 위연이 서 있었는데 방안 분위기는 굳어져 있다. 사내들은 에디파의 중간 보스로 머핀과 고든이다. 둘은 제각기 제 구역에서 어물거리다가 갑자기 경찰에 끌려서 이곳으로 왔기 때문에 아직 어리둥절한 상태다.

경찰은 둘을 호텔 지하주차장으로 데려와 반우성에게 인계하고 간 것이다. 얼떨떨해진 둘이 그때서야 반항을 했지만 칼을 들이대는데 별수가 없다. 납치되어 온 것이나 같다. 권철이 지그시 둘을 보다가 입을 열었다.

"에디, 포먼, 케이트까지 체포되었어. 그리고 아마 나오기 힘들 거다. 너희들도 이미 다 알고 있겠지만 말야."

둘은 권철을 응시했는데 눈빛이 강했다. 아직 기가 죽지 않았다. 머핀은 26세, 고든은 25세, 각각 갱 경력 5년쯤으로 연방교도소에 두 번씩 다녀온 전과자, 에디파 중간 보스급 5명 중 상위권이다. 권철이 말을 이었다.

"난 리스타유통 지사장이야, 소문은 들어서 알겠지, 미스터 권이다."

권철이 둘을 번갈아 보았다.

"에디파가 오늘부로 해체되거나 아니면 새 조직으로 일어나거나 둘 중 하나가 되겠는데, 어떠냐? 너희들이 새 조직으로 일으킬 수 있을 것 같으냐?"

그때 머핀이 입을 열었다. 목에 뱀 문신을 했고 머리를 밀어서 번들거린다. 눈을 치켜뜬 인상이 험악하다.

"네가 뭔데?"

그러더니 누런 이를 드러내고 웃었다.

"우릴 잡아와서 협박하는 거냐? 네가 키워주겠다고? 에디파를 배후에서 장악하겠다는 수작 아냐?"

고든은 가만있었고 머핀의 기세가 더 거칠어졌다.

"개새끼들, 에디를 끝내버릴 공작을 해놓았구만. 병신 같은 에디 놈은 검둥이 말만 듣고 방심한 값을 받는 거야. 하지만 난 네놈들 밑으로는 안 들어간다. 혼자라도 뛸 거다."

"……."

"날 끌고 온 토미, 그 새끼한테 얼마를 주고 하수인으로 만들어 놓았는지 모르지만 난 안 될 거다. 그리고."

머핀이 다시 이를 드러내고 소리 없이 웃었다.

“내가 토미하고 여기로 오기 전에 애들한테 이야기해 놓았어, 토미한테 끌려간다고 말야. 내가 없어지면 애들이 토미를 끌고 들어갈 거다.”

“…….”

“개 같은 원숭이 새끼들, 날 죽이든지 살리든지 맘대로 해라. 난 원숭이들하고는 일 안 해.”

그때 권철이 머리를 돌려 고든을 보았다. 고든은 머핀과 대조적이다. 단정한 검은 머리, 이목구비도 반듯하고 캐주얼 양복 차림이다. 직장인으로 어울리는 용모다. 권철이 물었다.

“넌 어떠냐? 고든?”

“서울파도 망했는데 서울파하고 합병을 시킬 건가?”

고든이 되물었고 머핀은 숨을 들이켰다. 머핀의 눈동자가 흔들리고 있다. 입도 조금 벌려진 상태다. 권철이 머리를 끄덕였다.

“그래, 서울파도 대행을 세워놓아야지, 우리가 직접 관리할 필요는 없으니까.”

“그럴 줄 알았어.”

“곧 카잔스키, 톰슨파도 손을 댈 거야.”

“조건은 뭐야?”

“기업체 사장 대우를 해주지.”

“어떻게?”

“연봉 50만 불.”

고든이 숨만 쉬었고 권철이 말을 이었다.

“그리고 실제로 기업체를 운영하는 거다. 너희들의 애를 먹인 럭키클럽도 직접 관리하게 될 테니까 말야.”

권철의 시선이 다시 머핀에게로 옮겨졌다.

"물론 넌 머리도 기르고 그 끔찍한 문신도 지워야겠지, 만일 같이 일한다면 말이다."

머핀이 미처 대답을 하기 전에 권철의 말이 이어졌다.

"머핀, 오늘 이곳에선 에디파를 재조립할 한 놈만 살아 돌아간다. 한 놈은 시체가 되어서 지하 주차장으로 옮겨진 후에 라스베이거스 가는 길의 사막에 묻을 거야."

"누구야?"

존 강이 묻자 문밖에서 버틀러의 목소리가 울렸다.

"나야, 존."

"이 새끼가 왜 이렇게 자주 들락거려."

투덜거린 존 강이 문을 열었다가 떠밀려 방바닥에 나동그라졌다. 곧 방안으로 버틀러와 함께 사내 셋이 쏟아지듯 들어섰는데 방바닥에서 겨우 상반신을 일으킨 존 강은 절망했다. 사내들은 동양인이다. 매킨지를 살해한 놈들인지도 모른다. 그때 사내 중 하나가 웃음 띤 얼굴로 존 강을 내려다보았다.

"여기서 뭐하냐?"

존 강은 여동생 집에서 숨어 있던 참이다.

럭키클럽은 그날 밤부터 다시 영업을 시작했다. 에디, 포먼, 케이트 셋이 모두 체포된 날 밤부터를 말한다. 밤 10시 반, 권철이 럭키클럽 룸에서 반우성과 둘이 술을 마시고 있다. 파트너까지 불러놓아서 놀러 온 손님 같다. 그러나 5일간이나 영업을 못 한 가게라 손님이 세 테이블뿐이다. 권철까지 합해서 그렇다.

"긴장이 오래가면 안 돼."

술잔을 든 권철이 반우성에게 말했다.

"그렇게 지냈다가는 기타 줄이 팅 하고 끊기는 것처럼 망가진다구."

권철이 한 모금에 위스키를 삼켰다. 둘은 지금 영어로 말하고 있다. 옆에 앉은 파트너들은 한국인으로 교포가 아니다. 한국에서 돈 벌러 온 아가씨들이다. 그래서 둘의 영어를 절반 정도밖에 알아듣지 못한다. 그때 반우성이 물었다.

"형님, 어떻게 하실 겁니까?"

"뭘 말야?"

반우성이 빨리 마신 위스키에 붉어진 얼굴로 권철을 보았다.

"둘 중 하나를 선택하셔야지요."

머핀과 고든은 아직도 호텔 방 안에 감금되어 있는 것이다. 아예 손발을 묶고 입에 재갈까지 물린 다음 감시를 붙여 놓았다. 권철은 둘 중 하나를 선택하지 않고 미룬 것이다. 반우성이 다시 술잔을 비우고 나서 권철에게 말했다.

"전 형님이 고든을 택하실 줄 알았는데 왜 미루신 겁니까?"

"누가 대표가 되었건 얼굴마담이야."

"그렇죠."

"저희들끼리 결정을 하는 게 낫겠어."

"어떻게 말입니까? 둘이 손을 잡고 대항할 수도 있지 않겠습니까?"

"그땐 둘 다 없애는 것이지."

"그렇군요."

반우성이 머리를 끄덕이며 웃었다.

"풀어주실 겁니까?"

"오늘 밤 지나서, 지금 놈들한테는 생각할 시간이 필요해."

그때 방문이 열리더니 쥬리가 들어섰다. 쥬리는 웃음 띤 얼굴이다.

"죄송해요, 늦게 손님들이 오시는군요."

쥬리가 권철의 옆쪽 자리에 앉으면서 말했다.

"애들이 마음에 드세요?"

옆쪽 파트너들을 둘러보며 쥬리가 묻자 권철이 파트너의 허리를 당겨 안았다.

"그럼, 지금까지 실컷 이야기만 했는데."

알아듣지 못한 파트너들은 반응하지 않았다. 반우성은 쓴웃음만 지었고 권철이 말을 이었다.

"내가 애인이 필요하다고 했더니 얘는 남자친구가 있다는데?"

"정말이세요?"

놀란 쥬리가 한국어로 권철 파트너에게 물었다.

"너, 사장님한테 남자친구 있다고 했어?"

"아니, 그런 적 없는데요?"

당황한 파트너의 얼굴이 새빨개졌다. 긴 머리에 깜찍한 용모의 아가씨다. 쥬리의 소개로는 유학 왔다가 학비가 떨어져서 알바를 한다는 것이다. 쥬리의 시선을 받은 권철이 한국어로 말했다.

"다른 여자한테서 들었는가 보다."

"바꿔드릴까요?"

"여기서는 팁을 얼마 받나?"

"테이블 팁은 1백 불, 2차는 3백 불인데 테이블 팁 안 주셔도 돼요."

머리를 들고 끄덕인 권철이 지갑을 꺼내더니 파트너에게 5백 불을 빼내 주었다. 당황한 파트너가 돈을 받았지만 다시 빨개진 얼굴로 쥬리의 눈치를 보았다. 그때 쥬리가 말했다.

"받고 나가."

파트너가 방을 나갔을 때 반우성이 권철 시늉을 내려는 듯이 지갑을 꺼냈다. 그때 권철이 머리를 저었다.

"너까지 그럴 필요는 없어, 아가씨 데리고 나가."

반우성의 시선을 받은 권철이 빙그레 웃었다. 이제 권철은 영어를 쓴다.

"내가 딴생각이 나서 그러는 거야."

밤 12시, 샤워를 마치고 나온 권철이 소파에 앉아 있는 쥬리에게 물었다.

"씻을래?"

"그럴게요."

자리에서 일어선 쥬리에게 권철이 말했다.

"너, 사장 애인이었다는 거 알아. 다시 한 번 말하는데 내키지 않으면 돌아가."

"제가 원해서 나온 거예요."

권철의 시선을 받은 쥬리가 웃었다.

"사장하고는 어쩔 수 없는 관계였구요."

"지금도 그런 것 아니냐?"

"사장은 이렇게 묻지도 않았다구요."

"분위기는 마찬가지였을 거야."

"신경 쓰지 마세요."

"난 네가 마음에 들어."

다가간 권철이 쥬리를 똑바로 보았다.

"네 열성, 책임감, 그리고 얼굴과 몸매는 말할 것도 없고."

"잘해드릴게요."

"뭘?"

"서비스."

"그건 내가 할 일이고."

쓴웃음을 지은 권철이 손바닥으로 쥬리의 엉덩이를 때렸다.

"아야."

조금 세게 때렸기 때문에 쥬리가 몸을 비틀었을 때 권철이 말했다.

"네가 럭키클럽 사장을 맡아."

바지사장은 도망가서 아직도 행불이다.

오전 6시, 방으로 들어온 위연이 부하들에게 말했다.

"풀어줘."

방구석에 기대앉아 졸고 있던 머핀과 고든이 눈을 뜨고는 불안한 표정이 되었다. 기세등등하던 머핀의 눈동자도 흔들렸다. 손발을 묶은 나일론 끈이 다 풀렸고 입에 붙인 테이프까지 떼어졌을 때 위연이 둘을 번갈아 보면서 말했다.

"어제 잡혀간 셋은 바로 구속되었어, 너희들이 나가서 부하들을 수습해라."

"무슨 수작이야?"

마침내 머핀이 갈라진 목소리로 물었을 때 위연이 피식 웃었다.

"지사장님이 그러셨어, '내 제의를 잘 생각해보고 이번 일요일까지 연락하라고' 말이다. 사흘 남았다."

그러고는 손을 흔들어 나가라는 시늉을 했다.

그 시간에 피터 김이 존 강의 전화를 받았다.

"피터 씨, 존입니다. 너무 일찍 전화한 것 아닌가요?"

"괜찮아, 존."

피터 김이 침대에서 상반신을 일으켰다. 얼굴에 쓴웃음이 번져져 있다.

이광이 모처럼 이한(李韓)을 어르다가 울음을 터뜨리게 만들었다. 오후 3시 반, 오늘은 집에서 쉬고 있었는데 말이 그렇지 본채 옆쪽 별관이 사무실이어서 할 일은 다 한다. 그러다가 아이 방에 들어와 이한을 안고 있다가 울음보가 터진 것이다. 어르고 달래도 돌도 안 지난 아이가 알아들을 리가 없다. 울음이 더 커지자 당황한 이광이 안고 나왔다.

응접실에서 탁자 위를 정리하던 강은서가 힐끗 시선을 주더니 하던 일을 하면서 혀를 찼다.

"애를 왜 울려?"

"애 좀 받아봐, 이 자식이 계속 우네."

"그러니까 달래야지."

탁자 위의 책을 정돈하면서 강은서가 돌아보지도 않는다.

"젖도 먹었고 잘 놀았으니까 잠만 자면 돼."

"글쎄, 이 자식이 잠을 자려는 상황이 아니라니까 그러네?"

이광의 목소리가 높아졌다. 아이를 안은 이광이 소파를 돌아 강은서

앞으로 갔다. 아이를 보라는 시늉이다.

"이것 좀 봐."

"나 바쁜 거 몰라?"

"글쎄, 울음이 그치지 않는다니까?"

"그러다 자."

"이런 순."

열이 난 이광이 가정부를 찾았지만 보이지 않는다. 성북동의 2층 저택은 본채가 2백 평 정도 되었고 옆쪽의 별관은 비서와 경호원 집무실, 숙소로 사용되어서 2층 건물에 그곳도 2백여 평이다.

본채에는 이광 부부와 초등학교 5학년인 이상철, 이한, 강은서의 어머니와 가정부 둘까지 일곱 식구가 산다. 건평은 넓지만 고가품 장식이 하나도 없고 다만 깨끗하고 담백한 분위기가 풍기는 저택이다.

"어머니 어디 가셨지?"

이광이 주위를 둘러보며 물었다. 이한의 울음소리에 당연히 어디선가 나타났어야 할 장모다.

"시장."

"얘 좀 받아."

"걔가 아빠 닮아서 끈질겨, 울음도 잘 안 그치고 떼를 써."

"떼?"

"고집을 부린다고."

머리를 든 강은서가 눈을 흘겼다.

"놔두면 그쳐."

그때 그 말을 들었는지 이한이 숨을 몰아쉬면서 울음을 그쳤다. 눈물범벅이 된 붉은 얼굴이 이광을 올려다본다.

"이 자식이 정말."

"나 행복해."

그때서야 일어선 강은서가 아이를 받아 안으면서 웃었다.

"이 분위기가."

"뭐야?"

눈을 치켜뜬 이광을 향해 강은서가 이제는 활짝 웃었다.

"아이 울음소리, 쩔쩔매는 아버지, 나는 집안 청소하고 배는 부르고."

"그렇지."

대번에 이광이 머리를 끄덕였다.

"어젯밤의 뜨거웠던 몸뚱이가 떠오르고 아직 몸의 열기는 식지 않았고."

"이런 저질."

한숨을 쉰 강은서가 몸을 돌리다가 생각난 듯 묻는다.

"몸뚱이가 시들면 어쩔 건데?"

"다른 방법을 찾아내겠지."

이광이 준비한 듯 대답했다.

"그리고 저질이니까 이런 사랑도 받는 거야."

기가 막힌 표정을 지은 강은서가 몸을 돌렸을 때 이광은 이미 응접실을 나간 후였다.

이광이 별관 사무실로 들어섰을 때 기다리고 있던 안학태가 자리에서 일어섰다.

"LA가 시끄럽습니다."

그렇게 말했지만 안학태의 표정은 담담하다. 안학태가 말을 이었다.

"권철에게 해밀턴과 직접 연락해서 상의하라고 했습니다."

그래서 안학태는 해밀턴한테서 상황을 듣는 셈이다. 앞쪽 자리에 앉은 안학태가 말을 이었다.

"LA지역은 위험합니다. 언제 어디서 무슨 일이 터질지 알 수가 없고 특히 갱들이 동부지역과 달라서 스트리트갱 수준이어서요."

스트리트갱은 위아래도 없고 난폭하기로 정평이 났다. 서부활극 수준이라고도 한다. 서부시대에 빨리 총을 뽑는 '선수'가 영웅취급을 받았는데 지금도 그 전통이 내려오는 것 같다. 이광이 머리를 끄덕였다.

"요즘 직장인들은 무사 안일한 환경에 익숙해지고 있더구만."

안학태의 시선을 받은 이광이 말을 이었다.

"그런 직장인은 결국 기계로 대체가 될 거야, 자동화 기계."

"이해가 갑니다."

안학태의 얼굴에 웃음이 떠올랐다. 이광은 창의적인 인물, 결함이 있더라도 인간적인 인물을 기대하고 있는 것이다. 그러려면 서부개척시대 같은 LA로 사람을 보내는 것이 적당하다. 그때 이광이 혼잣소리처럼 말했다.

"옛날에 내가 부친한테서 들은 이야기가 있어, '사람은 서울로 보내고 말은 제주도로 보내라'는 말, 들어봤나?"

"들어본 것 같습니다."

"그것이 무슨 의미겠나?"

"사람이나 말이 살기 적당한 환경에서 지내야 한다는 뜻이 아닐까요?"

그러자 이광이 빙그레 웃었다.

"난 그 반대로 보았어."

이광이 말을 이었다.

"서울은 사람이 많은 곳이고 제주도는 말이 많은 곳이야, 그곳에 가서 부대껴야 기회를 잡을 수 있다는 뜻이야."

"그렇군요."

"많은 곳에는 기회도 많지."

"위험도 많을 것입니다."

"그것을 이겨내야 돼."

자르듯 말한 이광이 안학태를 보았다.

"소련에 가야겠어."

소련은 USSR(Union of Soviet Socialist Republic)로 불리는 초강대국이다. 동서 냉전시대란 동쪽의 미국과 서쪽의 소련이 말 그대로 냉전(冷戰)을 벌이는 시대인 것이다. 냉전의 최절정기인 상황이다. 유럽, 중동, 아프리카가 미소 대결의 각축장이었다.

이광은 안학태와 함께 먼저 일본으로 출발했다. 도쿄에 도착한 이광을 김필성이 맞았다. 오후 6시 반, 시부야의 안가 응접실에서 이광과 안학태, 김필성 셋이 둘러앉았다.

"하시모토 정권이 들어서면서 숨을 죽이고 있던 오무라가 다시 활동을 시작했습니다."

김필성이 심각한 표정으로 보고했다.

"경찰, 자위대, 각 대기업의 정보 부분까지 모두 장악하고 있어서 조직관리 면이나 정보력이 2차대전 당시의 일본대본영 정보부에 못지않습니다."

이광의 얼굴에 쓴웃음이 번져졌다.

"과장하는 것 아뇨? 이 이야기를 해밀턴 씨나 후버 부장이 들어야겠군."

"아닙니다."

경찰 출신 김필성이 이광 앞에 놓인 자료를 눈으로 가리키면서 말을 이었다.

"자위대에서 총리실로 보고하는 자료 일부를 제가 입수할 수 있었습니다. 대기업 기조실 정보부서는 총리실의 지시를 받는 하급부서나 같습니다. 서로 상부상조하는 터라 일사불란하게 움직입니다. 이것은 마치……."

말을 멈춘 김필성이 숨을 들이켜더니 쓴웃음을 지었다.

"일본이 미국을 상대로 전쟁을 벌였던 1942년경보다 정보관리가 더 잘 되어 있는 것 같습니다. 지금은 국가기관, 민간업체까지 망라된 정보관리체제가 되어 있거든요."

김필성의 목소리에 열기가 띠어졌다.

"목표는 재도약, 일본의 재건입니다. 신일본회의 이름만 바꾼 새로운 조직이 자연스럽게 형성이 되고 있는 것입니다."

이광과 안학태의 시선이 마주쳤다. 방안에 잠깐 정적이 덮여졌다. 이것은 일본 입장에서 보면 애국이다. 그 누구도 비난할 수가 없다. 오히려 존경을 받아야 마땅할 행동이다. 일본 군국주의는 이렇게 힘을 결집시켜 결국은 온 국민을 전쟁터로 내몰았지만 대다수의 국민이 죽는 순간에도 애국에 세뇌된 상태였다.

"빌어먹을 군국주의 놈들."

마침내 이광이 욕을 했다.

"이렇게 아시아를, 세계를 저희들 마음대로 끌고 갔지."

그러나 조선인을 그들의 총알받이로 썼다. 세계에서 일본 군국주의자들의 피해를 가장 많이 입은 민족이다. 머리를 든 이광이 둘을 번갈아 보았다.

"미국이 또 일본의 연막전술에 속아 넘어가고 있어, 이번에는 더 교묘한 전술에 말이오."

이제 미국과 일본은 동맹국이다. 동맹국으로 중국과 소련을 상대하고 있는 것이다.

"가수 셋하고 계약을 맺었어요."

후미코가 밝은 표정으로 말을 이었다.

"모두 재일교포죠, 그중 둘은 일본 이름만 썼기 때문에 모두 일본인으로 알고 있었어요."

"잘했어."

이광이 웃음 띤 얼굴로 후미코를 보았다. 후미코의 프로덕션은 이제 가수 15명, 배우 23명, 작곡가와 작가 20여 명을 보유한 중견회사가 되었다. 그중 톱탤런트는 없었지만 미래를 위한 투자다. 이번에 후미코가 재일동포 가수 둘을 가입시킴으로써 재일동포 연예인 수가 3할이 넘었다.

"드라마 제작은 어떻게 되고 있어?"

"극본이 다 끝나가요, NHK에서 계약만 해주면 일사천리로 진행이 되겠는데 다음 달에 결정이 됩니다."

"가능성은?"

"경쟁이 심해요, 대형 프로덕션 5개사에 우리 같은 규모의 프로덕션 7개사가 경합 중이니까요."

100부작 드라마 공모다. NHK에서 문화진흥을 위해 매년 드라마를 공모해서 방영하는 것이다. 작년에 <지즈코의 일생>이 대히트를 쳐서 후미코란 스타를 발굴한 것도 그 계기가 되었다. 그 후미코가 이번에는 프로덕션을 설립해서 100부작 드라마 제작자로 도전하는 것이다.

밤 10시 반, 안가의 응접실에는 이광과 후미코가 둘이 앉아 있다. 이광이 자리에서 일어섰다.

"자, 오늘은 이만."

머리를 든 후미코의 얼굴에 웃음이 떠올랐다.

"저, 집에 가요?"

"그래, 후미코."

따라 웃은 이광이 부드러운 시선으로 후미코를 보았다.

"넌 꿀처럼 달콤한 여자야, 후미코."

"질려요?"

"아니, 참는 거지."

이광이 탁자 위에 놓인 봉투를 눈으로 가리켰다.

"사업자금이 거기 있어. 후미코, 넌 열심히 문화사업만 하면 돼, 그것으로 보상하는 거다."

이제는 후미코도 이광의 이상을 안다. 그래서 꼭 같이 자지 않더라도 어떻게 하는 것이 진정한 보상인가를 아는 것이다. 후미코가 잠자코 봉투를 집었다.

다까노는 하시모토 정권이 수립되고 나서 슬슬 대외활동을 시작했지만 아직 긴장을 풀지는 않았다. 매사 용의주도한 성품의 다까노다. 지금까지 야마구치조를 기반으로 정관계에 세력을 과시했던 다까노였지만 지금은 야마구치조가 지리멸렬된 상태다.

"이광이 왔어요."

수화구에서 오무라의 목소리가 울렸다.

"지금 도쿄 시부야의 안가에 있습니다."

오무라의 목소리에는 웃음기가 띠어져 있다.

"아예 범의 입 안으로 들어온 셈이지요."

"이봐요, 오무라 씨."

다까노가 이맛살을 찌푸렸다.

"당신은 정부 관리니까 마음 푹 놓고 있는 것 같은데, 이광 그놈이 관리, 정치인 가리는 놈이오?"

"무슨 말입니까?"

"당신도 위험하다는 말이오."

"괜히 나까지 끌어들이지 마시오."

"로마 사건이 일어난 지 두 달도 안 되었어요, 그런데 그놈이 떠억 하고 일본으로 기어들어 왔단 말입니다."

다까노의 목소리에 열기가 띠어졌다.

"그놈이 범의 입 안으로 들어왔다면 무슨 조치가 있어야 할 것 아니요?"

조급해진 다까노가 물었을 때 오무라가 헛기침부터 했다.

"내가 총리께 보고를 했습니다."

"……."

"현 상황에서 그놈을 어떻게 한다는 건 무리인 것 같습니다. 일본 국내에서는 오히려……."

다까노가 숨을 들이켰다. 오무라가 하시모토 총리에게 이광 제거를 상의하지 않았을지도 모른다는 생각이 떠올랐기 때문이다. 지난번 로마 사건도 오무라의 독단인지도 모른다. 권력자의 최측근이 되면 자주 이런 일이 발생한다.

권력자의 의중(意中)을 미리 짐작하고 제멋대로 권력자의 지시인 것처럼 내놓는 월권 행위다. 대부분의 그런 월권은 권력자에게 확인을 할 수 없는 상황 때문에 그냥 넘어간다. 그때 오무라가 말했다.

"다까노 회장, 당신은 리스타연합 회원 아닙니까?"

"그래서 어쨌단 말이오?"

"이번에 이광이 일본에 왔으니까 당신을 찾을 것 같은데?"

"나를?"

"당연한 일 아닙니까?"

다까노가 전화기를 고쳐 쥐었다. 맞다. 이광이 찾을 가능성이 있다. 그때 오무라가 말을 이었다.

"내가 그것 때문에 전화를 한 겁니다. 이제는 이광이 일본에 왔다고 언론에서도 보도가 되었으니까 당신이 연락해서 만나는 것이 오히려 자연스러울 텐데?"

"아니, 무슨 용건으로……?"

"용건이야 많지, 로마 사건에 대한 위문 형식도 좋고, 연합회장이 부상을 당한 사건인데 회원이 위로 전화라도 해야 할 것 아닙니까?"

다까노가 어금니를 물었다. 맞는 말이다.

부대로 복귀한 후 이또만은 사령관을 만나지 않았다. 공식 작전이 아니었기 때문에 보고도 하지 않았다. 그런데 오후 5시가 되었을 때 부관한테서 연락이 왔다. 사령관 전용사격장으로 즉시 오라는 지시다. 이또만이 5분 만에 달려갔을 때 사격장 입구에 서 있던 부관 하리마 대좌가 말했다.

"안에 계셔."

이또만이 잠자코 사격장 문을 열고 안으로 들어서자 총성이 울렸다. 방음장치가 잘 되어서 총성은 밖으로 새나가지 않는다. 마사에몬 중장은 10미터 타깃을 향해 연발사격을 하고 있었는데 30센티 원을 향해 10여 발을 쏘았지만 제대로 과녁에 맞은 것은 3발뿐이었다. 이윽고 헤드셋을 벗은 마사에몬이 이또만을 보았다. 차분한 표정이다.

"넌 잘 쏘나?"

"예."

이또만이 바로 대답했다.

"10미터 거리에선 10발 10중입니다."

"병신아, 맞히기만 하면 돼?"

마사에몬의 눈빛이 강해졌다.

"엔진을 맞히는 병신이 어디 있어?"

"죄송합니다."

"병신 같은 새끼."

몸을 돌린 마사에몬이 베레타92F의 탄창을 익숙한 솜씨로 갈아 끼웠다.

"이광의 다음 행선지는 모스크바다."

헤드셋을 쓰지 않고 과녁을 겨누면서 마사에몬이 말을 이었다.

"모스크바에서 없애."

그 순간 총이 발사되었고 이번에는 정확하게 원의 중심에 명중했다.

"아, 김 사장."

김필성의 목소리를 들은 다까노가 밝은 표정을 짓고 말했다.

"나, 다까노요."

"아이구, 회장님."

김필성이 반기는 기색을 보이자 다까노가 어깨를 늘어뜨렸다.

"김 사장, 회장님이 오셨다는 기사를 보았는데, 내가 가만있을 수가 없어서……."

"아, 그러십니까?"

"지난번 로마에서 사고도 당하셨고, 내가 인사라도 드려야겠는데……."

"알겠습니다. 회장님 스케줄이 어떤지 제가 바로 알아보고 연락드리지요."

"예, 기다리지요."

통화를 끝낸 다까노가 전화기를 내려놓고는 옆에 선 비서에게 말했다.

"오무라 씨한테 연락해."

그래야 마음이 놓이기 때문이다.

오기 중위가 둘러앉은 조원을 하나씩 훑어보고 나서 입을 열었다.

"우린 내일 출발이다."

오기도 조선계다. 그러나 아버지 대에 일본으로 귀화해서 완전한 일본인이다. 둘러앉은 조원은 넷, 유리시마와 오도리도 끼어 있다. 오기가 말을 이었다.

"이번 목적지는 모스크바, 목표는 전(前)과 동(同)이다."

"우리뿐입니까?"

유리시마가 묻자 오기가 머리를 저었다.

"그것도 전과 동."

자리에서 일어선 오기가 말을 이었다.

"내일 오후 5시까지 제3 안가에 집합하도록, 밤 9시 비행기를 탄다."

오기가 방을 나갔을 때 누군가 투덜거렸다.

"젠장 전과 동이라는 말이 지겹군."

유리시마가 쓴웃음을 지었다. 지난번 작전은 미사일 한 발로 끝난 작전이었다. 그것도 전과 동이라면 곤란한 것이다.

"오도리, 넌 오사카에 들를 거냐?"

앞을 걷는 오도리에게 유리시마가 물었다. 이곳은 부대 앞, 둘은 마악 부대를 나온 참이다.

"시간이 없어."

오도리가 손목시계를 보는 시늉을 했다. 오후 7시 10분, 오늘부터 내일 오후 5시까지는 출장준비로 휴가를 받았지만 오사카까지 다녀오기는 빠듯하다. 오사카에 오도리의 부모가 사는 것이다. 이번에는 오도리가 물었다.

"넌 약혼자하고 작별할 시간은 넉넉하겠구만 그래."

"작별은 무슨?"

"몇 번이나 할 거냐?"

"뭘?"

"미사일 발사."

"개자식."

"또 입구에다 쏘는 거 아냐?"

유리시마가 눈을 치켜떴을 때 오도리는 재빠르게 몸을 돌렸다. 오도리는 자신이 이광이 보낸 야쿠자 일당에게 마사코와 함께 잡혔다는 것을 모르고 있는 것이다. 그러나 자신은 오도리도 잡혔다는 것을 알고 있다. 결국 둘이 다 시치미를 떼고 있는 상황이다.

<3권에 계속>